Anne Stuart
Juegos de seducción

Editado por Harlequin Ibérica.
Una división de HarperCollins Ibérica, S.A.
Núñez de Balboa, 56
28001 Madrid

© 2010 Anne Kristine Stuart Ohlrogge. Todos los derechos reservados.
JUEGOS DE SEDUCCIÓN, N° 110 - 1.2.11
Título original: Reckless
Publicada originalmente por Mira Books, Ontario, Canadá.
Traducido por María Perea Peña

Todos los derechos están reservados incluidos los de reproducción, total o parcial. Esta edición ha sido publicada con permiso de Harlequin Enterprises II BV.
Todos los personajes de este libro son ficticios. Cualquier parecido con alguna persona, viva o muerta, es pura coincidencia.
™ TOP NOVEL es marca registrada por Harlequin Enterprises Ltd.

® y ™ son marcas registradas por Harlequin Enterprises Limited y sus filiales, utilizadas con licencia. Las marcas que lleven ® están registradas en la Oficina Española de Patentes y Marcas y en otros países.

I.S.B.N.: 978-84-671-9688-7
Depósito legal: B-46312-2010

Para mi compañero del circo del mundo editorial, Adam Wilson, excelente equilibrista, genio del malabarismo, artista del trapecio (magnífico portor), y maestro de ceremonias extraordinario, todo sin látigo. Un beso.

EL COMIENZO

Inglaterra, 1804

—Mueve el puñetero culo —dijo Meggie.

—¿No es demasiado claro? —preguntó la señorita Charlotte Spenser—. Tengo visiones...

—No lo penséis. Sólo decidlo —insistió la doncella.

—Mueve el puñetero culo —dijo Charlotte, en el tono de voz cortés de una mujer de buena educación.

—Bien.

—Bien. Entonces, deja que lo repita todo junto. Por todos los demonios, mueve el puñetero culo, eso es un montón de mierda, y —tragó saliva— Jódete. ¿De verdad digo eso?

—Si queréis, sí. Es necesario que estéis muy enfadada para decirlo, y tal vez vuestro hombre os abofetee con el dorso de la mano, pero algunas veces merece la pena.

—¿Abofetearme?

—Sí. Con el dorso de la mano duele mucho, por los nudillos, y los anillos, y todo eso.

Charlotte miró a su criada con curiosidad.

—¿Alguna vez te hizo eso tu marido?

—Oh, eso y cosas peores. Es una pena que se cayera por la ventana aquel día, pero estaba demasiado borracho como para saber lo que hacía —continuó la doncella alegremente—. Hará falta que las ranas críen pelo antes de que yo deje que se me acerque otro hombre. Son todos unos bastardos malditos y mentirosos.

—Bastardos —dijo Charlotte. Le gustaba cómo sonaba aquello—. Maldito bastardo. Maldito culo bastardo.

—No, señorita Charlotte. Debe tener sentido en inglés. Los culos no son bastardos.

—Cierto. Debe tener sentido. ¿Dices también «Mierda»?

—Oh, sí, sí.

—Espléndido —respondió la señorita Charlotte Spenser—. Practicaré.

Y continuaron caminando por la acera, doncella y señora en perfecto acuerdo.

Acababan de asistir a la reunión semanal de la Asociación de Mujeres Progresistas e Intelectuales de Richmond Hill. La tarde había sido muy provechosa, porque Meggie había enseñado a las damas de la asociación a decir palabrotas y a jurar. A Charlotte, para su consternación, no se le había dado bien, pero estaba avanzando mucho con las clases privadas.

Cuando subía por las escaleras de mármol de la entrada de Whitmore House, la puerta se abrió de par en par y dejó vislumbrar el caos. Los sirvientes corrían de un lado a otro portando cestas de flores y sillas doradas y enormes bandejas de plata. Su prima Evangelina iba a dar un baile, y a Charlotte se le había olvidado por completo.

—Caramba —le dijo a Meggie en voz baja—. Mi prima va a celebrar una fiestecita esta noche.

—Intentad decir «Mierda» —le sugirió Meggie—. Y lo suyo no es una fiestecita. Van a venir unas doscientas personas, si no me equivoco.

—Pues sí —dijo Charlotte—. Mierda.

Meggie se echó a reír.

—No habéis sido muy vehemente, señorita Charlotte. Tenéis que practicar si queréis que parezca natural.

Después, la doncella se encaminó hacia la entrada lateral, la puerta de los criados, pero Charlotte no hizo ademán de detenerla. Había aprendido rápidamente que sus ideales democráticos no eran del gusto de todo el mundo. Charlotte tenía principios igualitarios, y había rescatado a Meggie de la prostitución y de uno de los barrios más pobres de Londres. Al principio, Meggie se negaba en redondo a que la salvaran, pero durante los dos últimos años se había convertido en la compañera de confianza de Charlotte. No obstante, se negaba a entrar por la puerta principal, aunque como era la doncella de Charlotte, aquello habría sido perfectamente aceptable. En una ocasión, Charlotte había intentando unirse a ella y al ejército de sirvientes que habitaba en el piso de abajo para tomar una taza de té, pero el ambiente se había vuelto muy incómodo. En aquella ocasión Charlotte aprendió, para su tristeza, que no había nadie más esnob que un miembro del servicio doméstico británico. Los sirvientes le habían demostrado, con miradas fulminantes, que no era bienvenida, y ella no había vuelto a intentarlo.

Suspiró. Hubiera preferido sentarse y tomar una taza de té con unas galletas en las dependencias de los criados, con los pies delante de la chimenea, que subir las escaleras a los pisos superiores de Whitmore House. Sin embargo, no tenía alternativa. Asintió al pasar junto a los lacayos, que estaban prendiendo guirnaldas de flores primaverales en el portón, y entregó su capota, el abrigo y los guantes a la doncella que estaba esperando, Hetty, que le hizo una reverencia y la miró nerviosamente, como si tuviera miedo de que la señorita hiciera un gesto amistoso.

Sin embargo, Charlotte había aprendido la lección.

—¿Dónde está lady Whitmore? —preguntó con frialdad.

—En su vestidor, señorita Spenser —dijo Hetty—. Le dejó recado de que subiera con ella en cuanto volviera a casa.

—¿Y sabes por qué?

—No sabría decirle, señorita.

—No, claro que no —dijo Charlotte con un suave resoplido, y subió a la habitación de su prima.

Evangelina, la condesa viuda de Whitmore, estaba sentada en su tocador, mirándose en el espejo mientras Louise, su doncella francesa, le arreglaba el pelo. Estaba claro que no se sentía satisfecha con su aspecto, cosa que no dejaba de asombrar a Charlotte. Evangelina era considerada una de las mujeres más bellas de Inglaterra. Tenía el pelo negro, brillante y rizado, los ojos azules y brillantes, con un matiz violeta, el cutis de alabastro, la nariz delicada y una boca carnosa y sensual. Nunca había tenido una peca. Era diminuta, delicada y exquisita, y tenía dos años menos que Charlotte, que contaba ya treinta. Evangelina se estaba mirando al espejo del modo en que normalmente Charlotte miraba sus vestidos.

—Estoy demacrada —dijo a modo de saludo, y con desesperación—. ¿Por qué siempre que voy a dar una fiesta acabo con el aspecto de una moribunda?

—Estás maravillosa —dijo Charlotte con energía, y después recordó su plan—. Ojalá pudiera acompañarte —añadió en un tono más lastimero.

—¡Oh, no, ni lo pienses! —exclamó Lina, y para consternación de su doncella se giró a mirar torvamente a su prima—. No te vas a echar atrás en el último momento fingiendo que estás enferma. Eso sólo funcionó las tres primeras veces. Te necesito a mi lado.

–Ni siquiera vas a darte cuenta de si estoy ahí o no –dijo Charlotte, sentándose sobre la cama de su prima. Su imagen apareció junto a la de Lina en el espejo.

Hacía mucho tiempo que había aceptado que tenía un aspecto muy corriente, pero al verse junto a la belleza de su prima, se sintió insignificante.

Charlotte no se hacía ilusiones en cuanto a sus defectos. Era demasiado alta. Medía un metro ochenta centímetros, con lo cual superaba a la mayoría de los hombres. Tenía un horrible pelo color anaranjado, pecas y demasiado busto. Además de todo lo anterior, era corta de vista y necesitaba gafas para leer.

Como si todas aquellas indignidades biológicas no fueran suficientes, también era pobre, estaba soltera y era demasiado inteligente para su propio bien, como muchos caballeros, entre ellos su difunto padre, solían decirle. Las mujeres debían tener poca estatura, ser guapas y no contradecir nunca a los hombres, aunque éstos estuvieran diciendo tonterías. Y si eran miopes, podían pasarse la temporada social reconociendo a la gente por la voz, demonios. ¿Qué necesidad había de leer?

A mediados del año de su triste presentación en sociedad, Charlotte se había puesto las gafas, había rechazado los tratamientos con leche para hacer desaparecer las pecas y había decidido convertirse en una solterona.

–Claro que voy a darme cuenta –dijo Lina–. Por lo menos durante la primera media hora –añadió con su acostumbrada sinceridad, la que reservaba para Charlotte y pocas personas más–. Además, si tú no me estás apoyando, ¿cómo voy a poder flirtear con el vizconde Rohan?

A Charlotte se le formó un nudo en el estómago.

–Puedes esperar a una ocasión mejor. Por ejemplo, la semana que viene, en la reunión de Hensley Court.

–Ah, pero para entonces él ya habrá encontrado otra mujercita que lo encandile, y yo estoy decidida a conseguirlo. Es guapísimo y deliciosamente pícaro, y se rumorea que es un verdadero diablo en la cama –añadió con un suspiro de lascivia.

–Seguro que sí –dijo Charlotte, sin parpadear siquiera–. Sin embargo, la destreza amatoria de lord Rohan no es de mi interés.

Lina se volvió hacia el espejo y permitió que la doncella siguiera arreglándole el cabello.

–Eres una inflexible, Charlotte –dijo–. Realmente, no sabes lo que te pierdes. Yo estoy disfrutando inmensamente de mi viudez.

Charlotte tenía sus dudas sobre aquello, pero no dijo nada. Cuando su prima favorita le había rogado que fuera a vivir a su casa, una vez que su horrendo y viejísimo marido había pasado a mejor vida, ella había aceptado con gratitud. Charlotte era la única hija de unos padres distantes y fríos, y cuando habían muerto, se había quedado sin un penique y, de no ser por Lina, se hubiera quedado también sin amigos.

Compartir una casa con Evangelina le había parecido el cielo. El único problema era la alegría febril de Lina: tan genuina como la supuesta falta de interés de Charlotte en el vizconde Rohan. Pero, bueno, no iba a pensar en aquello.

–Lo prefiero así –dijo Charlotte–. Media hora en un

segundo plano mientras tú saludas a tus invitados, y después me voy.

—Una hora —dijo Lina—. Tal vez Rohan se ponga difícil, y tal vez te necesite para manejarlo.

Charlotte se quedó helada.

—No pienso acercarme al vizconde Rohan.

Lina apartó de unas palmaditas las manos de Louise y se volvió a mirarla.

—¿Por qué no? No sabía que lo conocieras. ¿Te ha hecho algo ofensivo alguna vez?

—¿Aparte de tener una horrible falta de moralidad? No. Sólo he hablado con el vizconde Rohan una vez, y nunca he estado a solas en su presencia, gracias a Dios.

En aquella ocasión, habló en el tono más remilgado que pudo, en un tono de pura desaprobación. Porque si Lina supiera la verdad, sería insoportable.

—Gracias a Dios —dijo Lina—. Entonces, ¿por qué no quieres...

—Prefiero guardar las distancias.

—Como prefieras. Si le has tomado antipatía, seguro que alguna de mis amigas podrá ayudarme. Lo único que pasa es que no puedo estar segura de que no se lo quede.

—Por lo que he oído del vizconde, seguro que ya ha estado con todas.

Lina se echó a reír.

—Seguramente. Y si yo no hubiera estado viajando todo el año pasado por el continente, me habría conseguido a mí también. Ah, pero bueno, si no es esta noche, entonces será en la reunión. ¡Estoy impaciente! ¡El Ejército Celestial, con toda su escandalosa gloria! ¡No puedo esperar más!

El nudo que Charlotte tenía en el estómago se hizo más tenso.

—Ni yo tampoco —dijo, sabiendo que la doncella de su prima no lo entendería.

Lina miró a Charlotte durante un largo instante.

—¿Estás segura de que es lo mejor, querida? —le preguntó, por fin—. Yo estoy de acuerdo en ampliar tu educación, pero pasar de una vida recogida de soltera a una reunión del Ejército Celestial es como pasar del St. James Palace a los barrios bajos de Londres. Admiro tu mente científica y tu interés en observar los instintos más básicos de la humanidad, pero tal vez eso sea ir demasiado lejos. Podrías empezar un poco más despacio.

El hecho de que Charlotte estuviera totalmente de acuerdo con ella la empujó a responder con contundencia.

—Entiendo lo esencial de la cría de animales y la fornicación, Lina. He vivido en el campo durante muchos años, y allí no hay misterios. Pero si voy a pasarme toda la vida en el celibato, deseo observar qué es lo que me estoy perdiendo. Además, tengo cierta curiosidad científica. Las prácticas de las que he tenido noticia parecen insalubres o anatómicamente imposibles, y tengo interés en ver cómo lo consiguen.

Todo le había parecido muy razonable cuando Lina y ella habían hablado de aquella idea por primera vez, e intentaba convencerse de que no tenía nada de indecoroso.

Lina se echó a reír.

—No puedo prometerte que satisfagas tu curiosidad sólo como observadora.

—¿Crees que debo participar?

—¡Dios Santo, no! No es la mejor iniciación en los placeres del dormitorio, mi querida prima —dijo Lina, con una carcajada de inquietud—. Y supongo que no hay nada de lo que preocuparse. Si deseas observar algunas de las prácticas sexuales más interesantes, el mejor lugar para hacerlo es una reunión del Ejército Celestial. Siempre hay asistentes que obtienen su excitación primaria de la observación de los demás. Y tú vas a ir vestida con un hábito de monje y con la capucha puesta, que ocultará tu rostro y tu pelo. Nadie sabrá si eres hombre o mujer y a nadie se le ocurrirá abordarte siempre que lleves el lazo blanco atado al brazo. Es completamente seguro.

–Parece que estás intentando convencerte a ti misma. Tal vez esto no sea buena idea –dijo Charlotte.

–Y fue idea mía, en vez de responder a tus preguntas. No, yo creo que sí será beneficiosa para ti. Si no ves nada demasiado extraño, puede que incluso superes tu aversión por los hombres.

–Yo no siento aversión por los hombres –replicó Charlotte–. Siento aversión por el matrimonio, que esclaviza a las mujeres como...

–Sí, lo sé. Y verdaderamente, verás a los hombres poner en práctica sus actitudes más viles. Eso puede alejarte de ellos definitivamente. No es que yo esté a favor del matrimonio, sino más bien todo lo contrario. Sólo tengo motivaciones diferentes.

–De todos modos, no creo que nadie me solicite, así que no habrá ningún problema. Y sabes que tengo un intelecto ávido. Esto no es nada que pueda estudiar en los libros.

–Depende del libro en cuestión... Bueno, no importa. Cuando estemos de vuelta en casa nos divertiremos mucho hablando de cómo están los grandes hombres de Londres sin calzoncillos. En la mayoría de los casos no es una visión agradable.

—Entonces, ¿por qué...?

—No es el mirar, querida. Es el tocar. Aunque tú no vas a permitir que te toque nadie. Si lo intentan les cortaré las... orejas. Eres mi prima, y tengo intención de defenderte —afirmó, y la miró fijamente—. Ponte el vestido de seda verde esta noche, y Louise irá a peinarte a ti también. Puedes hacer un último intento antes de que tus ilusiones se vayan al traste.

—No tengo ilusiones, ni tampoco interés en hacer un último intento, tal y como tú dices tan delicadamente. Meggie se encargará de mi peinado.

—¡Eres imposible! —exclamó Lina con un suspiro—. Por lo menos, ponte el traje verde, y no ese vestido color melocotón tan espantoso. Te queda muy mal con el pelo.

Charlotte se levantó y le dio un beso a su prima, mientras contenía el impulso de responder que todo le quedaba muy mal con su pelo. Salvo, tal vez, aquella seda, que resaltaba el matiz verde de sus ojos.

—Nos veremos después —le dijo, y se marchó.

Lina vio desaparecer a su prima, y después volvió a mirarse en el espejo sin hacer caso de las atenciones de su doncella. Seguramente estaba haciendo lo correcto. Con echarle un solo vistazo a lo que ocurría en una de las celebraciones del Ejército Celestial, su inocente prima Charlotte sentiría tanta repugnancia que nunca volvería a plantearse la idea del matrimonio. Así no cometería el mismo error que había cometido Lina.

Conocía a su prima mucho mejor de lo que pensaba Charlotte. Entendía perfectamente bien lo que significaba su mirada cada vez que el vizconde Rohan entraba en una sala. Adrian Rohan era lo suficientemente guapo y atractivo como para tentar a Charlotte, que se empeñaba en decir que a ella no le importaban los hombres en general ni el vizconde en particular. Y, en realidad, seguramente estaba a salvo. Rohan podía conseguir a cualquier mujer que quisiera, y normalmente la conseguía. No tendría predilección por una mujer demasiado alta con el pelo color cobre, tan aferrada a la soltería que iba a empezar a llevar cofia y a sentarse con las viudas. Cosa que Charlotte haría, sin duda, si Lina se lo permitiera.

Y, por si acaso, cuando Lina hubiera terminado con él, Adrian ya no tendría ni el más mínimo interés en Charlotte.

No, no era muy probable que Rohan se acercara a ella, y Lina estaba bastante segura de que Charlotte era inmune a todos los demás, por muy guapos, ricos o encantadores que fueran. Y, en cuanto a los hombres a los que su prima podría atraer, algún viudo gordo y viejo, o incluso peor, un vicario piadoso... Cuando Charlotte viera aquello de lo que eran capaces esos hombres, los rechazaría a todos. En realidad, iba a llevarla a los bosques de Sussex, a aquella reunión que celebraba el Ejército Celestial, para protegerla.

Charlotte sólo conocía parte de los horrores que había padecido Evangelina en su matrimonio con el viejo conde de Whitmore, y Lina no tenía intención de contarle las partes más terribles, detalles que era mejor dejar en las sombras. Se negaba a pensar en aquellas cosas, salvo en mitad de la noche, cuando no podía evitarlo, y tenía que taparse la boca con la almohada para ahogar sus propios gritos. Había terminado. Todo aquello pertenecía al pasado. Sin embargo, no iba a arriesgarse a que a su querida Charlotte le ocurriera lo mismo.

Tal vez aquello no fuera necesario. Después de todo, Charlotte tenía razón, desafortunadamente. Lo más seguro era que ningún hombre quisiera casarse con ella. Tenía treinta años, era demasiado alta y demasiado curvilínea como para lucir con gracia la moda del momento, demasiado resuelta, demasiado contraria a halagar a los vanidosos hombres. Con observar durante unas cuantas noches los Deleites del Ejército Celestial, no volvería a plantearse cambiar de estado civil.

Era una pena, porque Charlotte sería una madre maravillosa. Pero la maternidad iba acompañada de los maridos, y el precio era demasiado alto.

—*Voilà, enfin!* —exclamó Louise, dando un paso atrás con satisfacción.

Lina se miró al espejo. Estaba deslumbrante. Una obra de arte. Una creación fría, sin vida, bellísima. Suficiente para atraer al disoluto vizconde Rohan a su lecho, y asegurarse así la muerte de los sueños de Charlotte.

—*Eh bien* —dijo monótonamente.

Y se levantó del tocador, lista para terminar el trabajo.

CAPÍTULO 1

Charlotte sólo miró el vestido de seda verde durante un breve momento y lo descartó a favor del de melocotón insípido, que volvía su cutis del color de la ceniza. Hizo caso omiso de las objeciones de Meggie y esperó hasta el último minuto para entrar al salón de baile. Lina habría sido capaz de enviarla de vuelta a su habitación para que se cambiara, si no fuera demasiado tarde. Ya habían llegado los primeros invitados, y Lina estaba bellísima con un traje rosa de seda que se ajustaba a sus curvas delicadas. Miró a Charlotte y se encogió de hombros, como si esperara su mala elección de atuendo. Charlotte se colocó detrás de su prima.

De haberse salido con la suya, Lina la habría tenido a su lado, saludando a los invitados como si fuera su igual, pero Charlotte se negaba en rotundo. Ser una pariente pobre tenía pocas ventajas, y una de ellas era no tener que permanecer en fila y sonreír a jóvenes idiotas y a viejos villanos. Aquél la iba a ser una de las grandes celebraciones de la temporada social. Lina había invitado a todo el mundo, y Charlotte se mantuvo en su lugar durante todo el tiempo que pudo. Sólo tuvo pánico al ver la melena negra y canosa de Etienne de Giverny, cuya cabeza superaba al resto. Allá donde iba el *comte de Giverny* lo seguía su primo pequeño, el vizconde Rohan, y ella no iba a correr el riesgo de encontrárselo.

Se alejó sin decir una palabra para mezclarse con el gentío y abrirse paso hacia el final del salón de baile. La única manera de poder escapar a su habitación era subir por la escalera de servicio. La escalinata principal estaba junto a la puerta del salón, y todo aquél que llegara y que se marchara la vería si intentaba escapar por aquella ruta. Lo más seguro era que nadie se preocupara de lo que hacía una pariente pobre, pero Charlotte no quería arriesgarse.

Por lo menos, había tenido la suerte de poder escapar antes de soportar la perezosa mirada de lord Rohan, si acaso conseguía al menos eso de él. Cuanto menos viera a aquel caballero en particular, mejor. Adrian Rohan era tan salvaje como había sido su padre, y aunque a casi todas las mujeres les gustaban los libertinos, a ella no. Siguió su camino, invisible como lo eran todas las mujeres sin riqueza, belleza ni juventud, y ya casi había divisado la puerta de las escaleras de servicio cuando, de repente, una figura masculina surgió ante ella, y Charlotte chocó con él, porque estaba demasiado concentrada en escapar como para detenerse a tiempo.

Unas manos fuertes la agarraron de los brazos para sujetarla, y ella se encontró mirándole la cara al guapísimo Adrian Alistair de Giverney Rohan. Era uno de los pocos hombres lo suficientemente altos como para que ella tuviera que inclinar la cabeza hacia atrás, y se sobresaltó tanto que no pudo contener la lengua.

Claramente, la suerte no estaba de su parte. Por primera vez, la educación de Meggie surtió efecto y Charlotte pronunció la fatídica palabra «Mierda».

Su Señoría ya la había soltado, había murmurado una expresión cortés de disculpa y estaba a punto de continuar su camino, después de haber ignorado la existencia de Charlotte una vez más, cuando ella enunció la palabra, en voz baja pero con claridad, y él fijó los ojos azules y fríos en su persona, seguramente, por primera vez en la vida, a pesar de que los habían presentado una docena de veces durante aquella temporada y habían bailado juntos en una horrible ocasión.

El vizconde parpadeó. Y entonces, una sonrisa lenta se dibujó en su boca, que era verdaderamente la boca más escandalosa, embustera y atractiva del mundo. Estiró el brazo y la agarró por el codo con la mano enguantada antes de que ella pudiera escapar. Fue el más ligero de los roces, muy en los límites del decoro, y había tela entre su piel y la de ella, pero, sin embargo, el contacto era de fuego.

«Mierda», pensó Charlotte de nuevo. Por fin se sentía cómoda con aquella palabra. ¿Por qué, de entre todos los invitados a la fiesta, había tenido que toparse con lord Rohan?

—¿Señorita...? —claramente, él estaba estrujándose el cerebro—. Señorita Spenser, ¿no es así? ¿Os he ofendido de algún modo?

Charlotte hizo una rápida reverencia, algo difícil entre tanta gente, e intentó zafarse de él subrepticiamente. ¿Cómo era posible que él recordara su nombre? Ella no formaba parte de su mundo. Él apretó los dedos.

—Por supuesto que no, milord. Os pido perdón. No tengo excusa para un lenguaje tan horrible.

En aquellos momentos en los que él la estaba mirando de verdad, la oleada de emociones era incluso peor, pensó Charlotte con un gesto ceñudo. Ya era lo suficientemente malo tener que verlo siempre al otro extremo de los salones de baile abarrotados, y luchar contra sus estúpidos sueños de cuento de hadas, porque sabía que aquél no era un príncipe azul, sino un hechicero perverso, un mago malvado que quería embrujarla.

Sin embargo, tenerlo tan cerca era mucho peor. Charlotte sintió calor en el vientre, congestión en el pecho y un cosquilleo en lugares en los que ni siquiera iba a pensar. Y la piel le quemaba bajo su mano.

Él la estaba mirando.

—Sois la acompañante de lady Whitmore, ¿no es así?

—Su prima.

De nuevo, aquella vaga sonrisa.

—Ah, tomo nota. Sin embargo, ¿acaso los parientes pobres no son a menudo requeridos para dar compañía?

Era una pregunta grosera, pero nada comparada al lenguaje que ella había utilizado. Y él no le soltaba el brazo.

—Si me disculpáis, lord Rohan —dijo con firmeza, y tiró del brazo con un poco de brusquedad.

Él la soltó, pero la tomó de la mano. Entonces sonrió, y su sonrisa estaba llena de malicia.

—Creo que me debéis un baile como compensación por vuestra terrible falta de buenos modales.

—Yo no bailo —dijo ella—. Por favor, soltadme.

Él no lo hizo, por supuesto. Charlotte pensó que, verdaderamente, tenía una mirada inquietante; la estaba evaluando con destreza, y ella dio las gracias al cielo por todos los años durante los que había practicado para evitar que el rubor apareciera en su piel pálida, por mucho que se estuviera muriendo de vergüenza.

—Vaya, vaya. ¿Por qué me da la impresión de que no tenéis un buen concepto de mí? —preguntó él.

—No os conozco, lord Rohan. ¿Por qué no iba a tener buen concepto de vos?

—Tal vez sea porque mi reputación me precede. Por vuestra expresión, cualquiera diría que habéis probado algo muy desagradable.

La gente los estaba observando, y ella nunca había hablado públicamente con un hombre durante más que unos breves momentos, y nunca con uno de los hombres más guapos de la alta sociedad, como Rohan.

Además, él nunca le prestaba atención a nadie aparte de a sus más recientes conquistas, que siempre eran bellezas deslumbrantes. Él no se interesaba por solteronas feas como Charlotte Spenser.

Él no le había soltado el brazo, y ella se dio cuenta con horror.

—¿Dónde está vuestra tarjeta de baile?

—Ya os he dicho que no bailo —respondió ella entre dientes—. Soltadme. Ahora.

Utilizar un tono autoritario no había sido la mejor elección, porque él entrecerró los ojos.

—Me parece que no.

Charlotte llevaba unas zapatillas suaves y ligeras, hechas para el baile en el que ella se negaba a participar. Sonrió a lord Rohan y se acercó a él, y le pisó un pie con todas sus fuerzas.

Con aquellas zapatillas no podía hacerle todo el daño que deseaba, pero lo sorprendió tanto que él aflojó por un momento la mano, instante que ella aprovechó para soltarse, darse la vuelta y escapar.

Temía que la siguiera por la puerta y entrara tras ella en el pasillo de las dependencias del servicio, pero había sobreestimado su fascinación. Cuando se atrevió a mirar atrás, él no estaba.

Había llegado a la escalera cuando comenzó la música. Era una tonta, pero en el segundo piso de la escalera había un lugar que ofrecía una vista perfecta del salón de baile, y Charlotte se dirigió hacia allí para observar. Había hecho aquello muchas veces cuando era pequeña, con Lina, fascinadas por el funcionamiento de la sociedad y por el comportamiento superficial de los padres de ambas. En su infancia, a las dos niñas les había parecido muy aburrido.

Lina había cambiado de opinión y había debutado brillantemente en su primera temporada, al término de la cual se había casado en una ceremonia extravagante con el viejo, riquísimo y todavía guapo conde de Whitmore.

Charlotte, por otra parte, se había retirado después de un fracaso total. Su aspecto corriente, su falta de suerte y su desafortunada tendencia a decir lo que pensaba le habían granjeado la indiferencia y el rechazo de la sociedad, y se había retirado a la destartalada casa de sus padres.

Recordaba al vizconde Rohan de aquella primera y espantosa temporada social, aunque pensaba que él la había olvidado por completo. Una anfitriona bienintencionada se lo había presentado como pareja de baile adecuada, y aunque él se sintiera aburrido, cumplió con su deber y bailó con ella, con una ligera expresión de martirio.

A ella nunca se le había dado bien bailar. Su familia no tenía dinero para pagarle las clases de baile, y había tenido que aprender con las lecciones de Lina. Y el nerviosismo por estar en presencia de su amor secreto había terminado de estropearlo todo: Charlotte lo había pisado, había confundido los pasos de baile y había desorganizado todo el grupo de danza folclórica.

Él no había dicho nada. Su boca elegante había adquirido un mohín grave mientras intentaba salvar el baile sin conseguirlo. Cuando aquella suprema tortura terminó por fin, ella le hizo una reverencia y él se inclinó cortésmente.

Y entonces, murmuró:

—No sabía que el baile era un deporte sangriento, señorita Samson. Tal vez debáis advertir a vuestras futuras parejas que arriesgan su vida si bailan con vos.

Aquellas palabras ligeras y despreocupadas iban acompañadas de una mirada brillante que Charlotte no supo descifrar.

Y no lo había intentando, porque había sentido una vergüenza abrumadora. El hecho de que él no supiera su apellido era un insulto más, y Charlotte no había vuelto a bailar jamás. Por lo menos, en público, y nunca con una pareja.

Algunas veces, después de que Lina se retirara a vivir al campo, Charlotte se encontraba sola en la enrome casa solariega. Si entraba en un pasillo vacío o salía a un prado, se daba cuenta de que estaba canturreando y comenzaba a bailar libremente, moviéndose con el viento, feliz.

Sin embargo, ni siquiera las palabras burlonas y crueles de Rohan habían conseguido que le tomara antipatía. En las pocas ocasiones en las que Charlotte acompañaba a Lina a alguna fiesta, lo buscaba ávidamente con la mirada, y cuando él se había marchado al continente, Charlotte sintió a la vez alivio y decepción.

Desde su regreso, había coincidido dos veces con él, y sus ojos azules habían pasado sobre ella con el mismo desinterés y vago aburrimiento con el que miraba a todo el mundo, con la excepción de las grandes bellezas. Charlotte Spenser sólo era parte de la horda anónima de vírgenes feas que buscaban marido desesperadamente.

Pero ella no. Nunca. Sus padres habían muerto, y la casa solariega había pasado a manos del pariente varón más cercano, un primo tercero a quien Charlotte ni siquiera conocía. Evangelina ya se había quedado viuda, y le rogó que fuera a vivir con ella, y Charlotte había aceptado con alegría. Se las había arreglado para evitar asiduamente los eventos sociales, y en realidad, aquélla había sido la temporada más feliz de su vida. Vivía con su prima, que era también su mejor amiga, asistía a la Asociación de Mujeres Intelectuales y Progresistas para ocupar su tiempo y Adrian Rohan estaba en el extranjero.

Sin embargo, sabía que aquello no podía durar. Rohan había vuelto inesperadamente de Europa, que una vez más se preparaba para la guerra, y aquello destruyó la paz de espíritu de Charlotte. No tenía duda alguna de que Lina volvería a casarse, y de que en un matrimonio más feliz, tendría hijos. Tal vez ella pudiera convertirse en una tía honoraria y útil, si el nuevo marido de Lina la toleraba.

Miró hacia abajo, al salón de baile, por última vez. Adrian Rohan ya había encontrado a otra y la había olvidado. Estaba bailando con una joven muy bella, de busto generoso. En realidad, el hecho de que olvidara a Charlotte con tanta facilidad era el único consuelo para su orgullo. No quería que él la considerara ridícula ni necesitada. Rohan había encontrado otro foco de atención, y así, Charlotte no tenía que preocuparse de que se burlara de ella.

Se dirigió lentamente a las lujosas habitaciones que le había asignado su prima y comenzó a desnudarse, puesto que no sabía dónde había podido meterse Meggie. Después se cepilló el pelo y se lavó la cara con agua fresca.

Las sábanas también estaban frías, y al taparse con ellas hasta la nariz, se dio cuenta de que todavía notaba la mano de Rohan en su brazo, fuerte, autoritaria. Ella no podía soportar que la obligaran a hacer algo, que la acobardaran. Así que, ¿por qué estaba acariciando con ternura el lugar por el que la había sujetado el vizconde?

Se había vuelto loca. Se había trastornado. Había perdido la razón.

Sin embargo, había algo que no se escapaba a su formidable intelecto, una verdad desagradable: estaba enamorada de Adrian Rohan, llevaba años enamorada de él, y nada, ni su grosería ni los chismorreos sobre sus excesos, ni el propio discurso racional de Charlotte, iban a remediarlo.

Una vez más, reprochándose su idiotez, Charlotte se sumió en un sueño profundo, pero inquieto.

Adrian Alastair Rohan miró el vestido de la exquisita, bella y tonta señorita Leonard. Todo lo que decía aquella joven le aburría, aunque estuviera respondiendo con cortesía. Normalmente, un flirteo amable era una buena manera de pasar una noche interminable. Sabía que no iba a conseguir nada más allá de un beso por parte de la señorita Leonard, pero sabía de muy buena tinta que ella era toda una experta besando. Tal vez fuera entretenido comprobar si podía enseñarle algo nuevo.

Sin embargo, Adrian hubiera preferido enseñar a la nerviosísima y deliciosa señorita Charlotte Spenser, aunque no supiera el motivo. Ella llevaba una ropa atroz, tenía una actitud mucho menos que cordial y, siempre que la veía, aquella mujer se comportaba como si él hubiera cometido un crimen horrendo. Sí, Adrian sabía que tenía muy mala reputación, pero, por experiencia, sabía también que a las mujeres eso les parecía irresistible.

Era el resto del tiempo lo que le interesaba. Porque la honorable señorita Charlotte Spenser no podía quitarle los ojos de encima, algo que le resultaba divertido. Pese a su declarado rechazo por él y por todo lo que él significaba, Adrian sabía que ella lo observaba cuando creía que nadie se daba cuenta, y que él supiera, no prestaba atención a nadie más en particular.

Adrian estaba más que acostumbrado a que las mujeres lo miraran con admiración y con anhelo, incluso. Era rico, heredero de un gran título y, además, era alto y guapo, con los ojos muy azules y profundos, iguales a los de su padre. Sin embargo, él no era el joven más guapo de la alta sociedad; ese puesto lo ocupaba Montague. Ni tampoco era el más rico, ni tampoco era encantador. Tenía una lengua desagradable y fama de no soportar a los tontos.

Y, sin embargo, ella lo miraba cuando bailaba con la última belleza, cuando se estaba riendo con sus amigos, cuando le paraba los pies a algún advenedizo o cuando se emborrachaba y hacía el idiota. Adrian se preguntaba por qué.

Una posibilidad, su favorita, era que la señorita Spenser estuviera planeando su asesinato. La pariente pobre, ignorada demasiadas veces, estaba decidida a vengarse, y tal vez él encontrara veneno en su siguiente copa de vino o sintiera deslizarse un cuchillo entre sus omóplatos.

No era nada que Adrian no se mereciera, pero él dudaba que Charlotte tuviera intención de hacer algo así. En realidad, sabía por qué lo miraba, y era por el mismo motivo que la mitad de las mujeres de la buena sociedad, jóvenes y viejas, casadas y solteras, feas y guapas. Pensaba que estaba enamorada de él.

Si alguna vez ella quisiera mantener una conversación cortés con él, Adrian le explicaría gustosamente que el amor no existía. Todos pensaban que las mujeres eran puras y románticas, y que los hombres no eran más que bestias lujuriosas y sucias. Para su inmenso placer, Adrian sabía la verdad.

La señorita Spenser lo deseaba. Cierto, lo deseaba con ramos de flores, cumplidos y el matrimonio de por medio, pero quería sentir sus manos en el cuerpo, quería que le quitara aquella ropa tan fea.

Adrian estaría más que contento de agradarla, pero nunca tocaba a vírgenes de buena cuna. La mera idea de verse atrapado entre las piernas de una criatura ceñuda y puritana como la señorita Spenser le producía horror. Y su padre le obligaría a cumplir con su deber, pasando por alto que él también tenía un pasado de libertino.

La señorita Spenser tendría que conformarse con mirarlo encubiertamente y suspirar. Y él tendría que resistir la tentación de descubrir si podía suavizar los severos labios de Charlotte.

–Mi querido muchacho, te he buscado por todas partes –le dijo su primo con un marcado acento francés, cuando él terminó de bailar y le cedió a la señorita Leonard, y su impresionante busto, al siguiente afortunado.

Adrian miró a Etienne de Giverney. En realidad era

primo de su padre, y más cerca de su edad que de la de Adrian. Sin embargo, Etienne le tenía mucho afecto a su primo pequeño, y Adrian disfrutaba en su compañía. Por un lado, sus padres no estaban de acuerdo con aquella amistad, y eso era un punto a favor. Por otro, Etienne tenía inclinación por lo escandaloso. Y, si Adrian había respaldado la entrada de su primo en el círculo más exclusivo de la alta sociedad inglesa, Etienne le había conseguido acceso a las filas exaltadas del Ejército Celestial, pese al hecho de que su padre, que una vez había presidido sus reuniones, despreciara ahora a aquel grupo.

Etienne, como era francés, estaba más que familiarizado con prácticas oscuras que la buena sociedad no toleraba. Había iniciado a su primo en el consumo del opio y en otras cosas tan inventivas como peligrosas.

Al contrario que su padre, quien aparentemente había olvidado su deshonrosa juventud, Etienne fomentaba la afición de Adrian por las carreras de carruajes y apostaba cantidades más altas, incluso, que su primo, y con más éxito. Con Etienne nunca se aburría.

Así pues, no iba a pensar más en aquella Charlotte Spenser, y pensaría en los tres días de delicioso libertinaje que tenía por delante, además de en la visita que le debía, desde tiempo atrás, a su querido amigo Montague.

–Hay poca diversión, aquí, ¿no te parece? –le preguntó Etienne–. Veamos si podemos encontrar alguna en Le Rise.

Le Rise era el burdel más célebre y atrevido de toda la ciudad. Las apuestas de juego eran muy altas, el vino tolerable y los otros entretenimientos, irresistibles. Era casi imposible poder acceder al establecimiento si uno no pertenecía a las más altas instancias. Adrian había sido uno de sus primeros miembros, por supuesto, y Etienne había sido admitido como invitado suyo.

—Si no podemos, es que estamos realmente hastiados —dijo Adrian en un perfecto francés.

Etienne se echó a reír. Adrian se preguntó, en silencio, si no acababa de decir la verdad.

CAPÍTULO 2

Normalmente, un viaje al campo sería la idea de la perfección para Charlotte. Nunca le había tenido demasiado cariño a Londres. Era ruidoso, olía mal y estaba muy sucio, y aunque las oportunidades para ir al teatro y las bibliotecas, y la compañía de otras mujeres de sus mismas ideas eran estimulantes, alejarse de la ciudad durante una temporada era algo divino.

Sin embargo, el modo en que Charlotte tenía pensado pasar aquellos días en Sussex no tenía nada de divino. Los Monjes Locos iban a celebrar una de sus reuniones libertinas, y ella iba a formar parte de aquella reunión.

El viaje, en el moderno carruaje de Lina, había sido casi demasiado corto. Su prima le había sugerido que se pusiera un sombrero que le ocultaba la mayor parte de la cara, y que mantuviera la cabeza agachada. Su altura podía delatarla, pero tenía intención de caminar encogida para parecer más baja y más servil. Nadie le prestaría atención, y si alguien la miraba, pensaría que era la doncella de Lina. Meggie las había acompañado, y si alguien hubiera preguntado, la respuesta habría sido que la condesa de Whitmore necesitaba su propia peluquera. Pero nadie preguntó; detalles como ése no tenían importancia. Para cuando estuvieron instaladas en sus dormitorios en Hensley Court, no habían visto a nadie, ni siquiera a su anfitrión, que estaba enfermo, y Charlotte comenzó a sentirse menos nerviosa.

—Es muy sencillo, querida —dijo Lina mientras tomaban el té que les habían servido los excelentes criados de Montague—. El hábito de monje te cubrirá de la cabeza a los pies, y como eres tan alta, todo el mundo pensará que eres un hombre. Intenta no encorvarte, querida. Echa los hombros hacia atrás y mantén la cabeza agachada. No tienes que hablar. El color marrón de tu hábito indica que has hecho voto de silencio, y con la cinta blanca que llevas atada al brazo señalas tu estatus de observador. Puedes moverte libremente por todos los jardines, pero no te acerques a la Puerta de Venus. Más allá de esa puerta no hay reglas. Te la mostraré antes de... eh... distraerme. Puedes ir a cualquier otro lugar que te apetezca, a menos que encuentres una puerta cerrada, pero, normalmente, eso se indica con un pañuelo de cuello masculino atado al tirador de la puerta. Significa que la pareja o el grupo que están dentro de una determinada sala no quieren ser molestados.

—¿Grupo? —preguntó Charlotte débilmente. Lo que había empezado como una tontería estaba convirtiéndose en algo demasiado real, y se preguntó si era demasiado tarde como para cambiar de opinión, si quería hacer aquello.

—Cariño —le dijo su prima pacientemente—. Eso es una orgía. Si participan dos personas sólo es sexo, pero si hay tres o más, es una orgía. Pero no te preocupes. Hay muchos a quienes les gusta tener público para sus actividades. Te prometo que es más probable que puedas observar la orgía que recibas una invitación para participar en ella.

—Eso me tranquiliza —dijo Charlotte con la voz apagada

Lina la inspeccionó. Ella se había puesto un hábito de monja, aunque confeccionado en seda y hecho a medida. Todavía no se había puesto el velo, y con el pelo negro y rizado, y los ojos relucientes, parecía verdaderamente una monjita joven y llena de picardía.

—Si has cambiado de opinión no hay ningún problema —le dijo a Charlotte—. El cochero puede llevarte a casa, o puedes quedarte aquí, en estas habitaciones, y disfrutar de la hospitalidad de Montague. Tiene los mejores chefs del país. Aunque algunos de los invitados vuelven aquí para descansar durante estos tres días, la mayoría de ellos permanece en la abadía, que ha sido completamente remodelada al efecto, así que no es probable que te topes con ninguno de ellos. Y hace falta un bote para ir y venir, lo cual desanima a la gente. Podrías estar muy tranquila aquí...

—Voy a ir contigo —dijo Charlotte con firmeza—. El hermano Charles, a vuestro servicio.

Lina cabeceó.

—Como quieras, querida. Estoy segura de que el único daño que vas a sufrir va a ser en tu sensibilidad de inocente, pero nadie te va a tocar. Y si lo hacen, sólo tienes que gritar muy fuerte.

—¿Y no llamaría demasiado la atención? Se supone que soy un hombre, ¿no? No llevo hábito de monja como tú.

—Bueno, muchas mujeres prefieren la libertad que da un hábito de monje. Si no tienes cuidado, es fácil que los demás supongan que eres una mujer por tu forma de andar.

—Puedo caminar como un hombre —protestó Charlotte.

—Pues no, querida, no. Tienes un movimiento de caderas delicioso, tanto, que yo he intentado imitarlo muchas veces. En ti es algo natural, y a mí me da celos. Es una bendición que te niegues a bailar. Si los demás vieran cómo caminas, ya no podrías quedarte siempre junto a la pared. Los hombres te rodearían.

—Yo no quiero que me rodee ningún hombre —volvió a protestar Charlotte—. Estoy feliz siendo tu acompañante. Pero si mi presencia empieza a parecerte tediosa, siempre puedo...

—Ahora sí que estás siendo tediosa —respondió Lina—. Tú eres mi prima, mi hermana, y la única persona en la que confío. Y nunca me has juzgado, cuando está claro que quieres hacerme ver el error que cometo con mis actividades disolutas. Quiero que estés a mi lado todo el tiempo que puedas soportarlo.

—¿Y si vuelves a casarte? Dudo que tu marido quiera que yo esté con vosotros.

—No tengo ninguna intención de volver a casarme —respondió Lina lacónicamente, con una voz muy apagada. Parecía que se había puesto a mirar hacia el pasado, algo muy desagradable, y Charlotte tenía la sospecha de que sabía lo que era.

Entonces, Lina se recuperó y se echó a reír.

—Y si soy tan tonta como para cambiar de opinión, entonces dame una buena paliza para que recupere el sentido común.

Se levantó, tomó el velo almidonado y se lo colocó en la cabeza, y después se volvió hacia Charlotte para que le diera su opinión.

—No creo que pegue el carmín de labios —dijo ella con ironía.

—Eso es parte del plan. Y tú tienes que quitarte la ropa. Se te ve el vestido por debajo del hábito.

—No digas tonterías.

—Las mujeres no llevan nada bajo sus trajes, Charlotte. Es una noche cálida de primavera, y vas a pasar mucho calor, sobre todo teniendo en cuenta que vas a llevar la cabeza cubierta.

—La única vez que me desnudo es en el baño, y si fuera posible, lo evitaría también —dijo Charlotte.

—Qué testaruda. Meggie, tráeme la camisa negra. Con eso podrás cubrirte y no resultarás indecente.

Charlotte observó la fina seda negra que había tomado Meggie.

—No.

—Para que la gente crea que eres un hombre tienes que quitarte las ballenas. De veras, te sentirás muy bien con esta camisa. Nadie va a mirar debajo de tu hábito. Si quieres, puedes dejarte las medias y las ligas puestas. Muchas mujeres lo hacen, incluso cuando mantienen relaciones sexuales.

—¿De veras? —preguntó Charlotte, fascinada.

La doncella de Lina comenzó a quitarle el vestido. Le desabotonó la espalda rápidamente, y el feo traje cayó al suelo.

—Pues sí. A los hombres les resulta excitante. Y a las mujeres también, tanto a las que las llevan como a las que... disfrutan de las mujeres que las llevan.

—No entiendo cómo es posible —dijo Charlotte, sin darse cuenta de que la doncella le desataba las ballenas—. Y no entiendo cómo es posible que los hombres...

—Con suerte, podrás presenciar una demostración completa —respondió Lina, observándola con ojo crítico—. Querida, tienes un pecho precioso. ¿Por qué te lo envuelves así?

Charlotte se puso las manos sobre el pecho.

—Me molestan —dijo fastidiada.

—Bueno, los aros también fuera, querida. Te delatarían más que los pechos.

—¿Podríamos dejar de hablar de mis pechos, por favor? —rogó Charlotte, muy ruborizada.

Lina titubeó.

—Querida mía, no sé si esto es buena idea. Eres demasiado inocente...

Charlotte detestaba de veras que la llamaran inocente. Así pues, respiró profundamente y se quitó el miriñaque, de modo que se quedó tan sólo con una camisa blanca, las bragas, las medias y las ligas.

—Así está bien —dijo con firmeza.

Lina negó con la cabeza.

—No, mi amor. Quítate el resto. Y si yo fuera tú, me quitaría las medias. Pueden ser un impedimento si necesitas moverte con rapidez.

—¿Y por qué iba a necesitarlo?

Lina se encogió de hombros.

—Aquí hay gente persistente, terca, aunque se comporten bien. Te prometo que estaré cerca, en caso de que te metas en un problema. Pero hazme caso, ponte sólo la camisa negra. Vas a disfrutar mucho de la sensación de libertad que te dará.

Charlotte lo dudaba, pero obedeció. Se quitó toda su ropa y preguntó nerviosamente:

—¿Dónde está la camisa?

Meggie se la entregó, murmurando entre dientes. La doncella se había opuesto a aquello desde el principio, pero Charlotte se había empeñado. El hábito que iba a ponerse estaba hecho de un lienzo grueso de color marrón, mucho más elegante que la vestimenta de un monje común y corriente. Charlotte se lo puso, y lo dejó deslizar sobre su cuerpo como si fuera una caricia suave. Se puso la capucha y exhaló un suspiro de alivio. Las mangas eran largas y le cubrían las manos, y también la capucha le cubría por completo ambos lados del rostro. Podría hacer lo que quisiera sin miedo a ser descubierta.

Lina se acercó con un lazo blanco.

—Que no se te olvide esto, querida. Es tu salvoconducto.

Charlotte la miró con inseguridad.

—¿Y qué pasaría si lo perdiera?

—Nada demasiado terrible. Si pierdes el lazo y alguien te aborda, sólo tienes que decirle que no. Han hecho un juramento de honor y obedecerán.

—¿Honor? —preguntó Meggie con indignación.

—Más o menos —respondió Lina, y se volvió hacia Charlotte—. Bueno, ¿estás lista, querida? Todavía puedes cambiar de opinión. Ya está oscureciendo, y tenemos que estar en la abadía cuando se ponga el sol.

—No voy a cambiar de opinión, Lina.

—Entonces, agacha la cabeza y nos pondremos en camino. Y, Charlotte... No pensarás muy mal de mí, ¿no? Yo participo voluntariamente en estas actividades, y si creyera que puedes tomarme asco por ello, no te habría traído.

—Querida, yo no puedo tomarte asco por ningún motivo. Tú puedes buscar el placer del modo que mejor te parezca, como hacen los hombres. Te prometo que no voy a juzgarte.

Lina sonrió.

—No, tú no harías algo así. Sin embargo, creo que voy a ver si puedo conseguir que te vigile otra persona. El tipo de actividad que yo voy a practicar no es muy digna, y no sé si quiero que te acuerdes de mí así cada vez que me mires.

Charlotte se echó a reír, pasando por alto la punzada de inseguridad que notó en el estómago.

—Como quieras. Siempre y cuando nadie me importune ni me pida nada, estaré bien.

—Nadie lo hará. El Ejército Celestial tiene pocas normas, aparte de «Haz lo que quieras», pero una de ellas es sagrada: todos los actos deben ser agradables para todos los participantes, y nadie puede interferir ni criticar las preferencias de un determinado miembro del grupo. Nadie te va a tocar, querida. Te lo prometo.

Charlotte miró el lazo blanco que llevaba alrededor del brazo.

—Estaré perfectamente, Lina. No te preocupes. Estoy segura de ello —dijo.

Y se preguntó si no estaba mintiendo.

Adrian se mantuvo apartado, observando la ceremonia. Él no se había molestado en ponerse un hábito, ni ninguno de los otros atavíos estúpidos que solían llevar los miembros del Ejército Celestial. Prefería que sus pecados fueran flagrantes. La idea de esconderse detrás de una túnica y de una contraseña era un anatema para él. Le gustaba pensar que no había nada que estuviera dispuesto a hacer, y nadie a quien no quisiera dejárselo saber. Incluyendo a su estimado e hipócrita padre, que había cometido los mismos excesos que él e incluso a una edad más avanzada que los veintiocho años de Adrian.

Su madre era un asunto diferente. Ella se preocupaba demasiado por él, pero Adrian contaba con la circunspección y la caballerosidad de los demás para que no hicieran correr demasiados rumores.

Su madre quería que se casara y que le diera nietos, y Adrian suponía que terminaría haciéndolo, sólo para que ella fuera feliz. La felicidad de su madre era una de las cosas que más le importaban, aparte de su propia búsqueda del placer.

Ella no se pondría contenta si supiera que estaba en una reunión del Ejército Celestial. Aquello habría sido obstáculo para otro hombre, pero él era un hombre malo, como le había asegurado Etienne alegremente. Era un libertino, un mujeriego, un seductor de la peor clase. Aunque su primo decía que era un gran honor, Adrian no sentía un orgullo especial. En general, no sentía nada aparte del placer de los sentidos. La pequeña muerte de un orgasmo intenso, la dulzura del opio y los sueños salvajes que proporcionaba la absenta, y que estimulaban sus relaciones sexuales más intensas.

Y por eso estaba allí, pese al ceremonial, el latín que apenas estaba a la altura de su educación clásica. Él iba allí por el sexo en todas sus variaciones, por la falta total de inhibición y de contención. Iba por el lema que figuraba en el arco de piedra que conducía a aquel jardín: *Haz lo que quieras*. Tenía esa intención.

Montague estaba en la tarima, con una sonrisa irónica, exhortando a los presentes. Estaba más pálido y más débil de lo normal, y Adrian supo, de repente, que estaba empeorando. Su amigo levantó una mano temblorosa y alzó una copa con forma de falo de la que se suponía que todos debían beber, como si aquello fuera una especie de comunión profana. Adrian evitaba siempre aquella parte del ceremonial. Era demasiado maniático como para compartir una copa con algunos de los peores degenerados de Europa, y no tenía demasiada fe en lo que podía haber en aquella mezcla de vino y hierbas. En una ocasión, un elixir de hongos había provocado alucinaciones espantosas a todo el grupo. Pawlfrey no había podido recuperarse, y había terminado encerrado en la finca de su familia, completamente loco.

Adrian tenía más confianza en su propia fuerza mental, y prefería tomar sus propias decisiones en lo referente al consumo de drogas. Sabía hasta qué punto toleraba la absenta o el opio, y regulaba su uso. Le parecía inaceptable que cualquier otra persona pusiera dosis de droga en su vino.

Vio a lady Whitmore al otro lado del grupo ávido de monjes y monjas. Estaba tan deslumbrante como siempre con su hábito. Sin duda, era una de las grandes bellezas del país, y le había dejado bien claro que estaba dispuesta a acostarse con él. Adrian sólo tenía que hacerle una señal y ella se pondría a su disposición.

Sin embargo, había algo que se lo impedía. Pese a su coqueteo, sus miradas lánguidas y sus roces ocasionales, él siempre tenía la impresión de que aquella mujer no disfrutaba con el acto sexual. Incluso las cortesanas caras con las que él se relacionaba normalmente mostraban más entusiasmo.

No. Él preferiría acostarse con su prima la estirada, la virginal Charlotte Spenser. De hecho, recientemente tenía una fantasía. La noche anterior había dormido solo, para variar, y había notado que se le endurecía el cuerpo al recordar la boca de alguien. La boca mojigata y seria de la prima de Lina. Adrian quería comprobar si el pelo que tenía entre las piernas era del mismo color cobre que el de la cabeza, y quería ver si tenía pecas en los pechos, en el vientre, en los muslos. Quería quitarle la ropa fea que llevaba, desnudar su largo cuerpo y...

La voz de Montague se elevó mientras pasaba la copa al siguiente acólito. Después, su amigo desapareció entre las sombras. Lady Whitmore era la tercera de la fila, y claramente estaba ansiosa por empezar, y Adrian sabía que iba a tener que decidirse. Evangelina Whitmore era bellísima y estaba disponible, y él nunca se había acostado con ella. Era tonto por dudarlo.

Mientras lady Whitmore se movía, él advirtió la presencia de un monje muy alto que estaba junto a ella, y frunció el ceño. ¿Acaso ya había elegido quién iba a ser su compañero durante la hora siguiente, o durante los tres días que tenían por delante?

Entonces, vio que el monje llevaba un lazo blanco atado al brazo. Así pues, sólo era un observador. Él no tenía problemas con el hecho de ser observado, porque hacía mucho tiempo que aquello había dejado de ser una novedad en aquellas reuniones; si Lina Whitmore había acudido acompañada de un testigo, entonces él miraría hacia otro lado.

Sin embargo, y para su sorpresa, lady Whitmore y el monje se separaron, y él pensó que debía de haberse confundido. Adrian estaba muy seguro de que formaban una pareja, pero Evangelina había desaparecido en la oscuridad, y Adrian se preguntó si habría ido con Montague. No habría alegría en aquella unión para ninguno de los dos, pero eso no era problema suyo.

Lo que más le interesaba, de repente, era aquel monje.

—¿Por qué titubeas, muchacho? —le preguntó Etienne, que se había acercado a él sigilosamente.

Llevaba el hábito de monje abierto, exhibiendo un pecho fornido cubierto de vello entrecano. Etienne tenía predilección por los grupos, mientras que Adrian prefería una sola mujer en cada ocasión. Sonrió.

—Mi deseada se ha ido con otro. Tengo que elegir de nuevo.

—¿Y no puedes unirte a ellos?

—No. Creo que buscaré en otra parte —dijo, sin apartar los ojos del nuevo monje.

Por su forma de caminar, Adrian tuvo la sensación de que era bastante joven. Avanzaba hacia los jardines, que estaban decorados con unas estatuas muy explícitas. Adrian notó que el monje se ponía rígido, como si nunca hubiera visto lo que hacían las figuras talladas, y...

Sonrió lentamente.

—Creo que ya he encontrado a mi musa.

Etienne siguió su mirada.

—Has cambiado de hábitos, *mon cousin*. Antes no te atraía tu propio sexo.

—Es una mujer —respondió él.

La figura seguía adentrándose en el Jardín de las Delicias. No había gritado ni se había desmayado; tal vez él la hubiera subestimado. Debía de tener más experiencia de lo que pensaba Adrian.

—Ah. ¿Y la has elegido a ella? Que disfrutes. Si no te sirve, ven con nosotros.

Adrian sonrió vagamente. Comenzó a seguirla, moviéndose con sigilo entre las sombras para no alarmarla. Quería que se sobresaltara al ver lo que iba a ser el golpe de gracia, la estatua pornográfica de El Rapto de las Sabinas. El romano estaba en mitad del acto de violar a su nueva novia a lomos de su caballo.

Al llegar a la estatua, el monje se quedó helado. Adrian supo que estaba mirando el enorme miembro del soldado romano, y notó su consternación en la postura de los hombros. Se echó a reír suavemente. Pobre corderita.

Ella siguió caminando por los jardines, que estaban suavemente iluminados con antorchas, y alejándose de la multitud. El Ejército Celestial se había dividido, en parejas, en grupos, y de vez en cuando algunas voces la llamaban y la invitaban a que se quitara el lazo blanco y se uniera a ellos, o a mirar o a tomar parte. Sin embargo, ella negaba con la cabeza y continuaba su camino.

Ella no había probado el vino comunal, y no había nada que pudiera calmar su intranquilidad. ¿La habría aconsejado bien Lina? ¿Sabía que no debía pasar por la Puerta de Venus? Cuando uno de los participantes atravesaba aquella puerta, se convertía en blanco legítimo de cualquiera, a menos que otro ya lo hubiera reclamado para sí.

¿Y qué demonios estaba haciendo allí, de todos modos? No había ningún motivo para que una soltera virginal, de buena cuna y mojigata acudiera a observar una orgía. Tampoco podía imaginar el motivo por el que Evangelina Whitmore la había llevado consigo.

Caminó detrás de la joven aventurera, ignorando igual que ella todas las invitaciones que recibía por el camino. Estaba acercándose inexorablemente a la Puerta de Venus, y seguramente no tenía ni idea de lo que significaba atravesarla.

Charlotte se detuvo junto a otra estatua, la de una jovencita bien dispuesta a usar la boca con un ser que parecía un troll. Adrian intentó evaluar su reacción, pero se dio cuenta de que se estaba acercando demasiado a ella. Tanto, que vio cómo se le aflojaba la cinta blanca del brazo. Tanto, que se dio cuenta de que ella quería estar a cientos de kilómetros de allí.

¿En qué estaría pensando Lina para haberla llevado allí? Se sentía molesto. Su prima no debería haberla abandonado de aquella manera entre libertinos como él.

—¡Rohan! —gritó alguien—. Ven con nosotros.

Él dijo que no con una seña, pero era demasiado tarde.

Ella se dio la vuelta al oír aquel nombre, y se quedó helada. ¿Qué esperaba?, se preguntó Adrian con irritación. Ella debía de saber que él iba a estar allí. ¿A qué otro lugar iba a ir un hombre joven si los Monjes Locos se congregaban?

Casi pudo oír su exhalación de pánico, un pánico que la empujó a cometer un error fatal. Atravesó el seto sin podar de la Puerta de Venus hacia el punto sin retorno. La señorita Charlotte Spenser ya no podía volver atrás. Las ramas la rodearon y se engancharon en ella, y cuando desapareció al otro lado, la cinta blanca quedó atrás, enredada en las ramas.

Cuando él llegó a la puerta, ya no había ni rastro de Charlotte. Recogió el lazo y se lo entrelazó en los dedos.

Después atravesó la puerta tras ella, sonriendo.

CAPÍTULO 3

«Mierda», pensó Charlotte con una vehemencia digna de elogio. Al principio, cuando había tenido aquella idea descabellada, pensaba que habría tanta gente que era improbable que se topara con Adrian Rohan. Y, si lo veía, él también llevaría un hábito, así que no iba a reconocerlo.

Sin embargo, no todos los caballeros y no todas las damas llevaban un hábito religioso. Con una mirada breve, nerviosa, se había dado cuenta de que Rohan llevaba unos pantalones sencillos, una camisa blanca y un abrigo largo y sin mangas. Se había preguntado por qué iba vestido de una manera tan informal, y entonces se había dado cuenta de que era para poder desvestirse fácil y rápidamente, sin ayuda de cámara.

Charlotte no quería pensar en el guapísimo vizconde Rohan sin ropa. Imaginárselo desnudo le cortaba el aliento, y ya estaba lo suficientemente agitada por el mero hecho de verse allí. Miró subrepticiamente hacia atrás. Él estaba solo, demasiado cerca, y mirándola directamente a ella.

No podía saber quién era, puesto que su disfraz era demasiado bueno. Y Lina le había dicho que Rohan nunca había tomado parte en actividades con otros hombres, así que no podía estar mirándola a ella, ¿verdad?

Sin embargo, él no dejaba de caminar hacia ella, y Charlotte sintió pánico. Se adentró más en las sombras. Las antorchas eran más escasas en aquella parte del jardín, y la luna sólo proporcionaba una luz tenue. Había un templete frente a ella, una estructura ligera de piedra caliza, y más allá de las columnas, un estanque.

Durante un momento, respiró con alivio. Aquello estaba lleno de paz, de seguridad, y a la luz de la luna era precioso. Estaba apartado de la locura que había dejado atrás, era un refugio...

—¡Vaya, vaya! Llevo mucho tiempo esperando encontrarme a alguien joven y fresco —le dijo alguien al oído, y ella se sobresaltó.

El hombre también llevaba un hábito, pero tenía la capucha bajada, y Charlotte lo reconoció. Era sir Reginald Cowper, el de la enorme fortuna, los siete nietos, la reputación de santo y el encanto paternal y amistoso. Pero en aquel momento no tenía nada de paternal ni de amistoso.

Antes de que ella pudiera echar a correr, él la agarró del brazo.

—¿Eres tímido? Bueno, no te preocupes. Me gustan los muchachitos tímidos en la cama. Eres nuevo...

Charlotte experimentó miles de emociones. Asombro por el hecho de que sir Reginald, que tenía tantos descendientes, prefiriera aquello. Fastidio, porque él la había tomado por el brazo con fuerza. Agitó la cabeza con vehemencia, intentando zafarse, pero él apretó los dedos.

Lina le había prometido que allí no se forzaba a nadie, y que el lazo blanco que llevaba atado a la manga era su salvoconducto. Sin embargo, no parecía que sir Reginald recordara las reglas. Ella intentó mostrarle el lazo blanco, pero había desaparecido.

–No tienes por qué ser tan tímido, muchacho –dijo sir Reginald, arrastrando ligeramente las palabras. Charlotte se dio cuenta de que estaba muy borracho–. No voy a hacerte daño.

–Nada de meterte en mi terreno, Reggie –dijo alguien. Era una voz burlona que a Charlotte le resultaba familiar, y se quedó helada.

–Yo lo he visto primero, Rohan –dijo sir Reginald–. Entró por la Puerta de Venus, con lo cual es mío. Además, yo sé que a ti sólo te interesan las mujeres.

–Tal vez esté ampliando horizontes –respondió Adrian–. Voy en busca de novedades, y este monje es perfecto. Así pues, me temo que tendré que contradecirte.

–No voy a cedértelo –dijo el anciano empecinadamente.

Rohan alzó la mano, y le mostró un lazo blanco que llevaba entrelazado en sus elegantes y largos dedos.

Sir Reginald soltó un juramento profano, pero aflojó la mano con la que sujetaba a Charlotte, y después de unos segundos la soltó.

–Muy bien. Te lo concedo por tu interés, anterior al mío, y por la señal de favor que tienes en la mano. Los caballeros deben acatar las normas de un orden establecido... –murmuró para sí–. Pero escúchame, jovencito –añadió, inclinándose hacia ella y echándole encima los vapores etílicos de su respiración–: La próxima vez no entres solo por el portal, o tal vez ignore esas reglas.

Ella no estaba segura de lo que debía hacer. Rohan los estaba observando, y ella sabía que se estaba divirtiendo. ¿Asentía o negaba con la cabeza? Lo único que sí sabía era que tenía que volver a Hensley Court, a la seguridad de su habitación, antes de que otro caballero decidiera que le interesaban los jóvenes tímidos.

Sir Reginald se alejó, murmurando, y un momento después desapareció detrás de un seto, por el mismo camino por el que habían llegado Rohan y ella. Charlotte oyó unos vítores al otro lado cuando salió el anciano, pero tenía cosas más importantes de las que preocuparse. Como por ejemplo, escaparse del guapísimo vizconde.

No conocía ningún gesto universal para dar las gracias, así que esperaba que con un asentimiento fuera suficiente. Él tenía los ojos brillantes bajo la luz de la luna, pero en su rostro no había ni duda ni confusión. Tan sólo, el mismo cinismo cortés de costumbre.

Ella comenzó a darse la vuelta, pero él la agarró de la mano.

—Me parece que no, joven hermano —le dijo suavemente.

Ella negó con la cabeza e intentó liberarse la mano, pero él la siguió.

—¿Es que lady Whitmore no os avisó de lo que significa pasar por la Puerta de Venus? Sí, se que estabais con ella. Supongo que sois uno de sus amantes. ¡Tenéis idea de por qué os ha abandonado a merced de los Monjes Locos?

Ella tiró con más fuerza, sin dejar de retroceder, pero él se limitó a seguirla, agarrándola con seguridad, aunque no con tanta fuerza como sir Reginald.

—¿No respondéis? —murmuró Rohan—. Bueno, no importa. Ahora estamos aquí, y mi celda está muy cerca.

Entonces, ella comenzó a tirar seriamente del brazo, sacudiendo frenéticamente la cabeza, y él se echó a reír.

—Oh, no, hermano. No es una celda de la cárcel. No tengo intención de encarcelaros. Aunque me encantaría enseñaros otras formas de aprisionamiento más placenteras. No, no estoy hablando de mi celda. He pagado una buena cantidad para que fuera más lujosa de lo habitual, y muy privada en este circo de pecadores. Os gustará.

Ella consiguió liberarse y él la dejó alejarse, riéndose, mientras ella corría hacia el falso templo con torpeza debido a las sandalias. Se quitó una de una patada mientras corría, e intentó quitarse la segunda, pero se le enredó el pie y cayó de bruces al suelo.

Él estaba sobre ella. Ella lo sabía, aunque la capucha se le hubiera caído alrededor de la cabeza y lo ocultara todo. Y gracias a Dios, porque si se le hubiera caído en los hombros, él sabría quién era. No había nadie más que tuviera el pelo rizado de aquel color en particular.

—No tenéis por qué hacer penitencia —le dijo—. No habéis pecado. Todavía.

Al oír aquella palabra ominosa, ella intentó ponerse en pie pero él la agarró y la estrechó contra su cuerpo duro y fuerte, con una mano en la cintura.

—¿Vais a hablar, o vuestro voto de silencio es permanente? No es que no esté disfrutando mucho de este juego, pero antes o después vais a terminar en mi cama, y lo sabéis. De lo contrario, no estaríais aquí.

Ella podría quitarse la capucha y revelar quién era, y él la soltaría, horrorizado por su equivocación. Al vizconde no le interesaba Charlotte Spenser, fea y virginal. Estaba buscando una compañera con talento. Pero si lo hacía, todo el mundo sabría quién era. No podría volver a aparecer en público por la ciudad. Eso no sería un destino muy terrible, pero no quería abandonar a Lina.

No. Lo mejor que podía hacer era seguirle la corriente, mantener la cabeza agachada y no decir nada, y esperar la siguiente oportunidad para salir corriendo. Estaba acostumbrada a correr descalza por los prados en casa, en el campo. Allí, en aquel césped bien cuidado, no tendría problema.

Dejó de resistirse, y él aflojó la mano. La soltó, y ella experimentó una tremenda tristeza. Estar en brazos de Adrian Rohan había sido maravilloso.

—Entonces, ¿habéis decidido ser agradable? —preguntó él—. Qué misterioso. O habéis hecho un voto de silencio, monje, u os conozco. O tal vez no queréis hablar para ocultar que no tenéis un origen patricio. Os aseguro que soy maravillosamente democrático con respecto al sexo. Pero no os preocupéis. Tengo pensadas cosas mucho mejores que podéis hacer con la boca.

Charlotte recordó aquella estatua, en la que una mujer tenía la boca sobre el cuerpo masculino. Si él quería a alguien que le hiciera eso, iba a tener que seguir buscando.

Rohan le tendió la mano, y ella la tomó y la usó como apoyo mientras se quitaba la dichosa sandalia. Él se la quitó de la mano antes de que ella la dejara caer al suelo.

—Qué sandalia más pequeña. Tenéis unos pies muy delicados —comentó—. Y unas manos preciosas. Creo que voy a disfrutar inmensamente de estos tres días.

«¿Tres días? Dios Santo, ¿y qué hace alguien encerrado durante tres días con otra persona?».

—¿Estáis listo, hermano Silencio? —murmuró Rohan en un tono burlón, como si supiera perfectamente que ella no era lo que fingía ser. Bueno, por supuesto, él sabía que era alguien disfrazado de monje, y estaba siguiéndole la corriente. Un poco.

Sin embargo, ¿por qué no le había pedido que se descubriera el rostro? No había hecho ni el más mínimo ademán de quitarle la capucha, y eso era ligeramente extraño. Lo lógico sería que él quisiera saber qué aspecto tenía la persona con la que quería acostarse, pero parecía que no, así que Charlotte pensó que todavía tenía posibilidades de salir de todo aquello sin desvelar su identidad.

Adrian todavía la tenía agarrada de la mano. Ella asintió, y dejó que la llevara hacia el templo.

Evangelina se recogió las faldas y siguió al sirviente, que portaba un farol. Las festividades ya habían comenzado; se oían los sonidos del placer carnal por todas partes. De repente pensó en Charlotte. Ella quería mantener vigilada a su prima, y tal vez pedirles a unos cuantos amigos que se aseguraran de que estaba bien. Uno de aquellos amigos era Montague.

Ella ni siquiera se había dado cuenta de su colapso, de su repentina desaparición, porque estaba demasiado concentrada en conseguir sus dos objetivos: el de mantener a salvo a Charlotte y el de conseguir acostarse con Adrian Rohan. Cuando el sirviente la encontró y le dio la noticia, a Lina se le olvidaron todos los planes, y se marchó con él para tomar el bote que transportaba a los asistentes desde las ruinas de la abadía a Hensley Court.

—Deprisa —dijo.

—Sí, señorita. El señor Dodson me dijo que os llevara rápidamente. Su Señoría no quiere tomarse la medicina, y está empeñado en volver a la fiesta. El señor Dodson está preocupado.

–¿Que no quiere tomarse la medicina? Yo me encargaré de eso.

Cuando llegaron a Hensley Court, Lina estaba frenética y ni siquiera esperó a que el criado amarrara el bote y la ayudara a bajar a tierra. Saltó a la orilla del río y atravesó corriendo el jardín.

Dodson, el fiel sirviente de Monty, estaba esperándola, retorciéndose las manos y paseándose de un lado a otro.

–Oh, milady –dijo al verla–. Gracias a Dios que habéis venido. No sé qué hacer.

–¿Cómo está, Dodson?

Dodson la llevó hacia la casa.

–No está bien, milady, aunque podría estar peor. Si pudiera convencerlo para que tomara su medicación y se retirara a descansar esta noche... Pero se empeña en que debe regresar.

–No, no va a volver. Tendrá que vérselas conmigo.

Dodson le señaló la entrada al salón.

–Sería sólo durante esta noche, milady. Para mañana, el señor Pagett habrá llegado, y él ayudará al amo...

–¿Qué has dicho? –rugió alguien desde el salón.

Lina abrió las puertas de par en par.

–Siempre has tenido muy buen oído, Monty –le dijo, sonriendo–. Ahora, deja de hacerte la *prima donna* y permite a Dodson que te cuide como es debido.

En realidad, Montague tenía muy mal aspecto. Estaba muy pálido y sudoroso. Sin embargo, consiguió fulminar a Dodson con la mirada.

–¿Qué es eso de que va a venir Simon? –preguntó en un tono horrible.

Dodson llevaba mucho tiempo sirviendo a Montague, y no se acobardó.

—Me ha parecido que sería lo mejor, señor. Estáis muy débil, y no queréis escucharnos ni a vuestro médico ni a mí. Tal vez el señor Pagett consiga que entréis en razón.

—¿El vicario? ¡Bah! —dijo Monty con irritación, y se le quebró la voz mientras intentaba no toser—. ¡Es un cura! Lo único que va a hacer es echarme un sermón sobre lo equivocado de mi conducta. Lina, te digo que no hay nada peor que los libertinos reformados. Sólo porque han encontrado a Dios, o algo así, creen que todos los demás tenemos que encontrarlo también.

—Perdonad que lo mencione, milord, pero lo lógico es que un vicario ayude a los demás a encontrar a Dios —dijo Dodson tímidamente.

—Maldición, esta noche estás hecho un bastardo y un fresco, Dodson.

—Sí, milord —dijo Dodson con serenidad.

Lina se sentó en un taburete, junto al diván en el que estaba tendido Montague.

—Seguro que estaba pensando en mí —le dijo a su amigo—. Tú no quieres hacerles caso a los sirvientes, y alguien tiene que conseguir que te comportes como es debido. Como yo soy una de las pocas personas que puede mantenerte a raya, la tarea recae en mí, y Dodson no quiere que me pierda los tres días de diversión.

Montague la miró fijamente.

—No te está saliendo muy bien, preciosa mía —murmuró—. Dodson te tiene cariño, y desaprueba todo esto. Creo que nada le gustaría más que mantenerte alejada de ello.

—¡Milord! —exclamó Dodson.

—Oh, vete, Dodson. Y cuando aparezca el vicario, mándalo directamente a la casa del pastor. Seguro que alguien ha enviado allí a un ama de llaves para él.

—Sí, alguien —respondió Dodson con gran dignidad. Como Dodson era el ayuda de cámara, el mayordomo y el secretario de Montague, aquel alguien era él—. Milady, tal vez queráis tomar algo. ¿Una taza de té, o una copa de vino?

Lina sonrió.

—Una taza de té estaría muy bien, gracias. ¿Y una sopa fría? Trae también un poco para Su Señoría, Dodson.

—Yo no quiero comer nada —dijo Monty nerviosamente—, a no ser que se trate de un solomillo y una pinta de cerveza.

—Un buen caldo de carne, creo yo —dijo Lina, ignorándolo—. Y un poco de agua de cebada.

—¿Agua de cebada? ¡Puaj! —Monty los fulminó a los dos con la mirada—. Podéis matarme directamente. Dodson, lo mejor será que mandes a buscar a Adrian Rohan, y Lina, tú puedes volver a los deleites. Sí, sé que le habías echado el ojo a Adrian, pero mis necesidades van primero. Adrian entenderá perfectamente que no puedo soportar comer esa bazofia.

—El vizconde Rohan sería igual de estricto, milord —lo contradijo Dodson—. Nadie desea que muráis.

Monty tuvo un espasmo de tos, y cuando terminó, quedó desfallecido, con las mejillas ruborizadas y una mirada febril.

—Haced lo que queráis —susurró—. No tengo fuerzas para luchar contra vosotros dos. A este paso me vais a matar.

—Espero que no, milord —respondió Dodson, y se retiró con gran dignidad.

Hubo silencio durante unos momentos. Las ventanas estaban abiertas y entraba el aire fresco de la noche, y en la distancia, Lina oía la música flotando por encima del agua, acompañada del sonido de las risas. Y como nadie iba a darse cuenta de que ella faltaba, exhaló un suspiro de alivio. Por lo menos, aquella noche podía estar tranquila.

—Eres muy malo con el pobre Dodson —dijo.

Monty suspiró.

—Sí, ¿verdad? Parece que nunca le molesta —dijo Montague, y tiró de la manta que cubría su cuerpo frágil—. Te ocuparás de él, ¿no, Lina? Yo he organizado todo lo que he podido para que esté bien, pero me preocupa ese anciano.

—No digas tonterías —lo reprendió ella—. Dodson te dobla en edad. Tú le sobrevivirás durante décadas y serás el que te veas en problemas sin él. Nunca vas a encontrar a nadie que esté dispuesto a soportarte como hace ese hombre.

Monty sonrió ligeramente, pero no se molestó en discutir con ella. Volvió la cabeza y miró hacia las ruinas de la abadía. La luna brillaba en el cielo y las dos agujas de la abadía se alzaban contra el cielo nocturno.

—Hace una noche preciosa, Lina —dijo—. ¿Sabes? Odio admitirlo, pero prefiero estar aquí que retozando entre las sábanas con algún jovencito. Y tú también.

Ella no se molestó en negarlo. Él la conocía demasiado bien como para creerla. Algunas veces se preguntaba cuántas personas más se daban cuenta de que toda su alegría era fingida. Charlotte, seguro. Y sin duda, había algunos más.

—Habrá más noches para retozar, Monty —respondió ella, acariciándole las manos.

Monty le apretó los dedos con afecto y debilidad.

—Una lástima, querida —murmuró.

CAPÍTULO 4

Había salido la luna, y en la distancia, Charlotte oía la música mientras miraba a Rohan, oculta bajo la capucha. Tragó saliva nerviosamente mientras, sin darse cuenta, flexionaba los dedos de los pies mientras caminaba por la hierba.

Él la llevaba de la mano, y aquello era inquietante. No recordaba que ningún hombre le hubiera dado la mano fuera de un baile. Él la agarraba ligeramente, como de costumbre. Sin embargo, Charlotte sabía que podía apretar los dedos con toda rapidez; cuanto más tiempo le permitiera sujetarla, más bajaría él la guardia.

Adrian no llevaba guantes, y ella tampoco. Otra circunstancia inquietante; ella nunca había tocado a nadie sin que entre los dos se interpusieran varias capas de cuero, cuando todavía intentaba bailar. A ella nunca le habían gustado los guantes, salvo para montar a caballo o cuidar el jardín. Le producían picor en las palmas de las manos.

Sin embargo, de repente, entendió el valor que tenían

en los eventos sociales. Había algo demasiado íntimo en el contacto de la piel con la piel, de la carne con la carne. Los dedos del vizconde, cálidos y fuertes, rodearon los suyos.

Ella lo miró furtivamente. Veía las agujas de la capilla en ruinas detrás de él, y durante un momento, le parecieron los cuernos del demonio. Pestañeó, con ganas de echarse a reír. Tenía una imaginación ridícula. Adrian Rohan no era nada más que un hombre. Un hombre caprichoso, libertino, demasiado guapo, pero humano al fin y al cabo. Acudiendo allí ella no había vendido su alma al diablo.

¿Debía atreverse a hablar? Si pusiera emitir algún sonido grave, tal vez él se convenciera de que no era una mujer. Él no podía sospechar que la decorosa señorita Spenser estuviera retozando con los Monjes Locos del Ejército Celestial. Aunque no había retozado, y no tenía intención de hacerlo. Todo aquello era resultado de una curiosidad malsana. Debería haberse conformado con sus imaginaciones. Además, nunca habría pensado que iba a encontrarse con Adrian Rohan.

¿O sí?

De repente, la verdad se abrió paso en su cabeza. Ella sabía perfectamente que él iba a estar allí satisfaciendo sus apetitos. Había ido a verlo a él, a observarlo, si era posible, protegida con aquel disfraz. Quería verlo desnudo, exaltado por el deseo, para poder capturarlo en su memoria.

Supuso que no iba a sentirse muy feliz al verlo dirigir aquella poderosa falta de moralidad hacia otra mujer, y si Lina conseguía acostarse con él, ella se daría la vuelta, se marcharía a casa e intentaría olvidar.

Tal vez eso hubiera servido para romper el poderoso embrujo que Rohan ejercía sobre su mente y sus emociones, porque hasta el momento, no le había servido ninguna otra cosa. Su deseo hacia él era insoportablemente doloroso.

En realidad, miró a aquel hombre guapísimo, caprichoso e indulgente consigo mismo y vio a un niño enfadado y herido. A un hombre que la necesitaba.

Se burló de sí misma en silencio. Aquel hombre no la necesitaba en absoluto; sólo necesitaba el siguiente cuerpo, una botella y un juego de azar. No iba a servirle de nada alguien como ella, aunque Charlotte supiera que él iba a ser su ruina.

Había sido una estúpida por ir a Hensley Court.

Dio un suave tirón de la mano para ver si él seguía alerta, y notó que sus dedos la apretaban al instante. Habían llegado a un túnel sin salida. La tierra se elevaba alrededor de ellos, y los acogía en una depresión ajardinada. Estaban entre unos muros de piedra reforzados, y en aquella impenetrable fortaleza sólo había una puerta.

No había escapatoria, pensó Charlotte con una punzada de pánico. Sólo podía salir por donde habían entrado. El vizconde debió de sentir la tensión inmediata que se apoderó de ella, porque volvió a apretarle la mano, de manera que Charlotte supo que no habría forma de tomarlo por sorpresa.

Darle patadas no serviría de nada, porque iba descalza. Podría golpearlo con los codos y las rodillas, arañarlo y morderlo. No iba a rendirse a...

Respiró profundamente para recobrar la calma. Él pensaba algunas cosas que no eran ciertas, y cuando ella le hubiera explicado la verdad, él la soltaría. Charlotte habría preferido escapar sin decir una palabra, pero de todos modos iba a huir, fuera cual fuera el precio. Por fin, el miedo la hizo hablar.

—No soy lo que pensáis —le dijo con una voz muy grave, en un último intento de engañarlo.

La expresión del vizconde fue de diversión, no de sorpresa.

—¡Habla! —exclamó maravillado—. ¿Y cómo sabéis lo que pienso que sois? De veras, no pensaba que fuerais un monje con voto de silencio. Me agrada que hayáis decidido hablar. Así podremos negociar y alcanzar un acuerdo.

—¿Negociar? ¿Qué es lo que tenemos que negociar?

—Naturalmente, los términos de vuestra rendición.

Ella cada vez sentía más miedo.

—Me rindo —dijo rápidamente—. Y ahora, soltadme.

—Me temo que no entendéis bien el concepto de rendición, tesoro mío. No habrá rendición verdadera hasta que yo esté embistiéndoos en busca de la culminación de mi placer y del vuestro. No habrá rendición hasta que me toméis en vuestra boca. Y no habrá rendición hasta que supliquéis por mis caricias, mis besos, mi miembro viril.

Charlotte sintió tal pánico que comenzó a tirar de la mano con todas sus fuerzas para zafarse de él. Sin embargo, el vizconde la tenía bien sujeta. Casi le hacía daño, aunque no mucho.

—No lo entendéis —dijo con la voz entrecortada y un poco aguda—. No soy un hombre.

—No lo entendéis —repitió él—. Nunca he pensado que lo fuerais. A mí sólo me gusta acostarme con mujeres.

—No. Con esta mujer no —le dijo ella con firmeza. Lina le había prometido que allí no se forzaba a nadie, así que lo único que tenía que hacer era decirle que no, y él la soltaría–. Volveremos y encontraremos a alguien más atractivo para vos. En cuanto a mí, la respuesta es no.

–Creo que es un poco tarde para eso, preciosa mía. Al atravesar el Portal de Venus dejasteis claro que aceptabais ser del primer hombre que os reclamara. Agradecedme que os arrancara de las garras de Reggie. Él os habría hecho daño.

–¿Y vos no?

Él sonrió.

–Sólo durante un momento, y tengo intención de conseguir que todo sea lo menos doloroso posible. Me han dicho que perder la virginidad siempre duele un poco, pero seguramente pronto os habré hecho olvidar todas las molestias.

Oh, Dios.

–¿Y por qué pensáis que soy virgen? –protestó Charlotte con la voz muy grave–. Éste no es lugar para una persona inocente.

–Por ese mismo motivo sois tan deliciosa –replicó él–. Además, lo distingo por vuestro modo de andar, de moveros, y de estremeceros cada vez que yo os toco y os digo lo que vamos a hacer juntos. Sólo una virgen sentiría tanto miedo. En cuanto al motivo por el que estáis aquí, no tengo ni idea. Llevo un buen rato intentando imaginármelo.

–Locura momentánea –respondió ella–. Ya me he recuperado –añadió, y tiró nuevamente de la mano, aunque sabía que era inútil luchar.

–Lo siento –dijo el vizconde–. Ya hemos llegado demasiado lejos.

–Milord, el hecho de que yo atravesara el Portal de Venus fue un error. Mi... mi querida amiga, que me trajo aquí, estaba a punto de mostrarme lo que era, pero se... distrajo. ¿Cómo iba a saber yo lo que era ese seto?

—Es una lástima que lady Whitmore no tuviera tiempo de mostrároslo —respondió él, y la dejó completamente asombrada. Sabía que había ido allí con Lina. Bueno, eso no tenía nada de raro; en realidad, ellas dos habían permanecido juntas durante la ceremonia ridícula que se había celebrado en aquel espantoso latín—. Sin embargo, eso no es excusa. Lo único que teníais que hacer era mirar. El Portal de Venus —explicó con paciencia— es la entrada redonda al primer jardín, está rodeada de boj y de cabellos de Venus, y tiene forma de...

—¡Oh, qué repugnante! —gimió Charlotte, y él no tuvo que continuar.

—Muy al contrario, a mí me resulta bastante... umm... estimulante. Sin embargo, creo que he mencionado que yo reservo mis atenciones para las mujeres, ¿no es así?

—Sí, es cierto. Sin embargo, es de sobra conocido que el vizconde Rohan tiene un gusto exquisito. Sus amantes son algunas de las mujeres más bellas del mundo.

—¿Y por qué sabéis vos eso de mis amantes? —preguntó Adrian, en tono divertido.

Ella pasó por alto la pregunta.

—No creo que queráis bajar vuestro nivel de calidad para... para... acostaros con una mujer fea y reticente, una soltera de edad avanzada.

Él la miró durante un momento, en silencio.

—En realidad, no creo que continuéis reticente durante mucho tiempo —dijo con certeza, como si ya conociera sus sueños desvergonzados—. Y subestimáis vuestros encantos.

Entonces, él apretó la mano de nuevo y la atrajo hacia sí, lenta, inexorablemente. Ella intentó poner las manos entre los dos, pero ya era demasiado tarde para resistirse, y él la estrechó contra su cuerpo fuerte. Ella lo sintió como lo había sentido en sueños, y tuvo ganas de llorar. Tenerlo tan cerca, y saber que sólo tenía que quitarse la capucha para que él la soltara con horror, y tal vez con asco, por el error que había cometido.

Sin embargo, Charlotte tenía las manos aprisionadas entre los dos cuerpos. Él había conseguido sujetarla con un solo brazo, y alzó la otra mano hacia su cara escondida.

—No queréis hacer esto —susurró ella desesperadamente.

—Por supuesto que sí. Llevo mucho tiempo queriéndolo, señorita Spenser.

Entonces, le quitó la capucha, le agarró la barbilla con firmeza y la besó.

Lina oyó primero el sonido. Era un sonido crispante, como el graznido de un pájaro raro. Un cuervo, tal vez. Abrió los ojos y se dio cuenta de que se había quedado dormida junto al sofá de Monty. Estaba sentada en el suelo, completamente vestida, con la cabeza apoyada en los brazos, y Monty también estaba dormido, ajeno a aquel pájaro fastidioso que era...

—Ejem, ejem.

No, no era un pájaro. Aquello era un carraspeo humano. Lina alzó la cabeza y se volvió, aunque no hizo ademán de levantarse. Pensó que era Dodson, que les llevaba un poco de té y unas tostadas.

No, no era Dodson. Era un hombre a quien ella no había visto nunca, vestido de negro, sobrio y grave, sin adornos de ninguna clase. La estaba mirando con una expresión de reproche, y ella se ruborizó. Ella, que se enorgullecía de no tener vergüenza.

Comenzó a levantarse; entonces, él le tendió una mano para ayudarla. Ella hubiera preferido ignorarlo, pero tenía las piernas dormidas y al intentar ponerse en pie le fallaron las rodillas; no le quedó más remedio que agarrarse a él para conservar el equilibrio. Tenía una mano fuerte, y no blanda, como los demás aristócratas que la tocaban.

—¿Se ha convertido Montague al catolicismo sin decírmelo, o vos sois parte de sus actividades depravadas?

Ella todavía llevaba el griñón, aunque lo tenía torcido. Se lo quitó y agitó la cabeza para que el pelo suelto le cayera por la espalda y los hombros. Miró al recién llegado y dijo con frialdad:

—Soy parte de sus actividades depravadas.

El hombre no se inmutó. No era joven; debía de tener unos cuarenta años, por las arrugas de su rostro. Un rostro muy bello, de ojos castaños, nariz recta, pómulos altos y boca obstinada, que en algún hombre menos severo podría llamarse sensual.

La de aquel hombre no.

—Debéis de ser el nuevo vicario.

—Muy perceptiva. Soy el reverendo Simon Pagett, y he venido a hacerme cargo de los vivos —respondió él, y miró a Montague, que continuaba durmiendo—. ¿Está muerto? —preguntó, en un tono tan frío como el de ella.

—¡Claro que no! —siseó ella—. ¿Cómo podéis preguntar tal cosa?

—Simon nunca ha sido de los que evitan la verdad, por muy fea que pudiera ser —dijo Monty desde su sofá, en tono divertido—. Me temo que todavía no estoy listo para criar malvas, querido muchacho. Siento decepcionarte.

—Bien —dijo aquel hombre—. Eso significa que todavía hay tiempo para salvar tu alma —y añadió, mirando a Lina—: Y la de tu meretriz.

Lina tomó aire con indignación, pero Montague se echó a reír.

—Sabes tan bien como yo que no he cambiado en eso, Simon, aunque tú sí. Mis meretrices son de otro género. Lina es una amiga muy querida, y te agradeceré que no la insultes.

—De un convento de la zona, sin duda —dijo Simon.

Montague soltó un resoplido.

—Será mejor que tengas cuidado, Simon. Te presento a lady Whitmore. No tengo duda de que una docena o más de sus admiradores estarían dispuestos a defender su honor de tu mojigatería. Claro que... el término honor...

Su sonrisa para Lina le restó ofensa a sus palabras.

—¿Y dónde están esos hombres, Montague? —preguntó Simon—. Cuando llegué, vi muchos carruajes, pero parece que la casa está vacía. ¿Dónde están tus compañeros de juego?

—Están en las ruinas de la abadía. La he reformado, y he ajardinado el terreno. Es precioso, aunque dudo que tú admiraras su belleza, porque es demasiado humana. Te quedarías horrorizado.

—Hace años que perdiste la capacidad de horrorizarme, aunque puedes seguir intentándolo. ¿Cuánto tiempo llevas enfermo?

—La tuberculosis tarda varios años en matar a un hombre. No le presto atención a eso.

—Lo sé —respondió Simon con severidad—. Y por eso estás en una situación tan delicada. Ya no puedes permitirte el lujo de vivir a toda velocidad.

—Sólo sé vivir así —replicó Montague—. Además, no te he invitado a que vinieras. Se suponía que no ibas a llegar hasta que se hubieran marchado los invitados. Por desgracia, debido a la interferencia de Dodson, has aparecido en el momento más inoportuno.

—Estoy desolado —respondió Simon irónicamente.

—Sin embargo, supongo que no hay bien que por mal no venga. El entrometimiento de Dodson ha obligado a lady Whitmore a perderse la primera noche de los deleites por mi culpa. Lina, querida, ve a jugar. Todavía puedes unirte a la fiesta, porque no hace mucho que dieron las doce. Simon cuidará de mí. Lo ha hecho muchas veces. Tú podrás encontrar alguna compañía decente. El Ejército Celestial nunca duerme.

—No creo que encuentre a nadie despierto —respondió Lina—. Estarán inconscientes por el exceso de lujuria y de bebida.

Simon Pagett la estaba mirando. Cuando ella se giró a mirarlo a él, él tenía la vista fija en Monty, pero Lina podría haber jurado que la había estado observando...

—No voy a ir a ningún sitio, Monty —respondió, girándose de nuevo hacia su amigo—. Ya tendré otras ocasiones para disfrutar de la depravación. Por ahora me quedo contigo —añadió, y miró con malicia a Simon—: El señor Pagett puede marcharse, si quiere, a disfrutar de los muchos placeres que ofrece el Ejército Celestial. Tal vez así comprendería la naturaleza de los pecados que condena tan rotundamente.

Simon no perdió la calma.

—Os aseguro, lady Whitmore, que ya he experimentado todo lo que ofrece el Ejército Celestial. No estoy interesado —dijo, y miró a Monty—. Pese al mal gusto de tu amiga tanto en el vestir como en la compañía, será mejor que se quede. Tú nunca has sido un paciente fácil.

—Y tú siempre has sido un pesado. ¿Por qué no haces lo que te ha dicho Lina y te vas a la abadía? Seguramente allí hay algún alma decadente que quiere que la salven.

—Vamos, tienes que meterte en la cama —le dijo Pagett, haciéndole caso omiso—. Le diría a Dodson que llamara al doctor, pero querrá hacerte una sangría, y ya estás lo suficientemente débil.

Dodson apareció en aquel momento, acompañado por dos de los guapísimos criados de Montague.

—Lleven a lord Montague a su habitación —les dijo Simon—. Y, lady Whitmore, ¿puedo sugeriros que os pongáis una ropa más adecuada para las circunstancias?

«Pequeño sapo gazmoño», pensó Lina, aunque, en realidad, Simon no era pequeño, ni parecía un sapo.

—El hábito es un ropaje muy adecuado, señor Pagett, dado el aspecto espiritual de la ocasión, y del cuidado de un enfermo.

En cualquier otro hombre, tal vez ella hubiera reconocido una mirada de buen humor en sus ojos. Sin embargo, aquél carecía de sentido del humor, y aquel brillo de sus ojos debía ser de impaciencia.

—No tengo nada que objetar al hábito de monja, lady Whitmore. Me refería a que el escote es demasiado amplio para cuidar a un enfermo, y he pensado que tal vez querríais ir más cómodamente vestida. Podéis llevar lo que más os plazca.

—Gracias por darme vuestro permiso con tanta amabilidad —dijo ella.

De hecho, se le había olvidado que, bajo el cuello redondo y blanco del hábito, el vestido negro tenía un corte muy bajo, para permitir a los hombres que inspeccionaran sus tesoros antes de que ella se hubiera desnudado. Resistió el impulso de subirse el escote. Tenía unos pechos firmes y bien formados; que aquel clérigo tan adusto los admirara.

—Tenéis razón, señor Pagett —murmuró—. Aunque es una pena, cuando vos y yo estamos tan bien complementados. Al menos, en el atuendo.

Pagett la miró con el ceño fruncido, ignorando sus pechos como muy pocos hombres habían conseguido durante los últimos diez años.

—Dudo que tengamos nada más en común —le dijo con irritación—. Tal vez lo mejor es que volváis con vuestros compañeros...

—Me quedo —dijo ella.

Los lacayos ya estaban llevándose a Montague del salón, entre protestas lánguidas y suaves juramentos. Simon Pagett miró a Lina por última vez.

—Está en buenas manos conmigo, lady Whitmore, diga lo que diga. Seguramente, las cosas serán más fáciles si volvéis con los demás.

Ella lo miró fijamente durante un largo instante.

—Y seguramente, las cosas serían mucho más fáciles si vos os fuerais al lugar del que habéis venido y esperarais para volver al momento en que se supone que debíais aparecer. ¿La semana que viene, creo?

—¿Y por qué suponéis tal cosa?

—Porque Montague no invitaría a un hombre tan intolerante a una fiesta de libertinos.

—¿Creéis que no, lady Whitmore? De hecho, él me esperaba mañana, y los deleites duran cuatro días, normalmente, ¿no es así?

—Sólo tres, esta vez —respondió ella. No se paró a pensar cuál era el motivo de que él lo supiera.

El señor Pagett sonrió con frialdad.

—Puede que Montague esté empezando a aceptar que es mortal, después de todo. Creo que tenía la esperanza de disfrutar, al menos, de una parte de los deleites, y después poder restregármelo por las narices.

La miró durante un largo instante, como si se hubiera olvidado de lo que iba a decir.

A Lina se le cortó el aliento. Si él no iba a hablar, entonces debería hacerlo ella, mejor que quedarse allí pasmada, en un silencio tan incómodo. Lo mejor que podía hacer era excusarse. Sin embargo, no quería hacerlo.

Él tenía una mirada de fascinación, y el silencio continuó. Hasta que, por algún motivo, Pagett recuperó el sentido y se dio la vuelta, emitiendo una carcajada seca y desdeñosa.

—Montague va a descansar durante unas horas. Vos deberíais hacer lo mismo. Tenemos una ardua batalla por delante y necesitaréis recobrar fuerzas.

—¿Una batalla? —preguntó ella con desconcierto—. ¿Una batalla para qué?

—Por el alma inmortal de Montague —dijo él, y se volvió a mirarla durante un momento—. Y seguramente, por la vuestra también.

Y, sin decir una palabra más, se marchó.

CAPÍTULO 5

Para ser un primer beso no estaba mal, pensó Adrian con frialdad. Charlotte Spenser se quedó inmóvil cuando sus bocas se tocaron. Estaba demasiado impresionada como para hacer otra cosa, y Adrian aprovechó aquella ventaja y la estrechó con más fuerza contra su cuerpo, envolviéndola entre los brazos para que no pudiera escapar, y continuando con el trabajo de seducir primero su boca. Deslizó una mano hacia arriba, le quitó las gafas de montura dorada y las dejó caer al suelo antes de que ella pudiera darse cuenta de lo que había ocurrido.

Seguramente, la señorita Spenser podía sentir su erección de hierro contra aquel estúpido hábito de monje, aunque no supiera de qué se trataba. Era impresionante; hacía muchísimo tiempo que no se excitaba tanto tan pronto en el juego. Normalmente, necesitaba que su amante estuviera desnuda y debajo de él para alcanzar un punto tan peligroso, una prueba más de que la señorita Charlotte Spenser le interesaba mucho desde hacía tiempo.

Ella estaba forcejeando, un poco sólo, e hizo un sonido

de angustia. Adrian maldijo en silencio. Iba a tener que manejarla con mucho cuidado, o echaría a correr, y él, por honor, tendría que dejar que se marchara. Suponiendo que todavía le quedara algo de honor.

Pero sabía que ella deseaba aquello, y si podía arreglárselas para convencerla de que se dejara llevar, podría ser muy revelador para los dos.

Adrian separó su boca de la de ella, levemente, y la miró a los ojos sin la barrera molesta de las lentes. Ella los tenía abiertos como platos, de asombro, y parecía que ni siquiera se daba cuenta de que él le había quitado las gafas.

—Es más fácil si cierras los ojos —le dijo Adrian, en tono práctico. Y para su asombro, ella lo hizo. Él volvió a besarla.

Ya no se resistía, lo cual era una bendición a medias; su forcejeo le había proporcionado una deliciosa fricción a su miembro erecto. Sin embargo, tampoco ayudaría en nada que llegara al clímax en los pantalones. Había conseguido que sus labios se relajaran, y se los rozó una, dos veces, con ganas de murmurar de placer.

Si ella aceptara un beso de verdad, la conseguiría, se dijo, y volvió a alzar la cabeza.

—Abre la boca.

Ella lo miró con asombro.

—¿Por qué?

Era lo primero que decía desde hacía un buen rato, pero tenía la voz ronca como si hubiera estado gritando.

—Porque quiero besarte así.

—No sé de qué estáis hablando. Debéis soltarme...

Entonces, él volvió a cubrir sus labios, antes de que ella pudiera pronunciar las palabras fatídicas, y metió la lengua en su boca para poder saborearla completamente. Ella volvió a quedarse helada, pero Adrian sabía besar, sabía usar la lengua y los dientes para conseguir la respuesta que quería. El cuerpo de Charlotte se relajó primero, después su mentón y después su boca, que lo aceptó.

Entonces, él se tomó su tiempo. Quería conseguir que ella lo correspondiera, quería sentir su lengua en la boca y succionarla. Se lo demostró, con la esperanza de que ella asimilara la idea, y deslizó su lengua contra la de ella, jugando y danzando, succionando, pero ella seguía sin hacer nada salvo permitírselo todo.

Y él quería más. Se había dicho que la aceptación le bastaría, pero era mentira. Quería y necesitaba su participación.

—Bésame —le susurró, con voz áspera.

Ella abrió unos ojos como platos. En la oscuridad, su pelo rojo parecía casi negro, y lo miraba con una expresión de súplica. «No me pidas que te deje marchar», pensó él.

—No sé... no sé cómo hacerlo.

Él sonrió lentamente, con una sensación de enorme alivio.

—Yo te enseñaré.

Entonces volvió a apoderarse de su boca, intentando controlar la ferocidad del deseo que sentía por ella. La besó lentamente, mucho más lentamente de lo que hubiera querido, pero después de un momento comenzó a disfrutar de los movimientos pausados y lánguidos de su propia lengua en la boca de Charlotte, de los pequeños mordisquitos, de cómo levantaba y recolocaba los labios sobre los de ella.

Por fin, ella lo rozó tímidamente con la lengua.

Él tuvo ganas de echar la cabeza hacia atrás y reírse con

una sensación de triunfo, pero no quería dejar de besarla. Sentía los cambios de su cuerpo mientras se relajaba y fluía contra el suyo, y tenía ganas de empujarla contra la pared, alzarle el hábito y tomarla allí mismo.

No podía. Él no era proclive a los gestos bondadosos, pero su primera vez debería ser en una cama. Demonios, su primera vez debería ser en la cama de su nuevo marido, pero él no iba a darle eso.

Tampoco iba a darle un bebé. Saldría de su cuerpo, y la prima de Charlotte podría darle los remedios que ellas usaban para prevenir los embarazos. Ella saldría de aquella pequeña cueva sin su inocencia, pero más o menos igual que antes. Seguiría siendo la misma solterona remilgada, y olvidaría su noche de amor en el lecho del libertino más célebre de todo Londres.

Si acaso él permitía que se quedara tanto tiempo. Las vírgenes eran tediosas. Lloraban y decían que estaban enamoradas de quienes las habían seducido cruelmente, porque Dios prohibía que pudieran encontrar el placer sexual si no iba acompañado de una garantía de por vida. Charlotte ya creía que estaba enamorada de él, lo reconociera o no. Y con toda seguridad, iba a llorar.

Pensaba en todas aquellas cosas mientras la besaba, mientras su erección latía en sus pantalones, mientras ella comenzaba a mover lentamente las manos, sin darse cuenta, y las deslizaba por su pecho hasta sus hombros. Adrian pensaba en todas aquellas cosas, pero finalmente dejó de pensar en todo y se perdió en su sabor, en su contacto, en el sonido de su respiración entrecortada.

Y quiso, necesitó oír el sonido que ella iba a emitir cuando llegara al clímax.

La movió lenta, cuidadosamente, contra la puerta de

su habitación oculta. Se volvió y se apoyó contra la madera para abrirla, y después arrastró a Charlotte al interior, y la puerta se cerró tras ellos con un golpe gratificante.

Charlotte estaba totalmente a merced de sus sentidos, inundada por una deliciosa cascada de sabor y contacto, de sonidos y de sabores, en aquella penumbra. Sabía que no debía permitírselo, pero durante aquel breve silencio, no podía resistirse. Aquel hombre era Rohan, quien poblaba sus sueños, el seductor incuestionable que también la había obsesionado durante las horas de vigilia. Charlotte había oído historias obscenas sobre él. Sabía que era un depravado. Había leído los reportajes del periódico, en los que se mencionaba a un tal Vizconde Infame. Su padre había sido, en su juventud, igual de malo. No era de extrañar que Rohan careciera de conciencia y decencia.

También era un experto besando. Incluso con su falta total de experiencia, Charlotte se daba cuenta de eso. Adrian, el vizconde Rohan, la estaba besando a ella, la alta y desgarbada Charlotte Spenser, cuando podía estar besando a otra docena de mujeres bellas, que sin duda le calentarían el lecho alegremente. Sin embargo, él la había seguido sabiendo quién era. Sabiendo que era la feúcha solterona Charlotte, y la estaba besando con suma atención, así que debía de gustarle, por lo menos, un poco.

Que ella supiera, el vizconde Rohan nunca hacía nada que no le resultara placentero.

La estaba abrazando, sujetándola contra sí, y a ella le temblaban las rodillas. Quería desplomarse contra él, dejar que él la estrechara con fuerza. ¿Qué mal había en ello?

Un mal muy grande, pensó, mientras él le besaba la

comisura de los labios, le daba besos lentos, pequeños. En unos segundos lo empujaría y saldría corriendo en busca de Lina, y... Oh, Dios, si él parara, ella podría ser fuerte. Sin embargo, si seguía abrazándola así, no iba a poder resistirse. Tenía tan poco, y su futuro era tan sombrío... ¿no podía concederse tan sólo aquello?

Notó que él se movía, que la giraba, que la alejaba de la luz de la luna y del aire frío de la noche. Entonces oyó una puerta cerrándose, y el sonido de una cerradura.

Sintió una punzada de alarma y lo empujó. Él la soltó en aquella ocasión, y se alejó, dejándola en medio de una oscuridad total. Charlotte sintió pánico. Odiaba la oscuridad y los lugares cerrados, y se sintió atrapada y ahogada.

Y entonces, una luz brilló en la oscuridad. Él encendió una vela, y después otra, y finalmente todas las de un gran candelabro, y fue iluminando lentamente todos los rincones.

Estaban en una habitación pequeña, excavada en la roca blanca que abundaba en aquella zona. Había una chimenea en un rincón, llena de troncos, lista para ser prendida. Sin embargo, ella no creía que Adrian Rohan fuera de los que preparaban su propia chimenea.

Había una mesa robusta en la que descansaba el candelabro, una botella de vino y dos copas. El suelo estaba cubierto con una alfombra gruesa, y las paredes, con tapices nuevos. En algún momento había perdido las gafas, seguramente al caerse, pero veía, incluso en la penumbra, que no eran imágenes de la caza del lobo ni de la conquista normanda.

Eran escenas sexuales tejidas con finos hilos. Alguien había pasado años tejiendo aquel tapiz escandalosamente erótico, que ahora adornaba las paredes del refugio de Rohan.

Y había una cama, por supuesto. Estaba situada contra una pared y cubierta con una colcha de terciopelo y una manta de piel. Una cama preparada para actividades indecentes, no para dormir.

Él la estaba mirando desde el otro extremo de la estancia, en silencio, y ella no podía quitarse de encima la sensación de que era un depredador que esperaba.

Se dio la vuelta hacia la puerta. ¿Por qué no había huido cuando todavía tenía la posibilidad de hacerlo? Hubiera podido sorprenderlo cuando la estaba besando, y en vez de hacerlo, se había derretido como una idiota enamorada, lo que era. Y ya era demasiado tarde.

O tal vez no. Ella estaba mucho más cerca de la puerta que él, y dio un salto hacia ella, temiendo que él la alcanzara y la apresara de nuevo.

Él no se movió, y al darse cuenta de que iba a dejar que se marchara, Charlotte tuvo que convencerse de que sentía alivio. Hasta que intentó girar el pomo y no pudo. Tiró, pero la puerta era inamovible.

Estaba encerrada con el hombre de sus sueños, el peor libertino de toda Inglaterra.

—Mierda —dijo débilmente.

Y se dejó caer al suelo, con la espalda pegada a la pared, sintiéndose como una presa arrinconada.

Cuando Lina se despertó, el sol asomaba por la ventana. Se sentó rápidamente. Durante un instante tuvo la mente en blanco, pero pronto, con una vaga sensación de impaciencia, comenzó a recordarlo todo: la noche frustrada en los deleites, y el colapso de Monty. Y sin embargo, aquella impaciencia persistía. Bostezó, y después soltó una palabrota. Quería descansar una hora, como máximo, pero debía de haberse quedado profundamente dormida, y había dejado a Montague en manos de aquel vicario tan antipático. Se dio cuenta de que era el desafío. El odioso amigo de Monty, el vicario, había llegado y le había arrojado el guante.

Y ella lo había recogido con entusiasmo. Monty necesitaba que lo mimaran, no que lo reprendieran. Necesitaba amor, entretenimiento y distracciones, no un vicario aburrido que le echara sermones. Ella no entendía por qué motivo lo habría invitado a Hensley Court. Si quería proporcionarle a su viejo amigo una casa, ¿por qué no lo había enviado a la del vicario directamente?

Cuando Meggie fue a llevarle la bandeja del té, Lina le pidió que la ayudara a ponerse el vestido verde, uno que le había encargado por capricho a su modista. El corte y las líneas del traje eran muy sencillas y agradables, pero no seductoras. Le recordaba a un vestido que tuvo antes de casarse, cuando todo era nuevo y fresco, y ella todavía creía en los finales felices.

Henry la había desengañado de todo aquello. Él tenía cincuenta y ocho años, y ella dieciocho, pero era tan enormemente rico que el padre de Lina había aceptado la oferta de matrimonio con entusiasmo. Henry había enterrado a tres esposas y a dos herederos que habían nacido muertos, pero no había perdido la esperanza. Una esposa joven y núbil era exactamente lo que necesitaba para encender de nuevo su deseo, solía decirle, lleno de disgusto por su ineptitud. Sus esfuerzos eran desganados, y la mayoría de las veces expulsaba su simiente fuera de ella por su incapacidad de alcanzar la erección.

Fue un infortunio que descubriera accidentalmente la

cura para su mal. Cada vez sentía más frustración y desprecio hacia su esposa, hasta que una noche la abofeteó con tal fuerza que ella cayó contra la cama y quedó sin conocimiento durante unos segundos.

La excitación de Henry fue inmediata y poderosa, y lo siguiente que recordaba Lina era que lo tenía encima como un perro salvaje, resoplando y sudando, haciéndole tanto daño que ella había gritado de dolor. Y al oírla, él había llegado al paroxismo y había liberado su semen dentro de ella.

Henry había sido tan salvaje que, al día siguiente, Lina había sangrado. Él se había puesto furioso al pensar que su periodo había comenzado con antelación. Y para ella, eso había sido una bendición. Henry era muy maniático con todo lo referente a la limpieza, y nunca se acercaba a ella en aquel momento.

Sin embargo, una semana después estaba de nuevo encima de Lina. Y cada vez le hacía falta más y más dolor para inspirarse. Al principio evitaba marcarle la cara, pero según pasó el tiempo, parecía que aquello era lo que más le gustaba. El hecho de ver las señales de su brutalidad le hacía sentirse más viril. Al final se llevó a su esposa a una de sus remotas fincas en el campo, para que nadie fuera testigo de sus placeres cada vez más peligrosos.

Lo único que hubiera podido detenerlo habría sido un embarazo. Él deseaba tener un heredero con más ferocidad que satisfacer sus perversas necesidades.

Al final, todo había sido culpa suya, pensó Lina. Ella había empezado a alargar todo lo posible la duración de su menstruación para evitar las violaciones y las palizas de Henry, que cada vez eran más salvajes. Sabía que no podía recurrir a nadie, y que su deber de esposa era someterse.

Sólo habría podido acudir a Charlotte, y aunque su prima habría movido cielo y tierra para ayudarla, no habría conseguido nada.

Así que Lina no se lo había dicho a nadie. Y un verano, se le había retrasado el periodo. Pasaban los días, y su cuerpo, que a pesar de todas las brutalidades de Henry siempre había sido regular como un reloj, no respondió. Ella mintió, por supuesto, para evitar que Henry la agrediera. Habría hecho cualquier cosa con tal de tener uno o dos días más de indulto.

Pasó una semana, y Henry se impacientó cada vez más. Cuando pasaron quince días, Lina comenzó a tener náuseas y a sentir que, finalmente, la simiente de aquel hombre horrible había echado raíces.

Ella había pensado que se disgustaría mucho, que odiaría lo que iba a comenzar a formarse en su vientre. Se equivocó. La idea de tener un hijo lo cambió todo. Henry la dejaría en paz, y ella engordaría y podría vivir con tranquilidad, y para cuando diera a luz, él se habría echado en brazos de otra en busca de placer. Los dejaría tranquilos a ella y a su hijo, y más tarde o más temprano, moriría. Estaba gordo y era viejo, y cuando le golpeaba la cara, se ponía morado de ira y de excitación, y de agotamiento.

Lina esperó demasiado tiempo. Su culpa, su culpa. Un día, Henry apareció en su habitación y echó a las criadas.

—Tu doncella me ha dicho que has mentido sobre tu periodo —le dijo con una calma engañosa—. ¿Es verdad?

Ella se ruborizó.

—Sí —admitió—. En realidad, yo...

Sólo había podido decir eso. Él le había dado un puñetazo y le había roto el labio, y después de aquello, Lina no pudo hablar más.

Cometió el error de gritar, y él se enfureció más. La única bendición fue que aquella vez no la violó. Sólo la golpeó con los puños, y le dio patadas con las botas cuando ella cayó al suelo.

Lina se encogió sobre sí misma, intentando proteger su cuerpo de los golpes, pero ya había sentido cómo se rasgaba por dentro, ya había notado la humedad de la sangre entre las piernas. Él había destruido lo que más deseaba en el mundo.

Finalmente, Henry se detuvo. Ella gimió y se agarró el vientre. Él estaba jadeando, intentando respirar, y Lina intentó incorporarse, aunque sabía que cualquier signo de vida podía causar otra ronda de golpes.

Le costó tres intentos. Casi no veía nada porque tenía los párpados hinchados, y el dolor de su vientre era muy intenso. Se dio cuenta de que Henry estaba medio tendido en la cama, con convulsiones, mientras hacía ruidos guturales. Por un instante, ella creyó que su excitación sexual había sido tan insoportable para él que estaba usando sus propias manos para llegar al clímax. Lina había oído aquellos sonidos jadeantes demasiadas veces.

Consiguió ponerse en pie agarrándose a una silla. Necesitaba que la viera un médico, pero no sabía si él se lo iba a permitir.

Henry estaba en la cama, ahogándose como un pez fuera del agua. Estaba de color morado, y ella se dio cuenta, con un interés lejano, de que finalmente su marido había ido demasiado lejos y había sufrido una apoplejía.

Aferrándose a varios muebles, Lina consiguió llegar a su lado. Él la miró.

–Llama... a un médico –susurró.

Lina notaba la hemorragia entre las piernas, la sangre cayéndole a las zapatillas.

—Has echado a los criados, Henry —le dijo en un tono suave—. No me van a oír si los llamo. Te estás muriendo, y nadie puede ayudarte. Pero quiero que sepas una cosa antes de que te vayas al infierno: por fin me había quedado embarazada, y me has dado una patada en el vientre, Henry. Has matado a tu propio hijo, a tu heredero.

Él la miró con los ojos desorbitados, y Lina se dio cuenta de que la había entendido. Ella no podía caminar, así que se tumbó en la enorme cama, lo suficientemente lejos de él como para que no pudiera alcanzarla con sus manotazos desesperados. Se quedó allí, viéndolo irse con una satisfacción fría y distante. Y no se desmayó hasta que él murió.

Por supuesto, no hubo escándalo. Nadie mencionó la cara destrozada de la viuda, ni su brazo roto, ni su palidez y su debilidad, que atribuyeron al dolor y no a la pérdida de sangre y a la fiebre. Cuando llamó a Charlotte para que fuera a vivir con ella, su cuerpo, al menos, se había curado.

Lina miró por la ventana hacia las agujas de la abadía, donde continuaban los deleites. En aquella ocasión no habría orgía para ella. No tendría la ocasión de confirmar, una vez más, que los hombres eran crueles e indignos. No podría reírse, mentir y representar su papel.

No sabía qué era lo que la impulsaba a comportarse de aquel modo, ni quería averiguarlo. La adoración de los hombres la distraía, y aunque el intenso placer que les proporcionaba nunca la alcanzara, era demasiado buena actriz como para que los demás se dieran cuenta.

De vez en cuando notaba una punzada de deseo, y esperaba con todas sus fuerzas sentir aquel placer del que hablaba todo el mundo.

Nunca sucedía.

El vestido verde era el más indicado para alguien que no iba a acudir a una orgía. Y divertiría a Monty, que la conocía mejor que nadie, incluso mejor que Charlotte.

En el último momento, tomó un lunar de terciopelo escandaloso y se lo puso junto a la comisura de los labios. Llamaría la atención del buen párroco hacia su boca, y seguramente le provocaría indignación, desaprobación y desprecio. Él pensaba que ella era una cualquiera, sabía que era una cualquiera. Y aunque se hubiera puesto un vestido recatado, tenía que recordarle que él estaba en lo cierto.

Acababa de amanecer cuando salió al pasillo desierto de Hensley Court. No había nadie a la vista, salvo una doncella que llevaba un cubo de carbón. Lina entró en el ala central de la enorme construcción, con forma de E en honor a la reina Elizabeth. No había servido de mucho, según le había contado Monty, puesto que su antepasado había perdido la cabeza igualmente, pero la casa había permanecido en poder de la familia. O por lo menos, hasta la muerte de Montague. Como no tenía descendientes, sólo Dios sabía lo que iba a ocurrir con aquel patrimonio y aquel título. Monty debía de tener un heredero en algún lugar, un primo lejano, o algo así.

Había alguien junto a la puerta de la habitación de Montague. Cuando Lina se acercó, el hombre salió de entre las sombras, y ella se preparó para la batalla.

—Necesita dormir —dijo Simon Pagett.

—No tengo intención de despertarlo. Voy a acompañarlo mientras duerme —respondió ella con calma.

Alguien debió de oír el sonido de sus voces, y antes de que Pagett pudiera responder, apareció un criado portando un candelabro. Ella fue a tomarlo, pero Pagett se le adelantó.

–No deberíamos discutir aquí, lady Whitmore –dijo él, observando su traje discreto y el indiscreto lunar que llevaba en la cara. Tenía una expresión extraña, seguramente de disgusto, aunque Lina no estaba del todo segura.

–No voy a discutir con vos –respondió ella.

Entonces, el señor Pagett la agarró del brazo y la alejó de la puerta, llevándosela por el pasillo. Ella no se resistió. Habría sido una falta de dignidad. Además, aquel vicario tan mojigato no iba a hacerle daño.

La llevó hasta el final del ala, a un saloncito con salida a la terraza. Abrió una de las puertas y la hizo salir al aire frío de la mañana.

–No creo que sea necesario que nadie oiga nuestra conversación –dijo él en tono agradable.

–No sabía que tuviéramos algo de lo que hablar que pudiera parecerles interesante a los criados –replicó ella.

–Tenemos... –él se interrumpió mientras le miraba la boca–. ¿Por qué os ensuciáis la cara con tanta pintura?

Ella se echó a reír.

–Y ahora vais a decirme que soy una muchacha demasiado guapa como para tener que utilizar artificios.

–No –respondió él–. No voy a deciros lo guapa que sois. No necesitáis mis cumplidos vacíos.

–¿Vacíos?

–Y además, ya no sois una muchacha.

–Oh, *touché* –dijo ella con una suave carcajada–. Pero eso no es muy cristiano por vuestra parte, ¿no os parece?

–¿Por qué no es cristiano decir la verdad? Debéis de tener más de treinta años...

–Tengo veintiocho –dijo ella.

—Disculpad. De todos modos, ya no sois una niña.

—Cierto. No soy una niña. ¿De qué vamos a discutir?

—¿Aparte de sobre vuestra edad? Seguramente, de todo lo que hay bajo el sol. Pero creo que al menos hay una cosa en la que estamos de acuerdo: ambos nos preocupamos por Montague.

—Así es —dijo Lina, intentando controlar su irritación.

—Yo quiero lo mejor para él.

—Yo soy una de sus mejores amigas, y quiero lo mismo. ¿Por qué los párrocos tardan tanto en llegar a lo que quieren decir? Decidlo para que pueda irme con él.

—Eso es lo que quería decir, precisamente. No creo que debáis sentaros cerca de él. Creo que lo mejor que podríais hacer por Thomas es reunir a todos esos depravados y dejar Hensley Court. Dejar que muera en paz.

—¿Y creéis que eso es lo que él quiere? Él fue quien tuvo la idea de celebrar aquí los deleites. Monty se alegra y se enorgullece de su talento de anfitrión, incluso en su ausencia. Ha contratado cocineros y sirvientes extra para la fiesta, y ha preparado un lugar apartado de las miradas curiosas para celebrarla. Si la fiesta se suspendiera, todos volverían a Hensley Court para cambiarse de ropa y recoger su carruaje, y se marcharían, entre protestas, cosa que disgustaría mucho a Monty. En dos días más, su marcha será algo natural. Todos se irán satisfechos y alegres, y la última fiesta de Monty habrá sido un éxito social.

—¿Tres días de fornicación y degeneración es un éxito social?

—Es demasiado tarde para cambiarlo, señor Pagett. No vais a salvar su alma, no vais a conseguir que renuncie a sus... preferencias a estas alturas. Y para qué molestarse.

Está tan enfermo que no le queda más remedio que practicar el celibato.

—Subestimáis la resistencia de Montague —respondió él—. Lo conozco desde siempre. Incluso en su lecho de muerte estará pellizcando a los lacayos. En cuanto a cambiarlo, a mí no me importa con quién fornique. Lo que me importa es su alma. Y para eso nunca es demasiado tarde.

Lina lo observó con curiosidad.

—¿No diríais que su deseo por los demás hombres lo convierte en alguien irredimible?

—Eso es algo entre Thomas y el Señor.

—¿Y su alma no es algo que también incumbe sólo a Thomas y al Señor?

—Hablar con vos es como discutir con el diablo.

Ella se echó a reír.

—Oh, no creo. ¿Acaso una conversación con Satán no requiere una tentación?

Se acercó a él, mirándolo. Había descubierto que a los hombres les gustaba que ella se acercara y los mirara por debajo de sus larguísimas pestañas. Hacía que ellos se vieran más poderosos, protectores, y como era ella la que estaba manipulando la situación, se sentía incluso más fuerte. Al menos, la mayoría de las veces.

Sin embargo, en aquel momento se sentía débil e insegura. No había previsto que él iba a transmitirle una sensación de solidez, y sí, de protección real. La suave brisa de la primavera le movió la falda del vestido contra las piernas del señor Pagett. Entonces, ella dio un paso atrás.

—¿Acaso creéis que no me tentáis, lady Whitmore? —preguntó él—. Qué poco sabéis de los sacerdotes. Después de todo, somos hombres.

Ella no dijo nada. Se le ocurrieron un buen número de respuestas provocadoras, pero aquel roce ligero, extraño, de su falda contra las piernas de él la había inquietado. Le había parecido mucho más íntimo que verse bajo cualquier otro hombre que la hubiera poseído. Era extraño.

—Exactamente, ¿qué es lo que queréis que haga? Aparte de conseguir que el Ejército Celestial acorte la fiesta. ¿Quiere que me vaya de nuevo a los deleites? ¿Que me aparte de su camino y...?

—¡No! —exclamó él, y la palabra fue prácticamente una explosión de sonido—. Lo mejor que podéis hacer es volver a Londres, si no canceláis esta fiesta ridícula y obscena. El resto de vuestros amigos os seguirán cuando hayan terminado.

—Aunque quisiera agradaros, no puedo. Mi prima está en la abadía. Ella es una inocente que sólo ha venido a observar...

—¿Una inocente? ¿Habéis traído a un alma inocente a una fiesta de depravados? ¿Es que sois un monstruo?

—Ella está perfectamente —dijo Lina con tirantez—. Nadie le pondrá la mano encima. Nadie se atrevería.

—¿Y cómo podéis estar segura, sabiendo la clase de hombres que son los Monjes Locos?

Por primera vez se dio cuenta de que había sentido inquietud por Charlotte durante todo el tiempo, y tuvo ganas de maldecir a aquel hombre. Rohan también estaba allí. Y entre Rohan y Charlotte había un peligro latente.

De hecho, uno de los motivos por los que ella había elegido a Rohan como amante para aquella fiesta era cortar la conexión entre su prima y el peor de los libertinos de toda Inglaterra. Lina conocía muy bien a Charlotte, y sabía cuál era su fantasía secreta; el modo más fácil de acabar con todo ello era conseguir a aquel hombre.

Porque había que acabar con aquel asunto. Enamorarse de un libertino sólo podía causar dolor. Enamorarse de cualquiera sólo causaba desesperación.

Sin embargo, los dos estaban en la abadía, y ella no había podido vigilarlos.

—Está perfectamente —dijo Lina otra vez, ignorando sus miedos—. Completamente a salvo.

Y se preguntó si mentía.

CAPÍTULO 6

—Yo no puedo hacer nada con la puerta —dijo Rohan, en un tono de voz perezoso—. Se cierra automáticamente. Todas las mañanas y todas las noches acude un sirviente para traer comida, y en ese momento, siempre se puede cambiar de pareja, o pedir a otros que se unan al grupo. Pero me temo que, hasta mañana, estamos atrapados.

Ella lo miró con cara de pocos amigos, lo cual complació a Adrian. Había temido que quizá tuviera que enfrentarse a un acceso de llanto, algo que siempre le aburría, o peor todavía, una aquiescencia entusiasta. A él le gustaba trabajarse un poco los placeres.

No había ni la más mínima posibilidad de conseguir una aquiescencia entusiasta por parte de Charlotte Spenser. Estaba deliciosamente enfadada.

—¿Me habéis quitado las gafas? —le preguntó—. No veo bien.

—¿Las gafas? Por supuesto que no —dijo él, todo inocencia, mientras recordaba cómo las había aplastado con la bota. Sabía que ella no las necesitaba, en realidad. Las usaba como arma, y él la necesitaba indefensa–. Aquí no necesitáis ver muchas cosas. Excepto a mí.

A ella no le encantó la idea.

–No podéis encerrarme aquí –dijo en aquel tono de desaprobación que, aparentemente, reservaba sólo para él.

–No seas terca –dijo él–. Claro que puedo. Acabo de explicártelo. La puerta no se abrirá hasta mañana por la mañana.

–¿Y de veras pensáis que yo me voy a creer que no tenéis una llave de sobra escondida en algún sitio? El gran vizconde Rohan nunca se pondría a merced de... ataduras que él mismo no pudiera controlar.

Él sonrió al oír aquello y entrecerró los párpados perezosamente.

–Ah, niña, no tienes idea del gozo que pueden proporcionar ciertas formas de atar. Me encantaría enseñártelo. En esta habitación hay todo tipo de juguetes. Sin embargo, creo que eres un poco novata en este juego como para disfrutar de eso, y si te doy la opción de atarme, tiemblo sólo de pensar en qué tipo de venganza se te ocurriría.

Ella se lo quedó mirando. Se había quedado sin habla momentáneamente. Entonces intentó recuperarse.

Irguió los hombros y atravesó la habitación, alejándose de la puerta cerrada. Se sentó en una silla, pensando febrilmente; él tenía que haber supuesto que no iba a dejarse vencer con tanta facilidad.

–Vamos a hablar como adultos civilizados –dijo con su voz remilgada, recordándole a una institutriz que había tenido de pequeño. Bueno, si la señorita Trilby hubiera tenido una boca cautivadora, la piel llena de pecas de oro y un cuerpo excepcional, y le hubiera gustado vestirse de monje–. Lo primero de todo, es absurdo que me llaméis niña, cuando soy dos años mayor que vos.

Él se tendió en la cama y se estiró cuan largo era, y flexionó los brazos por detrás de la cabeza, preparándose para disfrutar de aquello. No tenía prisa por acostarse con ella. Eso podía conseguirlo con cualquier otra; era su carácter lo que la hacía distinta. Interesante. Deliciosa.

–¿Y cómo sabes cuántos años tengo? –le preguntó con suavidad–. ¿Por qué has hecho averiguaciones?

Ella se ruborizó.

–Alguien debió de mencionarlo por casualidad –mintió, y admirablemente, por cierto.

–¿Y tú te acuerdas por casualidad?

–Me quedé asombrada al saber que alguien de veintiocho años, tan joven, pudiera haber perdido todo el decoro y haberse convertido en un esclavo de la decadencia y de la lascivia desenfrenada.

¿La lascivia desenfrenada? A Adrian le gustó cómo sonaba aquello.

–Mi primo Etienne es treinta años mayor que yo y es igual de decadente. Posiblemente más, y yo espero alcanzar su nivel algún día.

Ella no se dejó provocar.

–Sin embargo, tengo dos años más que vos, y llamarme niña es absurdo.

–Mi querida Charlotte –le dijo él suavemente, y vio que se encogía cuando él usó su nombre–, eres una niña en lo relacionado con el lado oscuro del mundo.

–Lo prefiero así.

Él se encogió de hombros.

–Como quieras. Ahora estás aquí, y por propia voluntad. Nadie te obligó a venir a los deleites ni a ponerte un hábito de monje. Tú te arriesgaste, y ahora tienes que pagar el precio. Pero no hace falta que te angusties. Sin duda, saldrás de aquí un poco más triste, pero mucho más sabia, sin ilusiones inquietantes.

—No me hacía ilusiones con vos, milord —dijo ella.

—¿De verdad? —preguntó él. Llevaba unas botas suaves, y se las quitó con facilidad de una patada—. ¿Hay algo más de lo que quisieras hablar como dos personas adultas antes de venir a la cama?

Su expresión era más de irritación que de temor. Bien.

—Sed razonable. No sé por qué habéis decidido, de repente, que soy presa fácil, pero los dos sabemos que yo no soy de las mujeres que os interesan. Soy demasiado alta, tengo el pelo demasiado rojo, tengo pecas y... y...

—¿Y?

—Y no soy... guapa. En este lugar están disponibles, esta noche, algunas de las mujeres más bellas del mundo, y yo soy muy... corriente. No querréis malgastar el tiempo con una solterona mayor.

Le había costado decir todo aquello. Él tuvo ganas de levantarse, de tomarla entre sus brazos, de acariciarle aquella piel salpicada de oro, aquella preciosa boca, y decirle lo guapa que era.

Pero ella no lo creería, al menos no de sus labios. Así pues se quedó donde estaba y se encogió de hombros.

—Tal vez yo esté buscando algo un poco distinto.

—No merezco la pena, os lo aseguro.

—Me temo que me gustan los desafíos.

Ella se mordió el labio con frustración.

—¿Qué puedo hacer para convenceros de que me dejéis marchar?

Él la miró, mientras se le pasaban por la cabeza todo tipo de pensamientos eróticos.

—Bueno, yo te voy a dejar marchar, preciosa mía. Después de haberte tomado.

¿A cuántas mujeres habría llevado a aquel lugar?, se preguntó Charlotte. Sin duda, todas lo estaban deseando. No podía imaginarse que ninguna mujer se resistiera a aquel cuerpo largo, elegante, a aquellas manos maravillosas, a su mirada hipnótica y a su boca sensual. Tendrían que estar locas para decirle que no.

¿Y qué ocurriría si le decía que sí? Él le quitaría la ropa y se tumbaría junto a ella, piel con piel. Se tendería sobre ella y penetraría en su cuerpo, y le dolería, según la vieja cocinera de sus padres, la única persona que se había molestado en explicarle cómo eran las cosas entre el hombre y la mujer. ¿Volvería a besarla? ¿La acariciaría? ¿La abrazaría? ¿Valdría la pena?

Sin embargo, no iba a averiguarlo. Porque después, él la dejaría, y aquello sería lo más doloroso de todo.

Charlotte no creía la mentira de la cerradura de la puerta. Si tuviera tiempo, encontraría la manera de abrirla. Su madre tenía la costumbre de encerrar a su hija, cada vez que se comportaba mal, en su habitación, y Charlotte nunca había aceptado el confinamiento. Con una horquilla podía abrir la mayoría de las cerraduras, y dudaba que aquélla fuera distinta.

No obstante, primero tendría que dejar inconsciente al vizconde. Miró a su alrededor en busca de un arma, por si acaso. Había una botella de vino sin abrir; con ella podría hacerle un buen chichón en la cabeza. De hecho, podría aplastarle el cráneo y matarlo.

Aunque la idea del asesinato era apetecible como venganza por aquella encerrona, en realidad a ella le causaba demasiados escrúpulos. Y, por muy enfadada que estuviera, no quería que Adrian Rohan muriera. Con vivir en otro continente, podría superar su enamoramiento.

El candelabro también estaba sobre la mesa. Si lo golpeaba con él no lo mataría. La plata era un metal blando. Se doblaría sobre su dura cabezota. Entonces, ¿qué iba a hacer ella?

Podría tomar la silla de madera sobre la que estaba sentada y golpearlo con ella. Sin embargo, eso no iba a detenerlo durante mucho tiempo. Tal vez lo mejor fuera permitir que se bebiera la botella de vino entera. Con eso, seguramente, el vizconde perdería la consciencia.

—¿Estás mirando esa botella con tanto cariño porque quieres una copa de vino, o porque estás evaluándola como posible arma?

Charlotte notó que se le ponían las mejillas coloradas. Aquel hombre veía más de lo debido, y ella debía mantener la calma, concentrarse.

—He decidido que no quería arriesgarme a romperos el cráneo y mataros —dijo, con un sosiego admirable—. No porque no fuera a gustarme mataros, sino porque no es práctico. Por mucho que lo merezcáis, la Corona no aceptaría de buen grado la ejecución de uno de sus pares. Y, además, la sangre me produce aprensión.

—¿Tú, aprensiva? Eso me resulta difícil de creer. Además, no conseguirías matarme. Tengo la cabeza muy dura.

Entonces, molesta, Charlotte tomó la botella de vino.

—Estoy dispuesta a comprobarlo...

—Déjala —le ordenó él con una voz de seda, en un tono frío que habría causado terror a un alma más frágil.

Ella la hizo girar en la mano y leyó la etiqueta, puesto que no quería cumplir sus órdenes. Después de un rato, volvió a dejar la botella en la mesa y se volvió a mirarlo. Él tenía los ojos brillantes en la penumbra.

—Estás decidida a luchar contra mí en todos los sentidos, ¿no es así?

—Sí.

—Entonces, tienes razón. Debemos llegar a un acuerdo —dijo Adrian—. No voy a violarte, ¿sabes?

—No, no lo sé.

Él sonrió.

—Tengo muchos crímenes en el alma, pero no soy un violador. Nunca he forzado a una mujer y no voy a empezar ahora.

—Eso es porque nadie os ha dicho nunca que no.

—¿Me consideras tan irresistible? Qué halagador, preciosa mía. En alguna ocasión, alguna mujer equivocada me ha rechazado, pero a decir verdad han sido pocas. Y tú no vas a ser una de ellas.

—Sólo podréis conseguirme por la fuerza.

—No, no es cierto. Pero te seguiré la corriente por el momento. Si vienes y te tumbas a mi lado, te prometo que no te tocaré por debajo del cuello.

—Preferiría que no me tocarais en absoluto.

—Claro que sí. Y yo preferiría subirte el hábito hasta la cintura y poseerte ahora mismo, pero tampoco vamos a hacer eso. Por lo menos, hasta que tú me lo pidas. ¿Ves? Ya estamos llegando a un acuerdo.

Ella notó frío y calor a la vez, y un calambre en el vientre al oír sus palabras. Se indignó.

—Debéis estar borracho si pensáis que eso va a llegar en algún momento.

—Yo tardo mucho en emborracharme, querida –dijo él–. Ven a la cama conmigo, y estarás segura. Por ahora.

—¿Y si no lo hago?

—Entonces, cuando los sirvientes abran la puerta mañana por la mañana, te encontrarán atada y amordazada, y te quedarás aquí hasta que yo decida que quiero dejarte marchar.

—¿Y no sería más probable que tuvierais una orgía agradable si vuestros sirvientes os trajeran a otra dama más dispuesta?

—¿Otra? No sabía que tú estuvieras dispuesta.

—Me refiero a una dama que, al contrario que yo, esté dispuesta.

Él le sonrió, y respondió con voz seductora.

—Supongo que podrían encontrar alguna, y tú podrías mirar, siempre y cuando prometas que no harás mucho ruido.

—Sois repugnante.

Adrian se echó a reír.

—No. Soy un hombre sano. No me has preguntado qué vas a conseguir tú del trato. Si vienes a la cama conmigo y me dejas que te acaricie, mañana por la mañana podrás marcharte con la virginidad y la dignidad intactas.

—¿Y por qué voy a confiar en vos?

Él se encogió de hombros.

—¿Por mi palabra de caballero?

Charlotte soltó un resoplido desdeñoso.

—¿Qué tipo de garantía puedo darte, entonces?

—Abrid la puerta. Entonces, sabré que puedo marcharme cuando quiera.

—Pero es que no puedes. De hecho, yo tampoco. Así que estamos en la misma situación. No te estoy pidiendo mucho, preciosa. No voy a tocar tu carne virginal. Y no entiendo por qué te resistes tanto. Tú eres la que viniste a los deleites por voluntad propia, y atravesaste el Portal de Venus vestida con un hábito de monje. Sé que no estabas buscando a lady Whitmore, así que debías de venir en busca de alguna otra persona. ¿Acaso estabas buscándome a mí?

—No seáis ridículo —dijo ella—. Tenía una curiosidad científica. En cuanto a ese estúpido Portal de Venus, Lina iba a enseñármelo, pero desapareció antes de poder hacerlo.

—Pues permíteme que satisfaga tu curiosidad. Será un placer ayudarte a que experimentes todo aquello que te estabas preguntando.

—No lo entendéis —respondió ella con tirantez—. Soy una solterona mayor. Nunca voy a casarme. Como no tengo oportunidad ni interés en experimentar la... lujuria, y parece que es algo primordial en la vida de la gente, pensé que podía venir a observar lo que es. Tengo ciertas inclinaciones científicas, y la curiosidad intelectual no tiene nada de malo.

Él se echó a reír otra vez. Debería haberla molestado, pero en vez de fastidio, Charlotte sintió una descarga de calor en el vientre.

—Un científico de verdad hace algo más que observar. Experimenta.

—Yo no soy una científica de verdad. Con la observación me vale.

—Entonces, ¿te gustaría sentarte ahí y mirar cómo retozo con una dama más dispuesta que tú?

—No —respondió ella al instante. Después se arrepintió.

—¿Y por qué no?

Charlotte no respondió, y él se rió de nuevo.

—No importa, preciosa. Tus secretos están a salvo conmigo.

—Yo no tengo secretos —dijo ella.

—¿No? Entonces serías la única persona.

Adrian se estiró, lentamente, lujosamente, como un gato adormilado. Un gato adormilado, elegante, bello, alto.

—Realmente, no sabes lo que estás rechazando. Tengo fama de ser uno de los mejores amantes de toda la alta sociedad. Ninguna mujer ha salido de mi cama insatisfecha, y ninguna se ha negado a volver por más.

—Entonces, ¿por qué no traéis a otra?

—Porque te deseo a ti.

Aquello la dejó en silencio. Aquellas palabras fueron devastadoras para su alma y para su cuerpo. Su vientre reaccionó con una oleada de deseo, los latidos de su corazón se aceleraron y Charlotte sintió... calor... humedad... entre las piernas.

De forma reflexiva, juntó las rodillas, y al oír la suave risa de Adrian, supo que a él no se le había escapado el movimiento.

—Ven a la cama conmigo, Charlotte. No haré nada que tú no quieras que haga. Y es el único modo que tienes de salir pronto de aquí.

Era el mismo Satán, pensó ella, porque Charlotte estaba sopesando su oferta. Estaba cansada, agotada, y la silla era dura e incómoda.

Y era Rohan el que estaba tumbado en aquel lecho, el guapísimo Adrian Rohan, que acababa de decirle algo con lo que ella había soñado durante años: «Porque te deseo a ti».

¿Qué podía tener de malo? Él le había prometido que no iba a tocarle el cuerpo a menos que ella se lo pidiera, y eso nunca iba a suceder. Había prometido que no iba a violarla. Charlotte podía tumbarse a su lado, en la cama, tan cerca de él como para oír su corazón y sentir su calor. Tal vez, incluso, él volvería a besarla. Podía dejarle que la abrazara de una manera casta. Que la abrazara durante la noche sería su única oportunidad de estar junto al hombre al que amaba...

No. No lo quería. Ni siquiera lo conocía, y tenía una reputación lamentable. Sin embargo, por algún motivo incomprensible, la sensata y práctica Charlotte Spenser había soñado siempre con el vizconde Rohan, y él le estaba ofreciendo toda su belleza y el alma perdida que había escondida detrás.

Incluso en la penumbra, ella vio que su sonrisa se ampliaba, y que sus ojos relucían de satisfacción.

—Ven a la cama, Charlotte —le dijo suavemente, con una invitación seductora en la voz.

Y ella fue.

CAPÍTULO 7

Adrian Rohan no dijo nada mientras Charlotte se levantaba de la silla. Ella irguió los hombros, alzó la barbilla y se acercó a la cama, pero él percibió su nerviosismo, el ligero temblor que, sin duda, ella creía que podía disimular. Pobre angelito. Si fuera un hombre bueno, llamaría a su criado y dejaría que ella se marchara.

Pero no era un hombre bueno.

Se levantó cuando ella estuvo a su lado. No era una mujer baja, pero él era más alto, y tuvo cuidado de no alzarse con demasiada imponencia sobre ella. No hacía falta mucho para que se asustara, y si eso ocurría, él tendría que comenzar a engatusarla de nuevo, cuando lo único que quería era tumbarse junto a ella. Acariciarle la cara. Besarle los labios. Hacerle el amor hasta dejarla sin sentido.

Imaginó cuál sería su reacción si le dijera todo aquello. Tendría que despegarla del techo. Iba a esperar a que fuera un hecho consumado, hasta que ella lo mirara a los ojos y le dijera «sí», «por favor» y «ahora».

La cama estaba situada contra una de las paredes de piedra.

—A ti te toca dentro —dijo él.

—¿Por qué?

—Si quieres escapar, te dejaré —respondió, aparentando desinterés—. Sólo tendrás que pedirme que te deje salir. Pero mientras, yo prefiero estar en el lado exterior de la cama.

Durante un instante, él pensó que ella iba a negarse, pero un momento después, Charlotte subió a la cama y se sujetó el hábito para gatear hasta el otro lado. Terminó metida en la esquina, intentando fundirse con la piedra caliza de la pared, y él mantuvo una expresión seria mientras se tumbaba a su lado.

—Tú y yo somos los únicos que vamos a dormir en esta cama, querida. No es necesario que te vayas tan lejos.

—Me gusta tener mucho espacio.

Entonces, Adrian se colocó de lado, frente a ella. El candelabro alumbraba decentemente la cara de Charlotte, y a él lo dejaba entre las sombras. Vio el miedo reflejado en sus ojos, en su boca carnosa y pálida. Estaba demasiado oscuro como para poder ver las salpicaduras de oro de su piel, pero aquél era un pequeño precio con tal de conseguir tenerla a su lado.

Lo cual era absurdo. Nunca, en toda su vida, se había tomado tantas molestias para acostarse con una mujer.

—Acércate, Charlotte —le dijo en voz baja.

Y ella lo hizo. En el espacio reducido de la cama, desprendía un olor delicioso, a hierba húmeda, a miel y a piel femenina y cálida. Se le habían soltado unos cuantos rizos de pelo rojo que le adornaban la cara.

Él alargó la mano para apartarle algunos de los ojos, y ella se estremeció. Eso irritó a Adrian.

—No voy a hacerte daño —le dijo con aspereza—. Lo sabes, ¿no?

Si ella le hubiera dicho que no, tal vez se hubiera enfadado tanto que la hubiera dejado irse. Si Charlotte no sabía a aquellas alturas que no iba a forzarla, entonces aquello era una causa perdida.

Por suerte, ella no sabía lo cerca que estaba de la libertad.

—Sí —respondió en un susurro.

—¿Sí qué?

Entonces, ella lo miró fijamente. El color avellana cambiante de los ojos de la mayoría de las pelirrojas, en la oscuridad, parecía casi negro. Ella frunció la frente con desconcierto.

—¿Sí, lord Rohan?

Él se echó a reír.

—No. Sí, sé que no me vas a hacer daño, Adrian. Estamos juntos en la cama. Puedes llamarme Adrian.

Ella se sobresaltó, como si acabara de darse cuenta de que estaban en la misma cama de verdad.

—Creo que lord Rohan es más apropiado —dijo, en aquel tono ceremonioso suyo—. Lo cual era totalmente ilógico, porque estaba tumbada a su lado, en una habitación en penumbra, con los ojos muy abiertos y la boca suave.

—No perdamos el tiempo discutiendo sobre lo que es apropiado o no. El comportamiento apropiado suele ser aburrido. Prefiero los asuntos inapropiados. La lascivia desenfrenada. ¿No es así como has dicho que se llama esto?

—No esto —lo corrigió ella—. Esto es proximidad forzada, y nada más.

Él le acarició un rizo, y su mano le rozó la mejilla, y en

aquella ocasión, ella no se estremeció tanto. Adrian pensó que era como domar a un caballo. Hacía falta paciencia, acostumbrarla a su contacto y a su peso. A él se le daban muy bien los caballos, así que una solterona asustada y virginal debería ser fácil. Por lo menos, ella no podía darle una coz en la cabeza y matarlo.

Aunque tal vez, en parte, quisiera hacerlo. Sonrió al pensarlo, y ella entrecerró los ojos.

—¿Qué es lo que os parece tan gracioso?

—Tú, mi querida Charlotte.

Dejó que sus dedos trazaran la forma obstinada de su mentón. Tenía la piel suave, cremosa, y él cerró los ojos durante un instante, mientras inhalaba su olor y asimilaba su tacto. No estaba acostumbrado a trabajar tanto por nada que no fuera un caballo, y asombrosamente, estaba disfrutando.

Abrió los ojos nuevamente, y por un momento, sus miradas quedaron atrapadas y se produjo algo como una conexión física. Entonces, él le tomó la barbilla con los dedos, y notó que ella se ponía tensa mientras se le acercaba.

—Habéis prometido que no vais a tocarme —susurró ella.

—No voy a tocarte el cuerpo —dijo él—. Sólo voy a besarte. Te prometo que no te va a doler. Has sobrevivido a mi primer beso. Sobrevivirás a otro.

Pensándolo bien, aquel primer beso no había sido satisfactorio. Ella no sabía lo que tenía que hacer, y él había estado demasiado concentrado en maniobrar para meterla en la habitación sin asustarla. En aquella ocasión, Adrian quería tomarse su tiempo y comprobar cuánto tardaba ella en responder.

Porque iba a responder; él no tenía ninguna duda. Y aquél sería el primer paso hacia donde quería ir.

Se inclinó sobre Charlotte, con los labios a pocos centímetros de los suyos. Ella no se movió, pero tenía los ojos ensombrecidos de aprensión.

—¿Por qué estás tan asustada? —susurró él—. Sólo es un beso...

Entonces, ella cometió el error de humedecerse los labios a causa del nerviosismo. Él no pudo resistirlo y la besó antes de que ella se diera cuenta.

Había pensando en tomarse las cosas con calma, comenzar con suavidad, pero ella tenía la boca cerrada y los labios apretados, y eso le molestó.

—Abre la boca —le susurró—, o lo haré yo por ti.

Charlotte abrió unos ojos como platos y lo miró con consternación. Se sorprendió tanto que su boca se suavizó, y él aprovechó la oportunidad para introducirle la lengua entre los labios.

Ella se quedó inmóvil a causa del pánico, y él tuvo suerte de que no lo mordiera. La agarró por los hombros rígidos y la empujó contra la almohada, y su beso se suavizó, se volvió seductor, cautivador. Ella estaba inmóvil, simplemente dejándole hacer, pero entonces movió la lengua ligeramente para alcanzar la de él cuando Adrian se retiraba, y él emitió un gruñido de placer ahogado.

Ella puso las manos sobre sus hombros y se aferró a él, y de repente, Adrian se apartó porque la sintió débil.

—Respira, Charlotte. Se supone que tienes que respirar.

Ella exhaló un suspiro de aire contenido e inhaló con fuerza.

—¿Cómo?

Adrian se rió sin poder evitarlo.

—De diferentes maneras. Tomas un poco de aire cada vez que nuestras bocas cambian de ángulo. Respiras por la nariz. Y tomas una buena bocanada cuando sabes que van a besarte. Como ahora.

Entonces él posó la boca sobre la de ella, dándole un beso lento y profundo, y levantó los labios.

–Respira –le susurró, antes de cambiar la boca de ángulo contra la de ella, para deleitarse con sus besos inexpertos. Entonces, levantó la boca para mordisquearle el labio–. Otra vez –murmuró. Y usó la lengua.

En aquella ocasión, Charlotte estaba lista para él y le devolvió el beso con un entusiasmo que resultaba excitante teniendo en cuenta el hecho de que ella no tenía ni la más mínima idea de lo que estaba haciendo. Claramente, no la habían besado nunca, y aquello hizo que su capitulación fuera más dulce para Adrian.

Él podía sentir que ella se excitaba lentamente. Movió los labios hacia un lado de su boca, y después le rozó los párpados, los pómulos, la curva suave de la oreja.

–Se supone que no podéis tocarme por debajo de los hombros –dijo ella con la voz ronca.

Él alzó la cabeza y sonrió.

–Tú también me estás tocando a mí, preciosa.

Ella estaba agarrada a sus hombros. Lo soltó inmediatamente, pero él le agarró las manos y volvió a ponérselas en donde estaban.

–Nada sin tu consentimiento –le prometió, besándola de nuevo, silenciando su débil protesta.

Él ya sabía cómo desatar el hábito de monje. No era la primera vez que llevaba a aquella habitación a una mujer así vestida. Se ataba al hombro y se mantenía cerrado con un cinturón de cuerda. Adrian deslizó un brazo por la cintura de Charlotte y la estrechó contra su cuerpo, y consiguió posar la mano sobre la cuerda.

Ella le había hecho un nudo doble, por supuesto, y fuerte, para que no se soltara accidentalmente. Adrian tenía un cuchillo cerca, y lo habría cortado gustosamente, pero tenía que hacerlo todo sin que ella se diera cuenta. Charlotte no iba a darse cuenta de que estaba en una situación comprometida hasta que hubiera llegado al clímax.

Mientras, él mantuvo su boca y su mente ocupadas con besos, mientras iba deshaciendo el nudo lentamente, con los dedos. Tardó un buen rato, porque no quería que ella notara lo que estaba haciendo, pero fue muy paciente y, una vez que deshizo el primer nudo, el resto fue sencillo. El cinturón se soltó y cayó en el colchón, entre ellos.

Y entonces, él no pudo resistirse. Su mano estaba demasiado cerca, y la deslizó hacia arriba hasta que llegó a uno de los pechos de Charlotte.

Ella dio un respingo, y si no hubiera estado tan ocupada besando a Adrian, probablemente le habría dicho que no. Él jugueteó con su pezón y notó que se endurecía al instante, y quiso apartarle el hábito y posar la boca sobre ella, y succionar con fuerza.

«Despacio, despacio», se recordó, intentando controlar los impulsos desenfrenados de su cuerpo. La necesidad que sentía por ella avanzaba a pasos agigantados; normalmente, tardaba mucho más en estar tan cerca de explotar. Por algún motivo, las respuestas tímidas y reticentes de Charlotte Spenser lo estaban abrasando.

Sin embargo, estaba dispuesto a invertir todo el tiempo que fuera necesario en conseguir su cooperación. No podía arriesgarse a asustarla, porque si ella se negaba a continuar, sería un desastre para él. O no.

Se rió suavemente, sin poderlo evitar, mientras deslizaba la boca por su garganta.

—¿De qué os reís? —murmuró Charlotte aturdida.

—De mí mismo. De tomarme tantas molestias.

Fue un error decir aquello. Ella intentó escabullirse de él hacia el otro lado de la cama, pero con sus esfuerzos, se le abrió el hábito y dejó a la vista el fino vestido de seda negra que llevaba debajo. Ella soltó un gritito e intentó envolverse de nuevo en el hábito, pero él le atrapó las manos y la detuvo estrechándola contra sí. La tomó por la cintura con una mano, y con la otra la tomó de la barbilla y volvió a besarla seductoramente, produciéndole una sensación de calma falsa.

Se colocó sobre ella y la empujó hacia el colchón blanco, y la cubrió, situando su erección junto a la unión de sus muslos, jugueteando con su boca, notando sus senos contra el pecho, sus pezones irresistiblemente duros. Ella lo había agarrado de nuevo por los hombros y se estaba aferrando a él, no empujándolo. No era una rendición completa, pero iba acercándose, y Adrian notó que su excitación aumentaba, hasta que supo que tenía que ralentizar las cosas o iba a ponerse en vergüenza por algo que no le había ocurrido desde los trece años.

¿Qué tenía aquella mujer, que le provocaba tal deseo? ¿Acaso era el sueño adolescente de acostarse con su institutriz, que finalmente había cristalizado?

Le acarició los brazos y separó sus labios de los de ella, de mala gana, mirándola a la luz de las velas. Ella tenía los labios hinchados por sus besos, y su mirada, que normalmente era aguda, tenía algo de aturdimiento. El gesto ceñudo había desaparecido. ¿Quién hubiera pensado que la acartonada señorita Spenser podía estar tan deliciosamente excitada?

Charlotte pestañeó durante un instante. Su mirada se enfocó de nuevo al mirarlo, y él notó que se ponía tensa.

—¿Qué estoy haciendo? —susurró horrorizada.

Entonces comenzó a empujarlo, y él la soltó y se tumbó boca arriba para no comenzar a embestirla como un toro lujurioso. Tardó un momento en controlar la respiración, y mientras, ella intentó pasar por encima de él para escapar.

Por supuesto, él la atrapó, justo cuando ella tenía una de las piernas por encima de su cuerpo. Adrian notó la resistencia de su cuerpo, y supo que iba a decirle que no, así que se limitó a taparle nuevamente la boca con la suya, para que no pudiera exigir su libertad.

Aunque, de todos modos, él ya no se la habría concedido en aquel punto. Al diablo con las normas del Ejército Celestial. No le importaba un comino que ella tuviera reticencia al principio; Charlotte Spenser lo deseaba, y él iba a tomarla, y al cuerno con las consecuencias. Adrian no separó su boca de la de ella hasta que sintió que todo su cuerpo se relajaba.

—¿Que qué estás haciendo? —le preguntó en un tono vagamente burlón—. Estás encima de uno de los libertinos más expertos de todo Londres.

Ella tenía el hábito abierto, y con la mano libre, Adrian se lo empujó de los hombros. Unos hombros preciosos, y él veía las pecas doradas, porque Charlotte estaba más cerca de la luz. Era como si tuviera polvo de estrellas en la piel, pensó, y se inclinó hacia delante para lamerle la piel del hombro, para probarla.

Ella emitió un sonido suave de protesta, y él lo atrapó con su boca. El vestido que llevaba bajo el hábito de monje era de seda negra y fina, sin corsé, sin combinación y, tal como él había sospechado, esperado y rogado, sin bragas. Sólo aquel largo vestido de seda. Debía de ser de Evangelina Whitmore, y se deslizaba por la piel de Charlotte como una caricia.

Adrian metió la mano entre ellos y, lentamente, agarró la seda y comenzó a subírsela por las piernas. Charlotte chilló contra su boca, para protestar, pero él volvió a rodar por la cama y se colocó sobre ella, con el vestido a medio camino por sus muslos, atrapado entre sus cuerpos.

Entonces, la miró fijamente.

—Esto va a ocurrir, Charlotte —le dijo suavemente—. Tú y yo lo sabemos. No importa el tiempo que haga falta, voy a terminar dentro de ti.

—No —protestó Charlotte con un hilillo de voz.

No, había dicho ella. Había unas reglas. El Ejército Celestial debía respetar el consenso. Un caballero debía aceptar un no por respuesta. No, había dicho ella.

—Sí —dijo él. Y la besó otra vez.

Charlotte estaba hundida en aquella cama suave, con Adrian Rohan encima de ella. Su peso la mantenía cautiva mientras él la besaba.

No podía ser todo su peso. Él era un hombre alto y fuerte. Charlotte sabía que no podría respirar si él estuviera apoyando todo el peso de su cuerpo sobre ella.

Y lo peor de todo era que Charlotte se sentía maravillosamente. Ya se había sentido así cuando lo notaba a través de la tela gruesa del hábito, y se sentía incluso mejor con aquella camisa tan vergonzosamente fina entre los dos. Él tenía unas piernas largas, más largas que las suyas, y ella notaba sus pantalones contra la piel, sentía la misteriosa e inconfundible forma de su cuerpo contra aquel lugar entre sus propias piernas. Sabía que estaba húmeda, lo que le parecía indecente, y sabía que lo último que quería hacer era conseguir que él se apartara y la dejara salir de allí.

Tenía que hacer el esfuerzo. Aquello era la culminación de sus fantasías, pero si se dejaba llevar quedaría deshonrada por completo. Una cosa era que su prima retozara con quien quisiera. Lina era viuda, con una buena fortuna y sin ningún interés en los círculos más altos de la sociedad, ni en casarse de nuevo. A la mayoría de la gente no le importaba lo que hiciera, siempre y cuando pagara sus deudas de juego.

¿Por qué debía ser distinto con Charlotte? Ella tampoco iba a casarse, a una edad tan avanzada, y si lo hacía, su pérdida de la virginidad sería más que comprensible.

Además, seguramente no iba a hacer más conquistas. Aquélla sería la única vez en que iba a hacer algo así. Pero quería hacerlo. Sólo aquella vez. Quería estar en brazos de un hombre y dejar que la besara. Quería estar desnuda con él y... dejar que él le hiciera aquellas cosas depravadas que se suponía que ella no debía conocer.

Y quería que fuera él. Quería que fuera el guapísimo, elegante e inalcanzable Adrian Rohan. Deseaba que fuera su boca la que la besara, sus brazos los que la abrazaran, su cuerpo el que la estrechara.

Si alguna vez iba a estar desnuda con alguien, quería que fuera con Adrian, y la idea de pasar toda la vida sin conocer aquella cosa misteriosa y mágica era inaceptable. Por algún capricho del destino, Adrian Rohan la deseaba. ¿Cómo iba a decirle que no?

Él había dejado bien claro que no iba a escucharla. Había dejado claro que iba a poseerla, de un modo u otro, aunque también le había prometido que no iba a violarla.

Él tenía la boca en su cuello, y era delicioso, delirante, y le sujetaba los hombros con las manos para besarla. El hábito se le había bajado por el cuerpo y le había atrapado los brazos de manera que no podía moverlos para abrazarlo. Él echó la cabeza hacia atrás para mirarla, con los ojos medio cerrados, mientras ella estaba tendida en la cama, en su cama, aprisionada.

Él sonrió ligeramente.

—Si pudieras ver lo deliciosa que estás así, atada. Supongo que tú no... No, probablemente no.

«Calma», se dijo Charlotte. «Mantén la calma y sé autoritaria». Él no era nada más que un niño caprichoso, y seguramente si lo trataba como a tal, él perdería el interés.

—Os agradecería que me soltarais —dijo ella, con una voz muy serena.

Él se echó a reír y se inclinó para pasarle los labios por los párpados, tan suavemente como una pluma, haciendo que ella los cerrara. Estaba agarrado al hábito, y la tenía bien sujeta, y aquello le producía a Charlotte una sensación extraña, una especie de... deseo, algo que era imposible.

—De veras —dijo, intentándolo de nuevo—. Seguro que este juego ha sido muy divertido para vos, pero ha llegado la hora de que me soltéis. Mi prima me estará esperando, y creo que ya he tenido contacto suficiente con la disipación... —sus palabras terminaron en un gritito cuando Rohan le agarró el vestido negro por el cuello y se lo rasgó hasta el bajo.

Ella forcejeó, y el vestido de seda se abrió. Charlotte no podía taparse con las manos, no podía hacer otra cosa que permanecer allí, bajo él, mientras aquella extraña sensación se le extendía por el estómago, por el pecho, y más hacia abajo, entre las piernas.

En algún momento él se había quitado el chaleco largo que llevaba, y sólo tenía puesta la camisa blanca y suelta y un par de calzones. Charlotte sabía lo suficiente sobre las relaciones sexuales como para no mirar a la parte baja de su cuerpo, y con sus forcejeos, sólo consiguió que la seda se le deslizara por completo del cuerpo y la dejara completamente expuesta a su mirada oscura.

Ella nunca había estado desnuda delante de nadie hasta aquel momento, y allí estaba, como un sacrificio virginal, para que Rohan pudiera mirarla, juzgarla, burlarse.

—¿Sabías —le preguntó él— que tienes la piel más deliciosa que he visto? Tus pecas parecen copos de oro sobre el blanco cremoso.

Se inclinó hacia delante y posó la boca en la base de su garganta, y ella notó que le pasaba la lengua por la piel.

«Oh, mierda», pensó con consternación, mientras aquel sentimiento extraño se intensificaba y la hacía arder por dentro.

—Era el vestido de Lina —dijo, intentando hablar con severidad, sin conseguirlo—. No se va a poner contenta cuando sepa que se lo habéis rasgado.

—Tu prima te ha echado a los lobos sin protección. Tiene suerte de que hayas caído en mis manos, y no en las de otro.

—Teniendo en cuenta que estoy tumbada en una cama, desnuda, con los brazos atrapados, no creo que pueda considerarse una suerte —replicó Charlotte. Así estaba mucho mejor. Su voz sí había sonado severa, desdeñosa.

Él se echó a reír, con los ojos brillantes a la luz de las velas.

—Creo que debería demostrarte lo afortunada que eres, preciosa.

Y, antes de que ella pudiera darse cuenta de lo que iba a hacer él, Adrian se había movido hacia abajo, por encima de su cuerpo, la había obligado a abrir las piernas y había puesto su boca... allí.

CAPÍTULO 8

Charlotte se sacudió de pánico al sentir el contacto de su boca, pero no podía hacer nada. Adrian le sujetaba las caderas y tenía los hombros entre sus piernas, y ella tenía los brazos inmovilizados en el hábito de monje. Sintió el calor de su respiración, y después su lengua, su boca, lamiéndola, saboreándola, y notó un escalofrío por toda la piel, tan fuerte que la hizo olvidar toda su vergüenza.

—No deberíais... —dijo débilmente, mirando su pelo dorado.

Él alzó la cabeza con los ojos brillantes.

—¿Es que no te gusta?

Charlotte estaba temblando de deseo, de ganas de que él continuara lo que había comenzado.

—No —respondió con un hilo de voz.

—Mentirosa.

Volvió a posar la boca en ella, y deslizó la lengua por sus partes más íntimas, y a ella se le escapó un suave gemido de placer. Él usó las manos para abrir los pliegues de su cuerpo y su lengua rozó algo que le provocó una descarga en todo el cuerpo.

Aquello no era como nada que ella hubiera presenciado en un granero. Aquello era nuevo, misterioso y peligrosamente poderoso. Cuando él deslizó uno de sus largos dedos en el interior de su cuerpo, Charlotte se arqueó hacia arriba. Él lo retiró y ella emitió un gemido de angustia, pero rápidamente él introdujo dos dedos, estirándola, llenándola, y ella quería más, lo quiso a él. Quería lo que se suponía que debía entrar allí. ¿Por qué estaba jugando con ella, por qué no quería hacer lo que hacían los hombres y las mujeres? ¿Qué estaba...?

Una oleada de sensaciones se apoderó de ella. Notó chispas en la piel, y gritó suavemente. Después, una segunda descarga, y ella presionó contra sus dedos, porque necesitaba más.

—Bien —murmuró él contra su cuerpo, mientras empujaba rítmicamente con los dedos, a contratiempo con la danza de succión de su boca—. De nuevo, dulce Charlotte. Otra vez.

Ella no pudo negárselo, como no podía negarse a que le latiera el corazón. Notó sus dientes, y en aquella ocasión gritó y movió la cabeza hacia un lado para ahogar sus gemidos.

Él no tuvo piedad. En cuanto una oleada se desvanecía, otra ocupaba su lugar, más fuerte y más poderosa, hasta que Charlotte no pudo soportarlo más. Comenzó a rogarle, a suplicarle.

—Ya no más —sollozó—. Es demasiado.

Ella tardó unos instantes en darse cuenta de que él había elevado la cabeza y que aquellas sensaciones poderosas estaban debilitándose lentamente. Él la estaba mirando soñadoramente, y tenía la boca húmeda. Se la secó con la camisa y dijo:

—Podrías con más —dijo—. Me asombras. ¿Quién habría pensado que semejante mojigata podría ser tan sensual? Así que, aquí está la pregunta, preciosa mía. ¿Te dejamos virgen? ¿O terminamos esto como es debido?

Ella tardó un momento en entender sus palabras.

—¿Sigo siendo virgen? —preguntó con un susurro.

Él se rió.

—Siempre me deja pasmado lo ignorantes que son las mujeres inglesas. Sí, todavía eres virgen, al menos técnicamente. Podemos dejarte así, si lo prefieres.

Ella estaba recuperando poco a poco el funcionamiento del cerebro, y alzó la cabeza con esfuerzo.

—Pero entonces... no habría nada... es decir... ¿por qué vos...?

—Si lo que quieres preguntarme es cómo voy a alcanzar yo el mismo estado de felicidad que te he proporcionado a ti, deja que te explique que podría tomarte de varias formas diferentes, a las que soy muy adepto.

Ella se estremeció y se dio cuenta de que él todavía tenía los dedos dentro de su cuerpo, y de que le estaba frotando suavemente, con el pulgar, lo que antes le había lamido.

—Se llama clítoris, ángel —le dijo Adrian de repente.

—¿Qué?

—Esa parte de ti que es tan exquisitamente sensible a mi boca y a mi pulgar. Me doy cuenta de que has llevado una vida tan recatada que ni siquiera te has descubierto a ti misma, lo cual es una pena. Darse placer a uno mismo es una manera muy agradable de pasar una tarde solitaria si no hay un compañero agradable —dijo, y para enfatizar, rozó con el pulgar, más fuertemente, su cuerpo, y ella dio un respingo e intentó luchar contra aquella oleada líquida y caliente.

No quería emitir ningún sonido, pero no pudo evitarlo. Se le escapó un gemido largo, gutural, a medias de placer y a medias de necesidad.

—Así que dime, dulce Charlotte —murmuró él—, ¿dónde quieres que ponga mi pene?

Ella luchó por responder algo apropiado.

—En una ratonera —murmuró—. En una guillotina.

—¡Ay! —respondió él, aunque no parecía demasiado angustiado—. Me temo que tus sugerencias sanguinarias no tienen efecto en mí.

—Seguramente —Charlotte sintió la fricción de su pulgar— ...os han excitado —fricción, fricción—... todavía más.

Aquella última palabra se disolvió en un gemido.

—No soy tan perverso, amor mío. Dime lo que quieres —dijo él.

Había ascendido un poco por su cuerpo, pero su mano, sus dedos, su pulgar, seguían sacándola de quicio.

—¿O debo tomar yo la decisión? Lo más bondadoso y honorable sería procurarme mi placer y dejar tu virginidad intacta —explicó, sonriendo con una dulzura extraña—. Pero los dos sabemos que eso no va a suceder. Voy a tomarte, Charlotte, de cualquier modo que quiera. Voy a perderme en tu delicioso cuerpo, y cuando todo termine, podrás seguir adelante con tu vida y pensar que esto nunca ocurrió. O puedes intentarlo, más bien. Di que sí, Charlotte.

—¿Y si digo que no?

Él siguió sonriendo, con perversidad, sin piedad.

—Seguramente, te ignoraré.

—Entonces, sí —dijo ella, con un matiz salvaje en la voz.

Lo conseguiría, tendría al amante de sus fantasías, y eso ya no podría quitárselo nadie–. Sí –dijo una vez más–. Sí, os deseo.

Él sonrió ligeramente, casi con petulancia.

–Entonces, librémonos de esta maldita virginidad, ¿de acuerdo?

Antes de que ella se diera cuenta de lo que él tenía en mente, Adrian metió otro de sus largos dedos en su cuerpo y empujó con fuerza. Charlotte sintió un dolor repentino, agudo, una rasgadura, y gritó suavemente.

Se le llenaron los ojos de lágrimas, pero antes de que pudiera parpadear para librarse de ellas, él se tendió sobre su cuerpo y le colocó las caderas estrechas entre las piernas. Se había desabrochado los calzones en algún momento, sin que ella se diera cuenta, y Charlotte se alegraba. No tenía muchas ganas de verlo, ni de tocarlo. Quería que él le hiciera el amor, que le hiciera sentir algo que no fuera aquel dolor entre las piernas.

Esperó, preparándose para el acto final, para la embestida, para el golpe de gracia. En aquel momento lo sentía, suave y duro contra la abertura de su sexo. Se puso tensa y se preparó para sentir más dolor.

Él no se movió. Se mantuvo sobre ella, mirándola. Ya no tenía una expresión de diversión en el rostro. Su pelo rubio le caía hacia delante, por la frente, y tenía una mirada pensativa.

–¿A qué estáis esperando? –le preguntó ella finalmente, mientras se movía con inquietud.

–Estaba esperando a que un último golpe de cordura me detuviera.

Ella contuvo la respiración. Entonces, vio en su rostro una vaga sonrisa de arrepentimiento.

—Sin embargo, mi primo me ha dicho siempre que la cordura se valora en exceso. Dime que no una vez más, y tal vez te escuche.

Aquello era lo que ella había deseado. Él la dejaría marchar, y ella todavía podía retener algo de inocencia. Después de todo, nadie iba a acercarse más por aquella zona de su cuerpo para averiguar lo contrario. Nunca más.

Todavía tenía los brazos atrapados en el hábito.

—Liberadme los brazos —le pidió en voz baja, con determinación.

Durante un momento, él no se movió. Después se incorporó, se sentó y la alzó para quitarle la tela del hábito de alrededor de los brazos. Para despojarla de los jirones del precioso vestido de seda negra de Lina.

Él todavía estaba vestido; llevaba la camisa blanca abierta, y su pecho, fuerte y suavemente musculoso, estaba a la vista de Charlotte. También tenía abiertos los calzones, y ella se preguntó si habría perdido interés. No. No quería mirarlo, pero en aquella posición sentía su dureza contra la humedad de su sexo, y sabía que a él no iba a costarle mucho terminar.

Ella volvió a tenderse sobre la cama.

—¿Me dejaríais salir de aquí? —le preguntó.

Él le acarició la cara y le apartó el pelo de los ojos, con delicadeza, con una sonrisa.

—Dios Santo, no —dijo, y se metió en su cuerpo, de una sola acometida, dura y fiera, que la llenó.

Ella se arqueó, intentando acomodar su poderosa invasión, y dejó escapar un gemido involuntario mezcla de dolor y de satisfacción. Ya no había vuelta atrás. Él lo había consumado.

Se quedó inmóvil por encima de ella, y Charlotte notó la tensión expandiéndose en ondas por su cuerpo duro. Ella no quería abrir los ojos, quería saborear aquel momento, aquella sensación, aquella posesión, que debería haberle resultado odiosa. Aquella posesión que le resultaba... completamente maravillosa.

Estaba de acuerdo en que la cordura se valoraba en exceso. Estaba de acuerdo porque aquello era una locura y ella lo deseaba. Durante aquellos breves instantes, Adrian Rohan le pertenecía, y aquello nunca podría quitárselo nadie.

—Abre los ojos, Charlotte —le dijo él con la voz ronca. Ella obedeció, pensando que iba a ver una expresión de petulancia en su rostro.

En vez de eso, se encontró con una cara ensombrecida, torturada, y con sus ojos azules muy oscuros. A Charlotte ya no le causaba dolor su invasión, se había adaptado a su cuerpo, pero se preguntaba cuándo iba a salir de ella.

—¿Te hago daño? —le preguntó Adrian, y ella se sorprendió. ¿Por qué le importaba su bienestar?

Ella intentó adoptar un tono práctico, pero dadas las circunstancias, no lo consiguió.

—No, no. Todo ha ido bien —respondió con la voz un poco entrecortada—. Ya podéis sacarla.

Entonces, notó la risa de Adrian dentro de su cuerpo. Fue una extraña sensación.

—¿De veras puedo? ¿Y por qué iba a querer hacer eso?

Ella lo miró con perplejidad.

—Porque habéis hecho lo que queríais. Habéis mantenido relaciones sexuales conmigo. No ha sido una violación, porque yo no me he opuesto, así que no tenéis que preocuparos, no os voy a denunciar. Como habéis dicho, fue culpa mía por venir aquí sin acompañamiento. Pero ahora ya hemos terminado, y si no voy a salir de aquí hasta mañana por la mañana, me gustaría dormir.

—Oh, mi precioso ángel —dijo Adrian con una voz sedosa, divertida—. Mi dulce niña, y verdaderamente eres una niña en lo que se refiere a los asuntos de la carnalidad. Pensaba que tenías una idea más clara de lo que ocurre entre los hombres y las mujeres. ¿Es que nunca has estado en el campo?

—Bueno, no me iba a quedar ahí mirando cuando los animales se apareaban —dijo ella malhumoradamente—. A mis padres les habría horrorizado. Y Lina no me ha explicado esas cosas. ¿No habéis terminado todavía?

—Mi querida señorita Charlotte Spenser, acabamos de empezar.

Antes de que ella pudiera decir algo más, él comenzó a retirarse, y ella exhaló todo el aire que tenía contenido en los pulmones, y entonces él volvió a hundirse en su cuerpo, grueso y duro. Ella gritó, pero él repitió la acción, moviendo las caderas, saliendo sólo en parte y hundiéndose en ella de nuevo.

—¿Qué estáis haciendo? —jadeó ella, mientras se aferraba a sus hombros, tomando puñados de lino blanco.

—¿Queréis la verdad? —susurró él, inclinándose para rozarle la boca con los labios—. Estamos fornicando, abandonándonos a la lascivia, apareándonos, o haciendo el amor —dijo, y cada una de sus frases estuvo interrumpida por una embestida, y él tenía la respiración tan entrecortada como ella—. De hecho, Charlotte, te estoy poseyendo. Es esto —acometió con fuerza—, y esto.

Con otra acometida, ella notó que se le endurecían los pezones al aire cálido de la noche, y sintió un calor extraño en el vientre, que cada vez era más intenso, más insoportable.

Él deslizó las manos por sus piernas desnudas, y se las colocó sobre las caderas, y ella sintió la tela suave de sus calzones contra los muslos. Él le elevó las piernas, y se hundió más y más, cada vez más grande. Charlotte comenzó a reaccionar; sus caderas se alzaron, deseando aquella invasión indescriptible, queriendo cada vez más y sin saber lo que era.

—Me temo —susurró él, sin aliento— que no puedo esperar...

Deslizó la mano hacia arriba, por la pierna de Charlotte, hasta que la colocó entre ellos, y le acarició el lugar que previamente le había lamido. El clítoris, según había dicho. ¿Cómo era posible que él conociera mejor su cuerpo que ella misma?

Volvió a embestirla, con fuerza, y se hizo más grande, se hinchó, y ella supo que estaba a punto de ocurrir algo glorioso, cuando él dejó escapar un juramento ahogado y salió de su cuerpo y se separó de ella, y Charlotte notó una humedad cálida en el vientre, y él se desplomó a su lado.

Adrian estaba intentando recuperar el aliento, y ella estaba retorciéndose de inquietud, confusa. Entonces él le atrapó el cuerpo con una de sus largas piernas, cuando ella intentó escapar.

—Lo siento —le dijo, aunque no parecía que estuviera arrepentido de nada—. Parece que tienes un efecto demasiado fuerte en mí. Apenas he conseguido salir de ti a tiempo. Lo último que deseo en este mundo es cargarte con un mocoso.

En parte, Charlotte entendía lo que le estaba diciendo.

Había expulsado su semen fuera de su cuerpo para que ella no se quedara embarazada. La había dejado vacía, dolida, extraña, inquieta, incompleta.

¿Por qué buscaban aquello las mujeres? Era sucio, indigno, y aunque las cosas que él le había hecho con la boca habían tenido un efecto asombroso en ella, estaba claro que, por unos cuantos minutos de placer, Charlotte había permitido que le destrozara el futuro.

Intentó sentarse, pero él la tumbó con una fuerza perezosa y se echó a reír.

—Normalmente, me las arreglo mucho mejor. La verdad es que me excitas de una manera que no acierto a comprender.

Entonces, la atrajo hacia su cuerpo, y ella, que se sentía demasiado débil, no se resistió. Él la abrazó y acurrucó su cuerpo contra la espalda de Charlotte, y ella notó que comenzaba a perder algo de aquella extraña tensión. Aquello era lo que quería, lo que siempre había querido. Tener la espalda junto a su pecho, estar entre sus brazos, sujeta contra su cuerpo caliente y duro. Ella tenía el trasero contra su sexo, pero él ya no estaba erecto, y Charlotte no tenía nada más que temer de él. Comenzó a exhalar un suspiro de satisfacción, cuando notó su mano en el vientre, y sus dedos largos extendiéndose sobre la superficie blanda y pegajosa.

Y entonces, antes de que se diera cuenta de cuál era el propósito de Adrian, él hundió los dedos en los rizos suaves de entre sus piernas, y ella se quedó helada.

—No —dijo rápidamente, intentando apartarse de él.

Había olvidado lo fuerte que era él. La estaba rodeando con un brazo, pegando sus cuerpos, y la otra mano continuó su perverso descenso.

—Todavía no hemos terminado —le susurró Adrian al oído, en voz muy baja—. Tú no has terminado.

Charlotte intentó darle patadas, pero él le atrapó las piernas con una de las suyas, y siguió deslizando los dedos hasta que encontró aquel lugar peligroso que había acariciado antes.

Ella estaba húmeda allí, por él y también por su propia y embarazosa humedad, y él deslizó los dedos fácilmente contra ella, con una facilidad insultante; en un momento, ella estaba luchando, resistiéndose, y al segundo siguiente se había puesto rígida y todos los nervios de su cuerpo se habían contraído de un deleite vergonzoso.

Él movió la mano y extendió la humedad alrededor de su sexo, y a ella se le cortó el aliento. Él la acarició de nuevo, con más fuerza, lentamente, con un conocimiento perfecto, perverso, del cuerpo de una mujer, y ella gimió sin poder controlarse cuando la oleada de placer la anegó una y otra vez.

Finalmente, él apartó la mano y le tomó la barbilla y la obligó a volver la cara hacia él para besarla. La besó como la había acariciado, lentamente, profundamente, con dureza. Ella comenzó a girarse hacia él cuando notó que él volvía a deslizar la mano hacia su estómago, e interrumpió el beso.

—Por favor —le suplicó—. No puedo soportar nada más. Por favor.

—Puedes —respondió él—. Puedes soportar cualquier cosa que yo te dé.

Y, cuando la tocó en aquella ocasión, ella salió expelida hacia una oscuridad tan profunda que no tuvo escapatoria. En la culminación de su placer gritó sin poder evitarlo.

Entonces, él la giró entre sus brazos, y ella sollozó contra su pecho mientras él la abrazaba y le acariciaba el pelo, la cara llena de lágrimas, la boca temblorosa. Cuando cesó el último de los sollozos, Adrian la besó con tanta ternura que ella quiso llorar de nuevo.

Él le estaba susurrando palabras dulces, delicadas, sin sentido, de alabanza, amor, placer.

—Ahora duérmete, ángel —le dijo—. Necesitas descansar.

Ahora, ella lo sentía. Había vuelto a endurecerse, pero no parecía que tuviera prisa por hacer nada al respecto.

—Duérmete —le dijo, besándole la frente, acariciándole la piel con los labios.

Y ella se durmió.

Adrian miró a la mujer que tenía entre los brazos, dormida tan plácidamente, tan confiadamente. Él había sido un canalla por hacerle eso. Lo reconocía en aquellos momentos breves de arrepentimiento, cuando sus defensas estaban bajas. Debería haberla dejado en paz.

Él ya sabía lo peligrosa que era, porque se había sentido fascinado por sus miradas furtivas, por su anhelo bien disimulado. Se dio cuenta de que llevaba bastante tiempo deseándola, y también de que había sido demasiado arrogante y engreído como para reconocerlo. Adrian, el vizconde Rohan, hubiera podido conseguir a cualquiera de las grandes bellezas de Londres y París. ¿Por qué estaba perdiendo el tiempo con aquella virgen demasiado alta y desgarbada a la que nadie más quería? Era mayor que él, aunque fuera por muy poco tiempo, y tenía la piel de marfil con pecas, y unas piernas largas y exquisitas, y él debía de haberse vuelto loco para haberse obsesionado con ella.

Tenía que haberla acompañado a la casa, echándole un severo sermón sobre los peligros que entrañaba una curiosidad tan temeraria. O, incluso mejor, debería haber ordenado a un sirviente que la acompañara. Ella se había comportado como una idiota por acudir allí sin acompañamiento, para empezar. Si él fuera un hombre mejor de lo que era, debería haberla rescatado.

Sin embargo, él no tenía madera de héroe. Y no había nadie a quien pudiera entregársela. De hecho, él era menos peligroso que la mayoría de los presentes en aquella orgía. Se estremeció al pensar en lo que hubiera hecho con ella su primo Etienne.

Ella exhaló un suspiro tembloroso mientras dormía, y él se dijo a sí mismo que era un bastardo. Por lo menos, había salido de su cuerpo en el último segundo. Esperaba haberlo hecho a tiempo. Para no correr ningún riesgo, se aseguraría de que Lina le diera a su prima la infusión de hierbas que tomaban las damas para evitar embarazos. Se imaginaba cómo reaccionaría su padre. Aquel hipócrita sería capaz de desollarlo vivo.

Su madre, sin embargo, estaría encantada.

Adrian se levantó de la cama y se acercó al lavabo, donde vertió agua fresca de la jarra. Se lavó, y después empapó una toalla de agua y miró hacia la cama. Ella estaba profundamente dormida, y él no debería despertarla, pero seguramente se sentía dolorida y pegajosa, e incómoda. En realidad, él nunca se había acostado con una mujer virgen, y se imaginaba que ella se sentiría un poco maltratada. Y él la deseaba de nuevo.

No era escrupuloso. No le hubiera importado tomarla así, cubierta por su simiente, pero pensó que ella no se lo permitiría. Volvió a la cama y se tumbó junto a ella, y después de acurrucarla contra su cuerpo, comenzó a limpiarla lenta y delicadamente.

Ella abrió los ojos.

—Shhh, mi amor —murmuró Adrian, mientras ponía la toalla mojada entre sus piernas—. Seguramente querrás darte un baño, y le pediré a mi sirviente que prepare uno en cuanto llegue, pero mientras, esto te aliviará. ¿Te duele?

Ella lo miró como si le estuviera hablando en otro idioma.

—¿Y cuando venga tu sirviente vas a dejar que me vaya? —susurró.

Él negó con la cabeza.

—Tú no vas a querer.

—Quiero ahora —respondió ella somnolienta.

Entonces, Adrian se inclinó sobre ella y la besó, y movió la toalla con cuidado, y le rozó el clítoris con la palma de la mano, mientras la limpiaba.

Ella emitió un gemido contra su boca, un gemido de placer, y elevó las caderas contra su mano, contra su roce suave. Él movió los labios hacia su oído y le mordisqueó el lóbulo antes de preguntarle:

—¿Todavía te duele?

Adrian podía encontrar otros modos de darle placer y conseguir el suyo, pero por algún motivo, quería estar dentro de ella otra vez. Tal vez no fuera un completo bastardo, porque estaba dispuesto a darle tiempo para que...

¿Para qué? No iba a esperar a que ella se curara. La deseaba en aquel mismo instante, y no había ningún motivo para que no la tomara.

Tiró la toalla al suelo y la abrazó. Ella estaba medio dormida de nuevo. Se movió hacia él y apoyó la cabeza en su hombro y la mano en su brazo, y suspiró profundamente mientras su cuerpo se relajaba.

Confiadamente.

Adrian se quedó inmóvil, con un gesto torcido en los labios. Claramente, se las había arreglado para dejarla sin entendimiento. Ella debería estar luchando contra él, recordando que era lo peor que podía ocurrirle en el mundo. En vez de eso, estaba durmiendo en sus brazos como una huerfanita confiada.

Claro que ella también era lo peor que podía ocurrirle a él, porque estaba convirtiéndolo en un aburrimiento mortal, cuando Adrian prefería ser como era antes, perverso y egoísta. Sin embargo, no podía hacer nada. Ignoró su miembro dolorido, la abrazó y se puso a dormir.

CAPÍTULO 9

Etienne de Giverney, el antiguo conde de Giverney, se levantó de la cama. Antiguo conde. Despreciaba aquella idea. Era un insulto para los aristócratas de los Borbones, que, en aquel momento, por las calles ensangrentadas de París, no eran más que meros ciudadanos.

Su primo, Francis Rohan, le había cedido el título alegremente cuando se había marchado de Francia. Aquel título, que debería haber sido de Etienne desde su nacimiento. Un abogado había redactado una carta para el rey, y *voilà*, todo se había arreglado durante unos años. Etienne había abandonado la pequeña clínica donde trabajaba de mala gana y se había puesto a disfrutar de la vida que se merecía, en la enorme y antigua casa de París, y en el castillo del campo.

El castillo había quedado reducido a escombros, quemado y derribado. Él quería pensar que algunos de sus sirvientes habían muerto en el interior, pero lo más probable era que ellos mismos atacaran el edificio. Sus sirvientes siempre lo habían odiado.

La casa de París había pasado a ser un edificio del gobierno, por lo que había oído decir. ¡Gobierno! Era irrisorio. La canalla no podía gobernar Francia mejor de lo que podrían caminar sobre el agua. Sólo era cuestión de tiempo que aquel régimen sanguinario fuera derrocado y los aristócratas pudieran volver a su país.

Mientras, él estaba en el exilio, sin un penique, aunque al menos los ingleses respetaban su título. Y su primo Francis Haven, marqués de Haverstoke, había sido generoso, como siempre, sin duda por un sentimiento de culpabilidad.

Aunque seguramente, alguien como él no tenía conciencia, y todo se debía a su mujer, con su estúpido sentido del honor inglés. Ella había hecho todo lo posible para que Francis abandonara su estilo de vida depravado y se asegurara una vida larga. Cómo la despreciaba Etienne por aquel logro. Ninguna mujer francesa sería tan débil como para intentar domesticar a su marido.

Ah, pero estaba el hijo de Rohan, Adrian, el vizconde Rohan. Como su padre había obtenido un título más alto de manos del estúpido rey inglés, su hijo había heredado los títulos menores, y Adrian sí estaba en camino de morir joven. Etienne lo había tomado bajo su protección, pese a la desaprobación del marqués. Con aquella oposición, Francis sólo había conseguido que Adrian se obstinara más en cultivar la relación con Etienne. Y Etienne lo había iniciado en una serie de placeres que podían acortar su existencia. Los ingleses eran convencionales hasta lo ridículo. A Adrian le gustaba pensar que era un verdadero libertino, un hombre que no tenía alma ni conciencia, cuando en realidad, se conducía siguiendo una serie de normas absurdas. La moralidad era para los débiles. Iba a ser la ruina de Adrian.

Etienne se preguntaba con quién había desaparecido. La última vez que lo había visto estaba con un monje. Era mucho esperar que la figura que ocultaba el grueso hábito fuera de hombre. Etienne no había podido reconocer a la mujer por su forma de caminar, pero no estaba demasiado preocupado. Una prostituta de la aristocracia inglesa era como todas las demás. Si Adrian se encaprichaba de ella, Etienne manejaría la situación con su eficiencia acostumbrada.

Pero no había prisa. Si Adrian continuaba por el mismo camino de siempre, el marqués de Haverstoke perdería a su heredero en poco tiempo. Su primogénito había muerto de unas fiebres diez años antes, y si Etienne se salía con la suya, Adrian lo seguiría en poco tiempo. Y cuando él muriera, todo el patrimonio iría a parar a manos de Etienne, como todos los títulos ingleses.

Mientras, se conformaba con esperar. Adrian se ocuparía de su propia muerte, y Etienne estaba disfrutando mucho de su vida inglesa.

Se acercó al lavabo y comenzó a lavarse las manos lentamente para quitarse bien la sangre. Afortunadamente, su sirviente Gaston lo acompañaba. Gaston se encargaría de deshacerse de la prostituta, a la que había pagado muy bien, y con la que había compartido cama la noche anterior. También quemaría las sábanas empapadas en sangre. Etienne se había puesto frenético la noche anterior. Sin embargo, por la mañana estaba más calmado y listo para tomar parte en las costumbres más sosegadas de los ingleses.

La prostituta lo estaba mirando con los ojos vidriosos, sin moverse. Había dejado de gritar varias horas antes, y tenía una mirada de odio. Bueno. Él le pagaría más dinero y, en la oscuridad, nadie iba a notar sus cicatrices.

Aquella mañana iba a celebrarse un picnic en la hierba. Él tendría la compañía de mucha gente bajo el sol de la primavera, y cuando volviera a su celda, por la noche, no quedaría ni rastro del jueguecito de la noche anterior.

Sin embargo, tenía curiosidad por la elección de Adrian. No era la condesa de Whitmore. Él la había visto corriendo en dirección contraria a su primo, acompañada de un sirviente muy guapo, con la intención de darse un revolcón en el barro. Adrian nunca se quedaba con la misma mujer más de una noche, así que Etienne podría ver de quién se trataba durante el desayuno. Entonces podría decidir si tenía algo de lo que preocuparse.

Lo cual era poco probable. Durante los tres años que duraba ya el exilio de Etienne, Adrian no había tenido relaciones duraderas. Y no iba a empezar en una reunión de los Monjes Locos.

Se echó a reír. Los Monjes Locos. Los ingleses eran ridículos hasta para cometer pecados, y tenían que disfrazarse. Por lo menos Adrian prefería, como él, pecar abiertamente. Aquello hacía que su trabajo fuera mucho más fácil.

La mujer de la cama intentó hablar, pero no lo consiguió. Él la miró con curiosidad, y después salió al sol de la mañana, silbando alegremente.

— «Había un joven hojalatero en Barton
que quería un uso para su...».

—Supongo que no podré convenceros de que entretengáis a Montague con otra cosa que no sea poesía obscena —dijo Simon Pagett cansadamente.

—¿Y qué preferís? —inquirió Lina—. ¿Un sermón edificante? Me imagino que ya ha oído suficientes de los vuestros.

—Niños, niños —intervino Montague débilmente—. No peleéis. Simon, a ti no te vendría mal escuchar unos cuantos poemas salidos de tono. Te aseguro que a lady Whitmore se le da muy bien escribirlos. Y Lina, preciosa mía, los sermones de Simon son bastante interesantes. Yo nunca lo toleraría como coadjutor de lo contrario.

—No intentes convencerme de que vas a ir a misa cuando él ocupe el puesto, Monty —dijo Lina—. No nací ayer.

—Bueno, creo que eso ya no tiene importancia —respondió él con un suspiro—. ¿Por qué no os vais a otro sitio a intimidaros hasta que lleguéis a una solución? Yo estoy perfectamente dispuesto a tolerar lo sacro y lo profano.

Lina se sintió culpable y le tomó la mano delgada.

—Oh, querido, lo siento. Es lógico que no quieras estar soportando estas discusiones.

—Preciosa, me estás estrujando los dedos.

Ella lo soltó inmediatamente, pero sin querer, miró con preocupación a Simon Pagett. No había apretado en absoluto la mano a su amigo, y sin embargo, le había hecho daño.

—Algunas veces no me doy cuenta de mi propia fuerza —dijo con una carcajada temblorosa, y se dio la vuelta. Monty estaba muy pálido, tenía los labios blancos, pero su mirada seguía siendo aguda.

—Pues sí, querida, me parece que no te das cuenta —dijo en un tono suave—. En cuanto a ti, mi querido Simon, tienes que tratar a mi querida Lina con más respeto. Ella se ha quedado conmigo mientras los demás se dedican a los placeres de la carne. Si vas a hacer que se sienta mal, entonces tendrás que marcharte. No quiero que mi querida niña se ponga triste. Tendréis que aprender a llevaros bien. No quiero que sigáis peleándoos en mi lecho de muerte. Prefiero ser el centro de atención. O conseguís llevaros bien, o tendréis que venir a visitarme por turnos. Bueno, ahora necesito descansar. Marchaos.

Aquélla era la segunda vez que Monty le decía que se marchara con su amigo. Lo miró con desconfianza antes de levantarse. Podría pensar que Monty tenía una rabieta, sin motivos ocultos, pero ninguna de las cosas que hacía Monty era tan sencillas.

Seguía quejoso y fatigado, y ella no supo si se estaba imaginando las cosas o no. Y entonces, Simon Pagett la tomó del codo para llevársela.

—Siempre has sido un maleducado —le dijo con frialdad—. Haré todo lo que pueda para convencer a lady Whitmore de que se marche y te deje conmigo. Te lo mereces.

—No lo conseguiréis —dijo ella.

Él la miró, y durante un instante, Lina quedó atrapada en los ojos castaños de aquel hombre. Extraño; habría pensado que unos ojos marrones serían cálidos y reconfortantes. Los suyos eran oscuros, y casi lúgubres.

—Subestimáis mi decisión, lady Whitmore.

—Vos subestimáis la mía.

Ella esperaba que Monty volviera a echarlos de la habitación, pero cuando lo miró, se dio cuenta de que se había sumido en un sueño inquieto.

Tiró del brazo para zafarse de Pagett, pero él no la soltó y la sacó de la habitación antes incluso de que ella hubiera podido abrir la boca para protestar.

—No quiero que se despierte —dijo Simon, que la liberó

en cuanto salieron del dormitorio–. Tiene que descansar todo lo posible. Y vos podéis aguantar mi compañía mientras intentamos resolver nuestros problemas. Después de todo, los dos deseamos lo mismo: que alguien a quien queremos tenga una muerte serena.

–Por supuesto –dijo ella, con calma, intentando disimular el dolor que le producían aquellas palabras.

–Les he dicho a los sirvientes que sirvan el almuerzo en la terraza. Allí podremos hablar sin que nos oigan, y estaremos cerca por si Montague nos necesita.

Aquel comportamiento era precisamente causa de la tirantez de Lina. Lo primero de todo, ¿qué derecho tenía él para pedir el almuerzo y pensar que ella iba a comérselo? ¿Y por qué pensaba que ella iba a querer oír nada de lo que él tuviera que decirle? ¿Y qué derecho tenía a mirarla de aquel modo, juzgándola de una manera degradante?

–Yo comeré en mi habitación –dijo, y se dio la vuelta.

Él volvió a agarrarla del brazo e hizo que se girara hacia él.

–Comeréis conmigo –respondió él con calma–. No querréis que los sirvientes se enteren de que estamos discutiendo.

–A mí me importa un comino lo que piensen los sirvientes –respondió Lina.

–A mí también, pero Montague se enteraría de todo por ellos y seguiría intentando emparejarnos. Será mejor que finjamos que nos llevamos bien –dijo él, con una expresión que a Lina le pareció casi de diversión.

Ella se ruborizó y comentó:

–No sabía que vos también lo sospechabais.

–Conozco a Montague de toda la vida –dijo Pagett–.

Una ridiculez así es de las cosas que podrían hacerle gracia.

Lina había pensado lo mismo, pero, por algún motivo, oír aquello de su boca le resultó muy molesto.

—Soy una viuda muy rica, señor —dijo en un tono glacial—, y no soy fea. La mayoría de los hombres no me considerarían una elección ridícula.

Él la acompañó hasta la terraza, donde los sirvientes habían puesto una preciosa mesa para dos.

—No os habré ofendido, ¿verdad?

Ella sonrió dulcemente.

—Es imposible ofenderme, señor Pagett.

—Podéis llamarme Simon. Cada vez que decís «señor Pagett», siento el veneno que se desprende de vuestra lengua.

Entonces, él la soltó y sacó la silla para Lina. Ya no podía marcharse sin dar un espectáculo, así que se sentó y lo fulminó con la mirada.

—Eso es cosa de vuestra imaginación, señor Pagett —dijo con énfasis.

—Y sospecho que es más fácil ofenderos de lo que hubiera pensado —dijo él, mientras se sentaba frente a ella.

No había copas de vino en la mesa, y Lina necesitaba algo más fuerte que el agua clara y fresca de Monty.

—¿No vamos a tomar vino? —preguntó.

—Yo no bebo alcohol.

Claro que no. Y ella hubiera dado el brazo derecho a cambio de una copa. Sin embargo, no estaba dispuesta a admitirlo.

Por primera vez, pudo observarlo a la luz del día. No era tan mayor como ella había creído. Las arrugas de su rostro eran producto de la dura experiencia, y no de la edad. Tenía un mechón gris en medio del pelo oscuro, que resultaba sorprendente. Lina se dio cuenta de que le resultaba muy familiar.

—¿Nos conocíamos? —le preguntó bruscamente.

—¿Habéis frecuentado la iglesia últimamente, lady Whitmore?

—No. Es que de repente me ha parecido que quizá nos hayamos visto en alguna otra ocasión.

Él se encogió de hombros.

—Es posible. Estuve un tiempo en Londres antes de unirme a la iglesia. ¿Cuándo tuvisteis vuestra primera temporada, milady?

Lina lo recordaba muy bien. Ella tenía diecisiete años y era aclamada por todo el mundo. Era una ingenua.

—Hace más de diez años —respondió ella con tirantez—. Pero creo que me recordaríais. Tuve mucho éxito.

—Lamento decepcionaros, milady, pero no recuerdo a ninguna dama de aquella época, por muy bella que fuera. Estaba demasiado borracho.

Ella lo miró con asombro.

—Creía que no bebíais alcohol.

—Ya no. No me sentaba bien. Dudo mucho que vos y yo nos viéramos en aquellos tiempos, milady. Me pasaba la vida en los prostíbulos y en los antros de apuestas. Ninguna anfitriona decente me habría invitado a su casa, y tampoco me habría presentado a una jovencita virgen y tímida, lo cual debíais de ser vos.

—Parece que pensáis que soy una anciana. Tengo veintiocho años. Soy décadas más joven que vos.

—Yo tengo treinta y cinco —dijo él—. Os habéis quedado boquiabierta, lady Whitmore. Si vais a mostrar vuestro asombro, lo mejor sería que arquearais las cejas.

Ella cerró la boca. Lo miró y percibió las marcas que había dejado en él la disipación. Estaba claro que aquel hombre que la juzgaba con tanta dureza había sido todo un libertino.

—Así que, ya veis —continuó él mientras tomaba el vaso de agua—. Hablo con conocimiento de causa. Sé que el camino que seguís vos, y el que sigue Thomas, es un camino mortal. Thomas está a punto de reunirse con el Hacedor, y aunque yo no tengo duda de que Dios lo acogerá y lo perdonará, creo que su muerte sería mucho más calma si quedara en paz con el mundo de antemano. Por eso preferiría que no le leyerais poemas procaces ni chismorrearais con él sobre vuestras amistades.

—¿Y pensáis que por haber sido un demonio tenéis derecho ahora a decirle a la gente lo que tiene que hacer, señor Pagett?

—Simon —repitió él, en un tono tan frío como el de ella.

—Simon —se corrigió ella—. Vuestra historia es conmovedora, tengo que admitirlo. Si fuera sentimental, estaría llorando. Pero insisto en que el hecho de haber sido un réprobo, un ser despreciable como el resto de los hombres a los que yo he conocido, con la excepción de vuestro viejo amigo Monty, no os da derecho a juzgarnos ni a él ni a mí. Yo voy a vivir como quiera, y no me importa un rábano lo que vos tengáis que decir al respecto.

Él la estaba observando fijamente, pero Lina tuvo la sensación de que ya no la estaba escuchando porque algo lo había distraído en mitad de su discurso.

—¿Todos los hombres a quienes habéis conocido son despreciables, lady Whitmore? —le preguntó suavemente—. Entonces, ¿por qué abrís vuestras piernas para todos ellos?

Lina lo abofeteó. Nunca había golpeado a nadie en su

vida, y sin embargo, se inclinó sobre la mesita y le dio la bofetada más fuerte que pudo.

Y entonces, para su horror, él lo empeoró todavía más.

—Lo siento —dijo—. Tenéis razón. Me lo merecía.

Fue la gota que colmó el vaso. Monty se estaba muriendo, ella tenía el corazón destrozado y sólo Dios sabía lo que estaba ocurriendo con Charlotte en aquella isla de pervertidos. Se levantó con tanta brusquedad que volcó la mesa y todos los cubiertos y los platos cayeron al suelo con un gran estruendo.

Entonces echó a correr, antes de que él pudiera ver que se le caían las lágrimas y se diera cuenta de que la excelente apariencia de la perversa lady Whitmore estaba empezando a desmoronarse. No podía permitir que se hiciera añicos hasta estar sola.

Y entonces, si era necesario, se desharía en llanto.

CAPÍTULO 10

Charlotte se despertó lentamente, envuelta en una oscuridad cálida, con una sensación de dicha y bienestar en el cuerpo, y con una sensación extraña entre las piernas, en el centro del sexo. Estaba sola en la cama, y se dio cuenta de que había un poco de luz, que se filtraba a través de la cortina gruesa que separaba el dormitorio del resto de la estancia.

Se estiró cuidadosamente, sin saber qué era lo que iba a dolerle, ni cuánto. ¿Cuánto duraría aquella extraña sensación que tenía entre las piernas? Si se quedaba muy quieta, casi podía sentir a Adrian dentro de sí misma. No el dolor, sino la plenitud, que le había resultado extraña, y sin embargo, maravillosa.

Aun así, no estaba convencida de que quisiera hacerlo otra vez.

Cerró los ojos y se acurrucó entre las sábanas. Estaba desnuda. Ella no había dormido desnuda en toda su vida, y aquello aumentaba su sentimiento de languidez. Las sábanas suaves le acariciaban la piel, y el colchón acogía con blandura su cuerpo. Todo era extraño y distinto.

Entonces oyó un murmullo de voces. Adrian estaba hablando muy bajo con un sirviente. La luz que llegaba a través de las cortinas era la luz del día. Su dura experiencia, por decirlo de algún modo, había terminado.

Miró a su alrededor. El vestido de seda negro yacía en un rincón, hecho jirones, pero no había ni rastro del hábito. Podría levantarse, envolverse en la colcha como si llevara una toga romana, apartar las cortinas y exigir su libertad.

Pero no se movió.

¿Qué le había ocurrido a Charlotte Spenser, la solterona intelectual, pragmática, fea y franca que siempre había pensado que era? Había caído en la cama del hombre con quien siempre había soñado, y de repente, todo lo demás había cambiado.

Ya no se sentía demasiado alta ni desgarbada. Se sentía elegante, sensual. Su piel era exquisitamente sensible a la caricia de las sábanas, y Charlotte recordaba el contacto de las manos de Adrian, que habían ido a lugares donde no deberían haber ido.

Y su boca también había ido allí.

La había dejado exhausta, sensibilizada. Y hambrienta.

Hambrienta de comida, cuyo olor llegaba desde el otro lado de la cortina: el inconfundible aroma del café y de las tostadas con beicon. Hambrienta de las caricias de sus manos, de sus largos dedos y su cuerpo.

Estaba loca. Se había dejado deshonrar, y la única manera de redimirse era salir corriendo de allí para conservar lo mínimo de pudor que le quedaba.

Pero no quería hacerlo. Quería quedarse en aquella

cama todo el día, en el contacto y el olor de aquellas sábanas. Quería asegurarse de que no iba a olvidar nada, ni el miedo, ni la ira, ni el placer devastador. No iba a volver a ocurrir, él se lo había dejado claro. Sólo quería una noche.

Oyó pasos que se acercaban a la cama, y cerró los ojos rápidamente para fingir que continuaba dormida. Se dio cuenta de que él la observaba durante unos instantes, y hubiera dado cualquier cosa por ver la expresión de su cara, por saber si era de aburrimiento, de disgusto o de impaciencia.

Aquello era patético, pensó, y decidió abrir los ojos. Sin embargo, cuando lo hizo la cortina se había cerrado de nuevo, y él se había ido.

El sirviente le preguntó si iba a asistir al picnic de aquella mañana, puesto que Etienne de Giverney había reclamado su presencia, pero Adrian respondió que pensaba permanecer incomunicado durante el resto de los deleites. A los pocos minutos de conversación, Adrian despidió a su criado.

Charlotte sabía que debía hablar antes de que el hombre se marchara, que debía levantarse, pero no se movió. Oyó que la pesada puerta se cerraba, y que los dejaba a la luz de las velas una vez más. Oyó el ominoso clic de la cerradura. Sintió la ominosa oleada de alivio.

Parecía que Adrian no tenía intención de despedirla todavía. Cerró los ojos e intentó mantener la respiración rítmica y suave para que él creyera que seguía durmiendo. Olía el café, seguramente, el olor más delicioso del mundo, y casi sentía su calor debajo de la nariz.

—Puedes abrir los ojos, preciosa —dijo él—. Sé que estás despierta.

Ella abrió un ojo y lo fulminó con la mirada.

—Por supuesto que estoy despierta. ¿Quién no lo estaría, si le paseáis una taza de café por debajo de la nariz?

—Si quieres un poco, vas a tener que sentarte —le dijo él, mientras le entregaba la delicada taza de porcelana. Después, se alejó. Estaba vestido. Llevaba unos calzones y una camisa blanca, y tenía el pelo recogido en una coleta. No se había afeitado todavía, así que el sirviente iba a volver. Entonces, ella se marcharía. «Gracias a Dios», se dijo.

Se sujetó la sábana alrededor del pecho y consiguió sentarse sin derramar el café. Dio un sorbito y sintió la energía corriéndole por las venas. Él estaba al otro extremo de la habitación, de espaldas a ella, lo cual era un alivio. ¿De qué iban a hablar, dada la situación? ¿De literatura?

Charlotte bostezó de manera convincente.

—¿Acaso me he perdido la visita de vuestro criado? ¿Ha amanecido ya?

Él se volvió.

—Lo que tú quieres preguntar es si estoy dispuesto a dejar que te marches ya.

—Por supuesto.

—Volverá. Mientras, le he pedido que te preparara un baño. He pensado que te resultaría relajante antes de irte.

Antes de irse. Él mismo se lo había advertido, ¿no? Una sola noche.

Además, era lo mejor. Cuanto antes volviera a la vida normal, antes se recuperaría.

De repente, el café le supo amargo. Bajó los pies al suelo y dejó la taza sobre la mesilla de noche.

—Sí, me encantaría darme un baño —dijo.

Se envolvió en la sábana y se acercó a la bañera. Se quedó mirándola; era la más grande que había visto en su vida, y del agua caliente surgía el vapor.

—¿Vas a quedarte ahí pasmada, o te vas a bañar? —preguntó él después de unos instantes, en tono de diversión.

—Estoy esperando a que os marchéis —replicó ella.

—Estamos encerrados de nuevo. No voy a ninguna parte.

—No me creo del todo esa historia de las cerraduras.

Él le hizo un gesto hacia la puerta.

—Compruébalo por ti misma —le dijo.

—No, y no pienso quitarme la sábana delante de vos.

Él suspiró.

—Pudor. Una cualidad inútil. ¿Y si te prometo que me mantendré de espaldas a la bañera?

—¿Y por qué iba a creeros?

—¿Y por qué no?

Aquello la dejó callada. De hecho, ¿por qué no iba a creerlo? En realidad, no había hecho ademán de besarla, ni de tocarla, ni de continuar con la seducción de la noche anterior.

—Daos la vuelta —le dijo de mala gana.

Él la miró distraídamente, con una sonrisa amable, y se encaminó hacia una mesa pequeña en la que había una bandeja llena de comida.

Entonces, Charlotte dejó caer la sábana al suelo y, rápidamente, se metió en la bañera. El agua estaba caliente y tenía un perfume de rosas, y a ella se le escapó un gemido de placer antes de que se diera cuenta.

Aquel sonido llamó la atención de Adrian, que se volvió hacia ella con una taza de café en la mano.

—Me prometisteis que no ibais a mirar —gritó ella, y se hundió en el agua.

—Claro que no. Os pregunté: «¿Y si te prometo que me mantendré de espaldas a la bañera? Tú me has dicho que no ibas a creerme, así que no me he molestado en prometértelo —respondió Adrian, y volvió la silla para estar frente a ella, con los ojos brillantes de buen humor—. Deberías saber que no puedes fiarte de mí.

—Tenéis razón —refunfuñó ella—. Alejaos. Si no podéis salir de la habitación, entonces id a la cama y corred las cortinas, y dejad que tome mi baño en paz.

—Siempre puedes darme la espalda tú.

Buena idea. Ella se hundió un poco más y consiguió girarse de modo que quedó de espaldas a él, y pudo incorporarse un poco y apoyar la cabeza en el borde de la bañera. Cerró los ojos y consiguió concentrarse en el disfrute de los sentidos. Oyó que él se movía tras ella, pero lo ignoró. Nunca había visto una bañera tan larga, y le costaba creer que no hubiera oído nada mientras la llenaban aquella mañana. Pero claro, estaba exhausta, y había dormido muy profundamente. Siempre le había resultado muy difícil dormir bien; tenía demasiadas cosas en las que pensar, demasiadas cosas que hacer.

No iba a pensar en el motivo por el que había dormido tan bien. Si necesitaba aquello para dormir, iba a pasarse una vida de insomnio.

Se relajó y abrió ligeramente las piernas para que el agua caliente la calmara. Tenía un extraño recuerdo de Adrian limpiándola, pero claramente, aquello había sido un sueño. Él sólo habría hecho tal cosa si fuera demasiado escrupuloso y quisiera volver a tomarla, cosa que no había intentado otra vez. Claramente, Charlotte no iba a tener más experiencias magníficas. El vapor flotaba alrededor de su cara, y sabía que se le estaba rizando el pelo mucho más de lo normal, la cruz de su vida, pero no podía hacer nada por evitarlo. Sacó un brazo del agua. Estaba rosado, y ella veía las pecas de su hombro. ¿De verdad él las había llamado copos de oro? ¿O aquello era otro sueño?

Él se estaba moviendo por la habitación, detrás de ella, haciendo algo, pero Charlotte no iba a pensar en eso. Iba a concentrarse en las sensaciones maravillosas que le estaba proporcionando el agua, calmándola, deleitándola.

—Estás canturreando —dijo él desde algún lugar. Su voz sonaba vagamente amortiguada.

Ella se detuvo al instante. No intentó negarlo.

—Es una costumbre muy desafortunada que tengo —dijo, y pese al goce que estaba experimentando en el agua, consiguió que su tono fuera tirante—. Tengo el hábito de canturrear cuando estoy disfrutando de algo. Cuando como algo delicioso, o cuando me baño, o cuando paseo por el campo.

—Eso lo tendré en cuenta —respondió él, cuya voz ya no sonaba ahogada—. Canturreas cuando estás satisfecha con la vida.

Adrian lo decía como si ella estuviera satisfecha con él, pensó Charlotte enfadada.

—No. Canturreo cuando estoy disfrutando de sensaciones físicas específicas. No puedo decir que esté satisfecha con la vida en este momento.

—Podrías decirlo —replicó él—, pero no vas a hacerlo. No eres lo suficientemente honesta.

—Si os parece que sufrir un secuestro y ser deshonrada es motivo de celebración, estáis valorando en exceso el efecto de vuestros encantos —dijo ella remilgadamente.

—Nadie te ha secuestrado. Tú llegaste aquí por tu propio

pie, sin resistirte, y te involucraste en tu deshonra tanto como yo.

—No. Yo no sabía lo que estaba haciendo.

—Eso ya lo sé. Ni si quiera sabes besar.

—Siento haber sido tan decepcionante –respondió Charlotte–. La próxima vez, tal vez tengáis sentido común y elijáis a alguien con un poco de experiencia. Alguien que se preste con entusiasmo a todo este proceso indigno.

—Muy indigno –respondió él, y ella percibió la risa en su voz.

Estaba más cerca de lo que Charlotte había creído, lo cual la puso nerviosa, pero se negó a volverse a mirarlo. Adrian continuó hablando.

—Sin embargo, creo que con un poco de persuasión te volviste muy entusiasta. Y hay ocasiones en las que la falta de experiencia puede ser... adorable.

Charlotte estaba cada vez más inquieta. Por su voz, por el agua cálida y perfumada, por los recuerdos que él estaba evocando.

—¿Cuándo vuelve vuestro sirviente?

—¿Por qué lo preguntas? –él estaba justo detrás de ella en aquel momento, tan cerca, que ella sintió que le rozaba el pelo.

—Necesito tiempo para vestirme antes de salir.

—No vas a ir a ninguna parte. Ahora no.

—Me prometisteis...

—Yo no te he prometido nada. Y estabas despierta cuando Dormin estuvo aquí. Te miré, y sólo estabas fingiendo que dormías. Si de verdad hubieras querido marcharte, sólo habrías tenido que pedirlo.

—Quiero marcharme.

—Ah... demasiado tarde –dijo él, mientras se movía alrededor de la bañera. Y, antes de que ella pudiera darse cuenta de lo que estaba ocurriendo, él entró en el agua con ella, sobre ella, desnudo, bello, erecto.

Ella soltó un gritito y hundió la cabeza en el agua. Un segundo después él la sacó y la abrazó, riéndose.

—Puedes mentirme a mí, Charlotte, pero no te mientas a ti misma.

Y la besó.

CAPÍTULO 11

Era deliciosa. En el más amplio sentido de la palabra, pensó Adrian, mientras colocaba las rodillas entre sus piernas sin dificultad y le besaba aquella preciosa boca. Ella gimió, emitió un sonido suave y débil de placer y consternación, y él se lo bebió, deleitándose. Apoyó los brazos en los lados de la bañera y dejó que sus caderas bailaran contra las de Charlotte, que su erección flotara contra la dulce unión de sus muslos.

Oyó su propio gemido, un sonido inconsciente que respondía al de Charlotte, cuando sus lenguas se unieron. Se besaron como amantes que se conocían bien, y él le pasó una mano por la nuca para disfrutar de su contacto.

Charlotte todavía no sabía respirar muy bien, y cuando él separó los labios de los suyos, ella tomó aire profundamente. Él se esperaba otra protesta, que pensaba ignorar por completo.

Sin embargo, ella levantó las manos y le acarició los lados de la cara para apartarle el pelo mojado hacia atrás. Él la miró, mientras le rozaba la nuca con los dedos, suavemente, para calmarla.

Ella tenía los ojos muy abiertos y una mirada serena, de aceptación. Sin embargo, Adrian quería oír la palabra.

—¿Sí? —le preguntó.

Ella contuvo la respiración durante un segundo.

—Sí —respondió en un susurro.

Entonces Adrian sonrió, y se dijo que aquella sensación que tenía era de triunfo masculino, petulante. Pero no lo era. Era felicidad, simplemente.

Se puso de rodillas. Los pechos preciosos de Charlotte estaban flotando en el agua, y sus pezones eran rosados, suaves, dulces. Adrian se inclinó hacia delante y le lamió uno, y al instante notó que se endurecía contra su lengua, y con un apetito súbito, se colgó de él como si fuera un bebé hambriento, succionando, escuchando el suave gemido de placer de Charlotte. Ella le deslizó las manos hasta los hombros y se agarró a él, e instintivamente arqueó la espalda hacia arriba. Él cubrió su otro pecho con la mano y jugueteó con el pezón para endurecérselo también, mientras succionaba, y succionaba, y ella elevó las caderas en el agua empujada por el deseo.

Entonces él se tomó el pene erecto con la mano y lo guió hacia ella, y acometió, con un poco de dureza, con demasiada velocidad, pero ella lo aceptó con un suave quejido. Estaba húmeda y resbaladiza, y él tuvo que posar la cabeza en su hombro mientras intentaba controlar la respiración, porque su necesidad era demasiado intensa. Quería embestirla hasta llegar al clímax, porque estaba hambriento, ansioso, a punto de explotar. Metió las manos en el agua y la agarró de las caderas, y la estrechó contra sí, y ella gimió de placer y le causó más excitación, hasta que Adrian pensó que ya no podía llegar más lejos. Comenzó a moverse, al principio lentamente para que ella pudiera acostumbrarse a su invasión. Dormin había puesto hierbas calmantes en el agua, y ella lo tomó sin protestar, sin contenerse, y siguió el ritmo con los ojos cerrados, elevando las caderas para recibir cada una de las acometidas, cada vez más rápidas, mientras el agua salpicaba y caía al suelo desde la bañera, y él supo que iba a tener que salir de su cuerpo rápidamente, o no podría controlarse. Sin embargo, en aquella ocasión no iba a alcanzar el éxtasis sin ella. Metió la mano entre ellos y deslizó los dedos entre sus rizos mojados, justo por encima de donde estaban unidos, y la acarició.

Fue todo lo que ella necesitaba. Charlotte dejó escapar un grito sin palabras y su cuerpo se tensó alrededor del de Adrian, ciñéndolo con contracciones suaves mientras el placer se apoderaba de ella, y cuando él notó que su simiente explotaba y se liberaba, salió de ella, detestándolo, y usó la mano para simular su contacto mientras se vaciaba en el agua caliente, maldiciendo entre dientes.

Cuando los latidos de su corazón se calmaron, se levantó con ella en brazos, chorreando agua por el suelo y la llevó a la cama. Allí había toallas turcas, y él envolvió su cuerpo rosado por el agua y el ejercicio en una de ellas, como en un caparazón. Y mientras la arrebujaba en la toalla y comenzaba a secarla, ella lo miró de repente, y él se quedó inmóvil.

Charlotte tenía los ojos brillantes, llenos de lágrimas, y por un segundo, Adrian se quedó confundido. ¿La había forzado sin darse cuenta? ¿Le había hecho daño? Él todavía estaba erecto a medias, y recuperándose rápidamente, y la deseaba con tal intensidad que sus lágrimas lo angustiaron.

La envolvió bien con la toalla para mantenerla caliente.

—¿Quieres marcharte, Charlotte? —le preguntó con la voz ronca.

Durante unos segundos, ella no se movió. Y entonces negó con la cabeza y se abrazó a él. Y él se tendió sobre su cuerpo.

Charlotte perdió la noción del tiempo. Las horas pasaron vagamente, ayudadas por la iluminación artificial. Él se tumbó en la cama, a su lado, y le dio de comer fiambres y pedacitos de queso, tartas deliciosas y vino chispeante. Le hizo el amor en la oscuridad, a la luz suave, en la cama, en el suelo, junto al fuego, y cuando ella estaba demasiado dolorida como para acogerlo en su cuerpo, él le enseñó a usar las manos para llevarlo a una culminación exquisita que la dejó temblando a ella también.

No hubo más necesidad de hablar. Ella ya había dejado de fingir que no deseaba todo aquello, y él había perdido interés en provocarla. Parecía que lo único que deseaba el vizconde Rohan era su cuerpo, envolviendo el suyo, durmiendo contra el suyo, haciéndose añicos en mitad del éxtasis, encima y debajo y al lado del suyo. Ella se sació de su contacto, de su sabor y del olor y la textura de su piel. Enroscó sus largas piernas alrededor de las caderas estrechas de Adrian, entrelazó los dedos en su pelo espeso, lo besó una y otra vez, sin cansarse nunca de hacerlo, sin tener idea de cuánto tiempo pasaba en aquel estado de ensueño, de aturdimiento, cuando se despertó y se encontró sola en aquella caverna, con la puerta abierta de par en par a la luz del sol.

Durante un largo momento, Charlotte no se movió.

No quería mirar la luz. No quería que aquello terminara, no podía soportar que terminara.

El hábito estaba extendido a los pies de la cama, y ella se lo puso. Se lo ató al hombro y se amarró el cinturón. Había perdido las sandalias mucho tiempo antes, así que caminó descalza por la gruesa alfombra.

—¿Adrian? —preguntó con un hilo de voz.

No hubo respuesta. Sólo había un pedazo de papel sobre la mesa, pero ella no quería mirarlo. Quería volver a la cama, donde habían ocurrido aquellas cosas poderosas e increíbles, correr las cortinas y cerrar los ojos. Y esperar a que él volviera a buscarla.

Sin embargo, Adrian no iba a volver. Charlotte lo supo inmediatamente, y no era de las que lloraban. Atravesó la habitación y tomó el papel, y después de leerlo, volvió a dejarlo en la mesa. *La novedad sólo entretiene un rato*, decía. *Adiós*.

Ella tenía el pelo suelto, y la melena rizada le caía por los hombros. Se lo sujetó con una mano y, con la otra, se puso la capucha. Después ocultó ambas manos en las mangas del hábito, intentando controlar el temblor. Aquello había terminado, y había llegado la hora de volver a su vida normal, sin mirar atrás.

A la luz del día, el patio parecía más pequeño de lo que ella había imaginado. No había nadie a la vista, ni siquiera un sirviente. Sin embargo, Charlotte tenía la extraña sensación de que la estaban observando mientras caminaba hacia el Portal de Venus. La hierba estaba húmeda y fría, y por la posición del sol, ella se dio cuenta de que era muy temprano. Siguió avanzando lentamente, sin pensar.

Pasó junto a algunos criados, pero ellos mantuvieron la cabeza agachada y no la miraron. Los deleites debían de continuar, y todo el mundo seguía entregado a la disipación.

Charlotte ya no llevaba el lazo blanco que significaba que no tenía interés en participar, y si alguien decidía que era legítimo abordarla, iba a pasar un mal rato zafándose. Se sentía perdida, derrotada. Le dolía todo, aunque no porque él hubiera sido bruto. Habían hecho el amor con suavidad, con brusquedad, con ternura y con ira. Estaba magullada porque él la había agarrado con fuerza, y él tenía las marcas de sus uñas en la piel, pero la única cosa con la que el vizconde de Rohan había sido brutal era con su corazón.

Bordeó la capilla silenciosa, con su imaginería obscena, y se dirigió hacia el río, una corriente estrecha que había que cruzar en bote desde Hensley Court, y viceversa. Charlotte esperaba que hubiera algún sirviente esperando, pero si no había nadie, ella misma dirigiría la barca. Se movía con una pértiga larga, pero seguramente tendría fuerza suficiente para manejarla. Y de lo contrario, volvería andando, o nadando, o volando si era necesario. Cualquier cosa, con tal de salir de aquel lugar.

El sendero conducía a un terraplén muy empinado que terminaba en el agua, y estaba marcado con piedras. Charlotte miró hacia abajo. Cuando habían llegado estaba muy oscuro, y no se había dado cuenta de lo peligroso que era. Se alegraba de estar descalza, puesto que se sentía más segura.

El viento movía las hojas de los árboles y tiraba de su capucha. Ella se la colocó hacia delante y mantuvo la cabeza agachada. No veía nada hacia los laterales de su cabeza, y tampoco oía con claridad. Hasta que no sintió que unas manos la tocaban, no se dio cuenta de que no estaba sola.

Y comenzó a caer por el terraplén. Las piedras le arañaban los brazos y las piernas, y las ramas la azotaban. La capucha cayó hacia atrás, y por un segundo vio a un hombre en la parte superior del terraplén, inmóvil. A un hombre que la había empujado.

Chocó contra unas rocas, que acabaron con su descenso. Se le salió todo el aire de los pulmones, y quedó inmovilizada. Tenía los ojos muy abiertos y veía a la figura que se alzaba sobre ella, y se dio cuenta, con espanto, de que el hombre bajaba por la colina, pero no para ayudarla, sino para rematarla.

Intentó gritar, pero no podía articular ningún sonido. Sólo pudo jadear y toser, moviéndose frenéticamente. Notaba algo húmedo por la cara, y sabía que era sangre. Iba a morir. Quien la había empujado por el terraplén iba a terminar con ella.

–Señora, ¿estáis bien? –le preguntó alguien de repente, con un fuerte acento de Yorkshire, y el hombre que descendía hacia ella se dio la vuelta rápidamente y comenzó a subir de nuevo por la ladera.

Ella quiso responder.

–Yo... yo...

Alguien se acercaba a ella de nuevo, una persona alta, pero el sol estaba tras él, y lo sumía en las sombras. Por un instante, Charlotte pensó que era Adrian, y el corazón se le aceleró. Sin embargo, cuando él se acercó, advirtió que se trataba de un criado, que se arrodilló a su lado.

–Tranquila, milady –dijo el hombre–. Ya vienen a ayudarnos.

Charlotte miró hacia arriba, pero siguió sin ver a nadie.

–Debéis de haber resbalado, milady –dijo el sirviente–.

Esta ladera es muy peligrosa. Podríais haberos matado. ¿Podéis hablar, milady?

Ella movió la boca para intentar formar las palabras. Quería que alguien persiguiera al hombre que la había empujado, que había intentado matarla. Sin embargo, aquello era ridículo. ¿Por qué iba a querer alguien matarla a ella?

—El hombre...

—¿Qué hombre, milady?

Pero para entonces, ella se rindió, y se abandonó a la oscuridad.

Adrian se hundió en el asiento de terciopelo de su rapidísimo carruaje y cerró los ojos. Las cortinillas estaban cerradas y bloqueaban el paso de la luz del sol, y su primo estaba abriendo una botella de vino.

—Has estado a punto de marcharte sin mí, querido muchacho —le dijo Etienne en un tono vagamente quejumbroso—. Eso no me parece amable. Habría tenido que pedirle a alguno de los horribles invitados de Montague que me llevara a Londres.

—Te dije que quería irme antes del amanecer —respondió Adrian.

—No sé por qué tenías tanta prisa. Esa criatura tan aburrida con la que te has encerrado no iba a perseguirte, ¿no?

—Prefiero no hablar de eso.

—Y no te culpo. Supongo que debe de ser entretenido jugar con una novicia durante unas horas, ¡pero durante dos noches! Muchacho, debes de ser masoquista. Menos mal que conseguí que Dormin me abriera la puerta, o habrías tardado incluso más. ¡Que Dios nos libre! —exclamó, con un escalofrío fingido.

—Que Dios nos libre —repitió Adrian, y volvió a cerrar los ojos.

—No he cometido un error, ¿verdad? —preguntó Etienne con una súbita preocupación—. Querido muchacho, pensaba que te estaba rescatando de una horrible situación. Esa amazona pelirroja... debías de estar impaciente por librarte de ella. Pero si hubiera pensado que esa criatura te resultaba interesante, te habría dejado en paz.

—No, no me resultaba interesante —dijo él.

Se sintió molesto, porque lo que quería en realidad era defenderla, pegarle un puñetazo a Etienne en la cara. Era desafortunado que su primo hubiera conseguido que Dormin le abriera la puerta; el criado iba a pagar aquella transgresión.

Sin embargo, Charlotte estaba durmiendo plácidamente después de aquella noche tan ajetreada, y él no había podido deshacerse de Etienne, no sin responder a un montón de preguntas en las que no quería pensar.

—Admito que siento curiosidad por esa pelirroja. ¿Merece la pena tanta molestia? Tal vez le pida a lady Whitmore que la traiga la próxima vez que...

—¡No! —exclamó Adrian. Entonces, terminó con una carcajada seca—. De veras, Etienne, creo que te resultaría muy aburrida. Es como cualquier otra virgen joven, llena de lágrimas y de declaraciones de amor. Tuve que atarla para poder tomarla.

—Tú sabes que a mí me gustan mucho esas cosas.

Adrian mantuvo un semblante impasible, y mintió.

—No estarás interesado en las declaraciones de amor, ¿verdad?

—Por supuesto que no. Y menos de alguien tan poco atractivo como la amiga de lady Whitmore. ¿Por qué se te ocurrió irte con ella, en primer lugar? Ah, sí, ya me acuerdo. Está conmovedoramente enamorada de ti. Siempre te está mirando con disimulo desde algún rincón del salón de baile. Claramente, ésta ha sido tu buena acción del año.

—Creo que ya podemos estar seguros de que ese enamoramiento se ha curado. Y ahora, por favor, hablemos de otra cosa, o déjame en paz. Con dos días de Charlotte Spenser he tenido suficiente. No quiero seguir reviviéndolo durante todo el camino hasta Londres.

Etienne se recostó en el asiento con una sonrisa amoral.

—Tal vez prefieras oír hablar de lady Alpen y la señora Barrymore. Lo habrías pasado mejor con nosotros, pero entonces yo no habría podido disfrutar del entusiasmo de dos mujeres a la vez.

—Creía que te habías ido con una de las muchachas de madame Kate —comentó Adrian con el ceño fruncido.

—Sí, pero terminé rápidamente con ella —dijo Etienne—. Sólo la usé para ponerme a tono. Y uno puede ser un poco más exigente con aquéllos a quienes va a compensar, como sin duda tú ya sabes. No estoy seguro de que Maria y Helena hubieran sido tan dóciles como la prostituta.

Se miró la mano, como si viera una mancha imaginaria, y se la frotó con el borde del hábito de monje que llevaba.

—¿Y qué demonios haces tú disfrazado? Creía que despreciabas ese tipo de cosas.

Etienne sonrió.

—Siempre estoy abierto a nuevas experiencias, muchacho. Pensé que, si mi querido primo estaba dispuesto a probar algo nuevo, entonces yo también debería intentarlo. —respondió, y miró el hábito con desagrado—. Pero evitemos revolcarnos en el fango en lo sucesivo. Estos dos días han sido interesantes, pero no creo que ninguno de los dos queramos repetirlos, ¿verdad?

—No —dijo Adrian—. Dos días con Charlotte Spenser han sido suficientes.

O por lo menos, así debería ser. La había poseído una y otra vez, intentando librarse de aquella necesidad que sentía. Lo único que tenía que hacer era rozarse con su piel, y su cuerpo volvía a endurecerse. La había tomado tantas veces, con tanta dedicación, que posiblemente ella iba a tener dificultades para caminar durante los siguientes días.

Aquel pensamiento debería resultarle gracioso. Debería compartirlo con Etienne para convencerse de que no le afectaba en absoluto. Sin embargo, cuanto más había poseído a Charlotte Spenser, más la había deseado.

Y había sido descuidado, cuando en realidad, él era el hombre más cuidadoso del mundo. Se había retirado en cada una de las ocasiones, pero siempre había esperado hasta el último segundo, o incluso más allá. Lina tendría sentido común y le daría a su prima aquella infusión que vendían los gitanos, ¿verdad? A él no le apetecía mantener aquella conversación con la condesa de Whitmore. Lina no se iba a poner contenta al saber que Adrian había desflorado a su prima. Y menos, cuando ella misma estaba interesada en recibir sus atenciones.

Cuando se había abierto la puerta de la cueva, unas horas antes, él esperaba que fuera la misma Lina, exigiendo ver a Charlotte. Sin embargo, se trataba de Etienne, que burlón y divertido le había ofrecido la posibilidad de escapar. Adrian no había podido negarse.

Cerró los ojos para no ver a su primo. Sus padres siempre habían rechazado su amistad con el primo francés, y cuanto más fuerte era la desaprobación de su padre, más intrigado se había sentido Adrian. Era algo infantil, pero ineludible. Francis Rohan, marqués de Haverstoke, era una figura imponente, y el único hombre que podía intimidar a Adrian. Y él luchaba contra aquello con todas sus fuerzas.

Sin embargo, Etienne de Giverney le resultaba cada vez más aburrido. Ya no disfrutaba de las drogas, ni de las variaciones y combinaciones del sexo. Cada vez estaba más cansado de todo aquello. De hecho, los dos días con aquella virgen poco sentimental habían sido lo más excitante que le había ocurrido últimamente.

Sin embargo, Adrian no podía lamentar haberse separado de ella. Cuanto más hubiera estado con Charlotte, más se habría encariñado ella, y habría sido más doloroso para todo el mundo. Con una lagrimita rápida, a la señorita Spenser se le habría pasado todo. Él no podía dejar que le afectaran aquellas cosas.

Por supuesto, era completamente inmune. Había disfrutado de ella mientras la había tenido a su disposición, pero ya podía olvidarla.

¿Verdad?

CAPÍTULO 12

Para Lina resultó bastante fácil evitar a Simon Pagett, sorprendentemente. Si él entraba en la habitación de Monty mientras le estaba leyendo una novela subida de tono, ella se levantaba y se despedía con amabilidad, y el vicario no podía hacer nada sin montar una escena, cosa que una persona tan convencional no haría nunca.

Lina se recordó que ella no era un alma frágil. Aquel hombre la había llamado prostituta; bueno, la mayoría de los párrocos harían lo mismo. No había motivo para que aquello le molestara. Además, a ella no le importaban las opiniones de los demás, aparte de las de Monty y Charlotte. Y si aquel número de gente iba a quedar reducido a la mitad, sobreviviría. Había sobrevivido a cosas peores.

Para su alivio, Pagett decidió que necesitaba visitar la vicaría donde iba a vivir durante los siguientes años. O por lo menos, Lina pensaba que viviría allí. No tenía ni idea de quién era el heredero de Monty, pero quien heredara el título no se preocuparía mucho del puesto de vicario. Y, durante unas horas, ella no tenía que temer un encuentro con aquel hombre por los pasillos de Hensley Court.

—Bueno, ¿y qué te parece nuestro buen vicario, eh? –le preguntó Monty, que estaba preparado para cenar. Tenía muy buen color, aunque no hubiera recuperado mucho las fuerzas.

Lina se sirvió una copa de vino y observó su precioso color. Quería darse tiempo para encontrar una respuesta de cortesía. Sin embargo, a Monty nunca le habían importado demasiado los buenos modales.

—Es un perro.

Monty se echó a reír.

—No, querida, dime lo que sientes por él.

—No estarías pensando en emparejarnos, ¿verdad, Monty? Porque si estabas pensándolo, es que la enfermedad ha alcanzado tu cerebro y ya no hay esperanzas para ti.

—Te adoro, Lina, pero incluso yo sé que tú no eres el tipo de mujer idóneo para casarse con un vicario. Además, yo siento mucho cariño por Simon. No se me ocurriría arrojarlo a las garras de una fierecilla como tú. ¿Por qué lo preguntas?

Ella decidió obviar sus propias sospechas.

—El párroco lo sospechaba.

—¿De veras? Tal vez sea un anhelo por su parte. Sin embargo, estoy seguro de que cuando Simon decida casarse, encontrará una mujer corriente y virtuosa, con las rodillas tan apretadas que tendrá que separárselas con una barra. Por ahora creo que sigue disfrutando del mayor periodo de celibato de la historia, y creo que el único motivo por el que él podría casarse es que yo insistiera en ello. De lo contrario, seguirá mortificando su carne y sufriendo por sus pecados.

—¿Mortificando su carne? —preguntó Lina con un sobresalto—. ¿Es que se flagela?

—Eso suena deliciosamente pecaminoso cuando lo dices tú, querida —respondió Monty con perversidad—. Nada de látigos. Sólo abstinencia sexual. Está expiando sus pecados. Los ama, y ama su culpa, mucho más de lo que nunca podría amar a una mujer.

—Pues que sean felices por toda la eternidad —respondió ella con firmeza.

—¿Sobre qué habéis discutido? —inquirió Monty con curiosidad.

—Por tus cuidados, mi moralidad, el color del cielo... Di algo, y acertarás. ¿Cuánto tiempo lleva siendo célibe?

—¿Por qué lo preguntas?

—Porque has dicho que es el mayor periodo de celibato de la historia, y eso me resulta difícil de creer.

—Yo tiendo a exagerar, es cierto, pero creo que el pobre Simon, antiguo asiduo de los prostíbulos de Londres, libertino y mujeriego, no ha vuelto a disfrutar del sexo desde hace más de doce años. Me parece que, si alguna vez se casa, se empeñará en que el suyo sea un matrimonio sin consumar. Y eso es una pena, en mi opinión. Aunque él nunca compartió mis inclinaciones, es una lástima que nadie disfrute de sus años de experiencia. Por no mencionar que es un hombre muy guapo, aunque esté un poco curtido.

—Entonces, esperemos que su esposa corriente y virtuosa de rodillas apretadas pueda superar sus escrúpulos.

—¿Qué escrúpulos?

Ella estaba tan concentrada en su conversación con Monty que no se había dado cuenta de que su enemigo había entrado en la habitación. Se puso en pie rápidamente y tomó la novela francesa que estaba leyéndole a Monty, y sonrió forzadamente.

—Habéis vuelto —dijo—. Me marcharé para que...

—No te vayas —le pidió Monty quejumbrosamente, con una carcajada en los ojos—. Me gustaría que las dos personas a las que más quiero en este mundo estén a mi lado cuando deje esta existencia mortal.

—Pues a mí me parece que tienes mucho mejor aspecto que antes —dijo Simon con la voz apagada.

—Todo gracias a los cuidados de Lina. Ella es la enfermera más encantadora que he tenido en mi vida, ¿no te parece, Simon?

Lina se volvió ligeramente hacia Monty, lo justo para ocultarlo de la vista de Pagett, y lo golpeó con el libro. Monty comenzó a toser teatralmente, lo suficiente como para que el vicario, que estaba de camino a la salida del dormitorio, se detuviera al instante.

Monty alzó la cabeza y sonrió angelicalmente.

—Quédate —dijo, casi con melancolía—. Quedaos los dos.

Lina había comenzado a levantarse para salir, pero Monty la tenía agarrada por la falda, y además, sólo Dios sabía lo que iba a decirle a Pagett si ella no estaba presente. Volvió a sentarse, con poca gentileza, y frunció el ceño mientras Pagett se sentaba a los pies de la lujosa cama de Monty. Podía superar aquello. De hecho, no sabía por qué se preocupaba. A ella la habían insultado y desairado las grandes damas de la sociedad, y era persona non grata en muchas de las mejores casas de Londres. ¿Por qué le importaba el desprecio de aquel hombre?

Sonrió a Monty con los dientes apretados.

—Entonces, ¿continúo con nuestro libro?

—Necesito hablar con lady Whitmore —dijo Simon en tono calmado.

—Oh, Dios Santo, no tenéis que decirme nada, señor Pagett —dijo ella con una carcajada—. No tenemos necesidad de conversar.

Monty se echó a reír.

—Puedes decir lo que quieras delante de mí, Simon. Lina y yo no tenemos secretos.

—Me gustaría pedirle disculpas a lady Whitmore —dijo Simon.

—¿Por qué? —preguntó Monty inocentemente.

—Por llamarme prostituta —dijo Lina, porque Pagett se había quedado en silencio. Entonces, lo miró sin disimulo, con una sonrisa pequeña y serena—. Seguramente, sabe que hay gente mucho mejor que me ha llamado cosas mucho peores, pero parece que se siente culpable.

—No mucho mejor, queridita —intervino Monty—. Sé que nuestro vicario es mejor que nadie. O al menos, él lo cree así, ¿no, Simon?

—Cada vez que pienso que he hecho un progreso espiritual, mi propia idiotez me demuestra lo equivocado que estoy —dijo Pagett con franqueza—. No tengo derecho a juzgar a nadie, y os pido disculpas, lady Whitmore. También a ti, Thomas, por haber insultado a tu invitada bajo tu techo.

—¿Y tú aceptas sus disculpas, Lina? —preguntó Monty con un ronroneo.

Lina quería decirle que no, pero Monty la tomó de la mano con afecto, y ella no tuvo otra elección:

—Claro que sí —dijo dulcemente—. Aunque no hay por qué darle tanta importancia. Estoy acostumbrada.

—Muy bien —dijo Monty con satisfacción—. Y ahora

que somos todos amigos de nuevo, vamos a planear mi funeral.

Fue una noche larga y relajada. Monty, que había recuperado un poco las fuerzas, no quiso dormirse. Jugaron al *piquet*, dos contra uno. Monty y Lina, susurrando y riéndose, le ganaron diecisiete mil libras al vicario, de su fortuna inexistente. Por su parte, él les dio una paliza al cinquillo y se regodeó con un fervor muy poco cristiano. Cuando amaneció, Lina tenía el pelo suelto por la espalda, y el lunar artificial se le había despegado de la cara, y estaba sentada con las piernas cruzadas en la enorme cama de Monty, repartiendo cartas con la destreza de un tahúr. Simon se había quitado la chaqueta y el pañuelo del cuello, tenía el pelo revuelto y estaba observando a sus dos oponentes con una desconfianza divertida.

—¿Estáis haciendo trampas?

—Si fuera un hombre, os retaría a duelo por decir eso —respondió Lina, sin darse por ofendida. Había estado haciendo trampas de manera flagrante.

—Y yo también —dijo Monty, riéndose.

—Tal vez debiera abandonar el juego, además de la bebida y las mujeres —añadió Simon—. Parece que se me da muy mal.

—En realidad, yo creía que ya lo habías abandonado —dijo Monty.

—He dejado de jugar con apuestas reales. Como aquí no estábamos apostando de verdad...

—¿Perdón? —dijo Lina—. ¿Eso significa que no vais a pagarme las dos mil setecientas libras que me debéis?

A Simon se le escapó una carcajada.

—Creo que la cifra final estaba a mi favor, lady Whitmore. Me debéis trescientas cuarenta libras.

—Me parece que tiene razón, amor mío –le dijo Monty a Lina. Él se había retirado del juego una hora antes, y se había dedicado a observar con una sonrisa de picardía en los labios–. Será mejor que le pagues.

Lina se sentía un poco salvaje y temeraria, aunque de muy buen humor. Se apoyó en las almohadas, junto a Monty, y miró a Pagett.

—Lo lamento, señor, no he traído el monedero. ¿Aceptáis una prenda?

—No te fíes de ella, Simon. Tiene muchos trucos y artimañas, y se escapará sin pagarte.

—Siempre podéis aceptar esa prenda que os ofrezco –insistió ella.

Las palabras quedaron en el ambiente durante un momento, y Simon adoptó de nuevo su antigua expresión pétrea, impenetrable, la que ella no conseguía descifrar. Desprecio y desaprobación, sin duda. ¿Con un matiz de culpabilidad?

—No me miréis así –dijo ella alegremente–. Una vez, oí en la iglesia que la verdad nos hace libres. ¿No es así? Vos creéis que soy una prostituta, porque me lo habéis dicho. Yo no lo niego, y sólo os estoy ofreciendo mis servicios a cambio de esa deuda de juego.

—No –dijo él secamente.

—Oh, sí, se me olvidaba que vos no aceptáis los placeres de la carne. Bueno, pues entonces, quedaré en deuda con vos.

Él se había levantado de la cama y estaba poniéndose la chaqueta negra. Lina se acercó a él y le puso una mano en el brazo.

—Oh, no os pongáis de mal humor. Hemos pasado una

noche muy agradable. No nos hemos peleado, y claramente, os he perdonado por vuestra rudeza anterior.

–Claramente –repitió él–. Es tarde. Tengo que irme.

–Es temprano. Ha amanecido –lo corrigió Lina.

De repente, se dio cuenta de que estaba demasiado cerca de él. Por lo general, eso no sería ningún problema, pero por algún motivo aquella cercanía le provocaba sentimientos extraños. Él era alto, pero no hacía que se sintiera débil, algo que siempre sacaba lo peor de ella. Daba la impresión de poseer una fuerza serena, cuando a ella le atraían el ruido y lo brillante. Estaba luchando una batalla por el alma de Monty, y ella luchaba en el bando del demonio, contra él. Y, sin embargo...

Lina descartó el sentimiento de vulnerabilidad sin miramientos.

–Podéis venir a mi habitación, y os daré un vale –dijo con una voz sedosa.

–No.

–Otra vez esa palabra. Debe de ser una de vuestras favoritas. No. ¿También os gusta «Nunca»?

Monty se había quedado profundamente dormido, y los dos lo sabían.

– «Nunca» es una palabra peligrosa, milady. Y vos sabéis tan bien como yo que las apuestas eran falsas.

Por un momento, ella no se movió. Quería estar más cerca de él, quería que él la abrazara. Era fuerte de un modo que ella no entendía, y aquella fuerza la atraía incomprensiblemente. Quería posar la cara sobre la tela negra de su chaqueta, quería dejar de sonreír, de reírse, de bailar. Dio un paso hacia él, con una sonrisa seductora.

–Tal vez. Pero mi apuesta es auténtica –murmuró, y le acarició el pecho.

Él le atrapó la mano y la detuvo. Sin embargo, no le soltó los dedos.

—Lady Whitmore —murmuró él—, hay muy pocas cosas en vos que sean auténticas. No sois la mujer ligera de cascos que desearíais ser. De hecho, sois una mujer buena que quiere mucho a Montague, y eso os lo agradezco.

—No tenéis ningún motivo, ni ningún derecho, a sentir agradecimiento —replicó ella—. El afecto que siento por Monty no tiene nada que ver con vos.

Lina intentó zafarse de él, pero él no la soltó. Y verdaderamente, tenía fuerza.

Ella se rió, pero la carcajada sonó amarga incluso para sus oídos.

—Vos no sentís deseo, vicario.

—Yo no me abandono ciegamente al deseo. Eso no significa que no lo sienta profundamente. Al contrario que vos.

Ella se quedó helada.

—No seáis absurdo. Como habéis dicho con tanta elegancia, me abro de piernas para cualquiera. Me gusta acostarme con los hombres. ¿Es tan difícil de creer? ¿Acaso pensáis que sólo los hombres sienten deseo?

—Creo que las mujeres pueden sentir deseo, pero vos no. Sois una farsante, lady Whitmore. Tal vez abráis las piernas con facilidad, pero nunca abrís vuestro corazón.

Como no iba a conseguir que él le soltara la mano, se acercó más y frotó su cuerpo contra el del párroco, con una ira que superaba todos sus otros sentimientos.

—Ahorradme vuestras homilías, vicario, me ponen enferma.

Volvió a frotarse contra él, y él le soltó la mano, pero la agarró por los brazos y la apartó de sí. Sin embargo, no antes de que ella notara la forma inconfundible de una erección.

—Vaya, vaya... Parece que el legendario voto de celibato del párroco se tambalea. A menos que vayáis por ahí con un catalejo metido en los pantalones. Parece que os gustaría que me abriera de piernas para vos —dijo Lina con una sonrisa burlona.

—Yo dejé las relaciones sexuales vacías por motivos que vos no podéis entender.

—Probadlas conmigo. Lo digo en serio.

—No. Me niego a jugar a vuestro juego, lady Whitmore.

—Cobarde.

Entonces, Monty soltó un resoplido, y antes de que ella se diera cuenta de lo que ocurría, Simon la agarró por los brazos y la sacó a la terraza, a la luz del amanecer. La apoyó contra la pared y la besó.

Fue un beso asombroso, lleno de lujuria y deseo, y por un instante, ella se quedó paralizada. La habían besado así antes, y conocía todos los trucos de una respuesta bien medida. Sin embargo, se le olvidaron todos aquellos trucos, y cerró los ojos, abandonándose a las sensaciones. Él la besó con un apetito feroz que la agitó hasta los huesos, le dio un beso profundo y carnal, más sexual que nada de lo que ella hubiera hecho en toda su vida.

Entonces él alzó la cabeza y la fulminó con la mirada.

—¿Acaso creéis que yo no siento deseo, lady Whitmore? No es una trucha lo que tengo en los pantalones. ¿Pensáis que no os deseo? Sois la única mujer que me ha vuelto completamente loco desde hace diez años. ¿Creéis que no podría traicionar mi conciencia y tomaros aquí mismo, contra la pared? Maldita seáis...

La zarandeó suavemente, y a ella se le escapó un pequeño murmullo de angustia.

—Pero no podéis engañarme. A vos no os gustan los hombres, y no os gusta el sexo, lo cual es mucho peor que ser una cualquiera. No obtenéis placer en las relaciones sexuales.

—Claro que... —su negación fue inmediata, pero él la interrumpió.

—No, claro que no. Por eso no voy a traicionar todo aquello en lo que creo para involucrarme en el juego enfermizo al que os gusta jugar a vos. No voy a hacerlo. Maldita seáis... —repitió en un susurro, y volvió a besarla.

El beso fue suave en aquella ocasión, pero no tuvo nada de inocente. Fue dulce y sexual, un beso que contenía tanto deseo que la asustó, y Lina levantó los brazos para apartarlo. Sin embargo, le rodeó el cuello y lo atrajo más hacia sí, y se perdió en su maravillosa boca.

Fue asombroso que pudiera percibir algo a través de la oleada repentina e inesperada de anhelo que la invadió cuando él la estrechó entre sus brazos. Oyó su nombre en un susurro ronco, y se apartó de un respingo, pensando en que Monty se había despertado.

Pero vio tres figuras al extremo de la amplia terraza. Dos figuras con librea y una mujer con hábito, que cojeaba, entre ellos.

Charlotte.

CAPÍTULO 13

Adrian Rohan estaba repantigado en un sofá, observando con hastío lo que ocurría en el club. Había mucho ruido en la mesa de faro, donde claramente alguien acababa de perder o ganar una fortuna. En circunstancias normales, Adrian se habría levantado para ver a quién le había cambiado la vida, al menos por aquel día, pero estaba aburrido, inquieto, molesto. El juego había perdido su atractivo, el vino su sabor, el sexo su placer. Durante las tres semanas anteriores, Etienne había tratado de interesarlo con sus actividades habituales, pero no había nada que lo entretuviera. Había hecho un esfuerzo y le había permitido al primo de su padre que lo llevara de burdel en burdel, de club en club, pero nada conseguía captar su atención. Y Etienne de Giverney se estaba haciendo cada vez más tedioso con su afán por distraerlo.

—Ese idiota de Lindeham —dijo Etienne, mientras se sentaba frente a él—. Ha perdido la finca de su familia a los dados. Siempre fue mala idea apostar tanto, por muy buena suerte que haya tenido uno durante la velada. Seguramente se volará los sesos en quince días.

—O recuperará sus posesiones dentro de una semana —dijo Adrian distraídamente—. Etienne, estoy pensando en que quizá me traslade al campo durante una temporada. La ciudad me está aburriendo mucho últimamente, y creo que me vendría bien un poco de aire fresco y de ejercicio.

—Ya tomaste mucho aire fresco e hiciste ejercicio en casa de Montague. Aunque bueno, tu bomboncito no te dejó salir de la cueva ni un minuto; no me extraña que tengas ganas de ver el cielo azul. Suponiendo que lo encuentres, en este horrible país.

—Si no te gusta el tiempo de Inglaterra, siempre puedes volver a Francia —le sugirió Adrian.

—¿Y perder la cabeza? ¡No! Estoy muy contento aquí, esperando a que acabe la revolución. La turba no tardará en rendirse. Si siguen ejecutándose los unos a los otros pronto no quedará nadie que mande, y no tendrán más remedio que permitirnos regresar.

—Lo que tú digas —murmuró Adrian, que ya había oído aquello muchas veces.

—De todos modos, tu finca está junto a la de tu padre, muchacho. No me siento cómodo en los bosques de Dorset.

—No sabía que te había pedido que me acompañaras.

Etienne sonrió con malicia.

—Ah, pero sé que siempre soy bien recibido donde tú estés. De lo contrario, corres el peligro de aburrirte mucho, y yo no puedo permitir que le suceda eso a mi joven protegido.

—No te preocupes, Etienne. No se me ocurriría apartarte de Londres en plena temporada social. Lo único que ocurre es que necesito un poco de soledad. Seguro que me aburriré en menos de una semana y volveré rápidamente.

—¿Y por qué necesitas soledad? Te conozco desde que naciste, y no recuerdo una sola vez en la que no quisieras divertirte.

—Me quedé bastante apagado cuando murió mi hermano —dijo, antes de poder contenerse.

—Ah, sí. El pobre chico. Ojalá hubiera podido hacer más por él. Tan joven, tan fuerte, y al poco tiempo... murió. La fiebre se lo llevó con rapidez. Creo que tu padre me culpa por su muerte.

—No seas absurdo —dijo Adrian—. No fue culpa tuya.

—Claro que no. Pero creo que tu padre piensa que los doctores ingleses habrían podido salvarlo. Si no hubiera sufrido aquella caída, tal vez la fiebre no habría sido tan virulenta.

Adrian odiaba aquella conversación. Odiaba hablar de Charles Edward. Su muerte, a los diecinueve años, había sido devastadora para todos ellos, pero para un chico de trece con un severo caso de adoración por su héroe había sido insoportable.

Adrian miró con frialdad a su primo.

—No conoces bien a mi padre. Él no es de los que piensa en lo que podría haber sucedido. La muerte de mi hermano fue un golpe muy duro, pero sólo se culpa a sí mismo por haber permitido que Charles montara aquel caballo, para empezar.

—El caballo era mío —dijo Etienne.

—Pues sí. Y advertiste a Charles Edward muchas veces sobre su temperamento. Por desgracia, cuanto más se lo decías, más se obstinaba él en montarlo. Parece que la terquedad es un rasgo de nuestra familia.

Etienne asintió.

—Entonces fue cuando dejé de ejercer la medicina. Si no podía salvar la vida del hijo de mi querido primo, ¿de qué me servía mi profesión?

Adrian tuvo que reprimir una respuesta instintiva. Charles Edward habría detestado aquel lío. Era joven y despreocupado, y estaba empeñado en vivir la vida al máximo. Se habría burlado de unos excesivos lamentos por su parte. Y, como Adrian, despreciaba la hipocresía.

Francis Rohan, el marqués de Haverstoke, no contaba con el afecto de Etienne. Los dos primos se detestaban. Etienne siempre había estado convencido de que Francis le había robado un derecho de nacimiento sólo por haber nacido dentro del matrimonio. Bastardo o no, Etienne de Giverney era francés, y creía que él, y sólo él, debía de tener el título de conde de Giverney, y también ser dueño del patrimonio de la familia en Francia.

Y Francis se lo había dado. Y el Reinado del Terror se lo había arrebatado pocos años después.

—Dudo que mi padre agradeciera tu sacrificio —dijo Adrian irónicamente.

Etienne había abandonado su carrera médica al conseguir su título. El conde de Giverney no podía mantener abierta una clínica, la clínica que había pagado Rohan con su dinero.

—No, tu padre siempre ha cuestionado mi afecto —dijo Etienne con tristeza. Después se animó—. Lady Kate va a traer chicas nuevas, incluyendo una africana. Si quieres, podemos llevárnoslas al campo mientras estamos de vacaciones. Y también puedo llevar unas cuantas cajas de botellas de coñac que acabo de adquirir. El tiempo pasará muy rápidamente.

—Etienne, no quiero que el tiempo pase rápidamente. Tampoco deseo estar con prostitutas, y me temo que contigo tampoco.

Etienne se quedó asombrado.

—Vaya —dijo—. No sabía que mi amistad se había convertido en una carga. Te libraré de ella si...

—No seas pesado, Etienne —dijo Adrian—. Sabes que te quiero, y que me gusta estar contigo. Lo único que ocurre es que ahora quiero estar solo. ¿Es tan difícil de entender?

—No es propio de ti —refunfuñó su primo—. Y no creo que sea beneficioso. La temporada acaba de empezar. Si sigues sintiendo la necesidad de pasar tiempo a solas dentro de un mes, entonces no te lo discutiré.

Aquello se estaba haciendo tan tedioso como todo lo demás, y Adrian se rindió.

—Está bien. Un mes —dijo.

En realidad, no quería irse al campo, pensó. No quería estar solo sin ninguna distracción. No quería tener tiempo para pensar en Charlotte Spenser. Quería emborracharse, visitar el burdel de lady Kate y deshacerse de sus frustraciones. Una mujer era igual que cualquier otra, se dijo. Y no era cierto que hubiera disfrutado tanto de aquellos dos días en la cueva. Debía de ser la novedad lo que se le había quedado clavado en la mente, y eso tenía una solución fácil: buscaría otras vírgenes, o tal vez incluso ampliaría horizontes y consideraría la posibilidad de buscar algún hombre.

No. No le veía el atractivo.

Aquello, sin embargo, le recordó a Monty. Después de salir en persecución de Charlotte, no había vuelto a ver a su viejo amigo. Lo había visto más frágil de lo normal, pálido y tembloroso. Si se retirara unos días al campo podría pasar por Sussex y visitar a Monty para asegurarse de que estaba bien. Su amigo no había ido a Londres aquella temporada, y Adrian tenía la deprimente sensación de que los días de Monty en la capital habían terminado.

Siempre y cuando no se muriera... Adrian no había vuelto a perder a nadie que le importara de verdad desde la muerte de Charles en Francia, quince años antes. Claro que no se permitía el lujo de tomarle afecto a nadie que no fuera de su familia, y su madre y sus cuatro hermanas daban a luz con facilidad, sin los peligros que siempre entrañaba un embarazo y un parto. Ya tenía siete sobrinos, y se alegraba inmensamente de que fueran siete monstruitos bien sanos. De todos modos, intentaba mantener la distancia con sus hermanas y familias.

Podría mandar a Etienne al demonio y largarse, y cuando su primo se enterara, sería demasiado tarde como para que intentara convencerlo de lo contrario. Sin embargo, aquello sería una cobardía, y Adrian nunca había huido de ningún reto. Además, aquel caradura lo seguiría al campo.

Se levantó y se acercó a la mesa de faro para despedirse de Etienne.

—Estoy muy cansado —dijo—. Hoy voy a acostarme pronto. ¿Nos vemos en la fiesta de mañana?

—Será un placer, aunque creo que encontraríamos mejores entretenimientos en otro sitio que no fuera Ranelagh Gardens. Allí todo tiende a ser demasiado inglés.

De nuevo, Adrian se irritó.

—Estás en Inglaterra, Etienne. ¿Qué quieres?

Otra noche de aburrimiento, pensó mientras recorría las pocas manzanas que había entre el club de juego y la casa de Curzon Street que había comprado para una amante varios años antes, y a la que se mudó cuando ella había buscado nuevos horizontes. Hacía una noche fresca y clara, y la reciente lluvia había limpiado la suciedad y el hedor de las calles. Recordó el aire nocturno de Sussex. La capilla que había mandado construir Monty, el Portal de Venus.

Blandió el bastón de ébano en el aire a causa de la irritación que sentía consigo mismo. Y continuó caminando.

La señorita Charlotte Spenser estaba sentada en un cómodo sofá del invernadero de la casa de Evangelina. Había muchas plantas y el aire era húmedo y cálido, y el ambiente estaba perfumado con el olor de las flores de primavera. Charlotte estaba tomándose una taza de té. No la infusión detestable que le había dado Lina por litros, sino un buen té negro, fuerte, inglés, con un poco de leche y mucho azúcar. Hasta el momento, le estaba resultando más fácil de tomar que aquel brebaje infernal.

Habían pasado tres semanas desde los deleites del Ejército Celestial. La torcedura del tobillo se le había curado prácticamente del todo, y los arañazos y hematomas que había sufrido en la caída por el terraplén habían desaparecido. Era difícil creer que hubiera ocurrido todo aquello. Sólo cuando se dejaba llevar por los recuerdos volvía a sentir sus manos, su boca, su... miembro, tal y como él lo había llamado. Lo sentía todo de nuevo, y tenía ganas de llorar.

Charlotte Spenser no era una pusilánime. Aquello no era traumático. Nadie tenía por qué saberlo. Sin embargo, no creía que ella fuera capaz de olvidarlo.

Con un suspiro, se prometió que, cuanto más pasara el tiempo, más fácil sería. Durante la primera semana no había hecho más que llorar, algo que había alarmado mucho a Lina, que rara vez había visto llorar a su prima, y menos como si fuera una regadera. Meggie había conseguido sonsacarle la verdad rápidamente, porque Charlotte no estaba acostumbrada a mentir, y estaba demasiado triste como para resistir los esfuerzos de Meggie. Sin embargo, después de confesar lo que había ocurrido en Sussex, había tenido que usar toda su energía en disuadir a Lina de que llevara a cabo su venganza.

—Si organizas un lío, todo el mundo se va a enterar —dijo Charlotte—. Fue por voluntad propia. No me forzó. Y yo no deseo por nada del mundo casarme con un libertino. Creo que fue una elección excelente para perder la virginidad, cuando decidí que era una idea interesante, pero algo más allá de eso sería desastroso.

Lina se había distraído.

—¿Y hasta qué punto fue excelente?

—No voy a contártelo. Además, no puedo compararlo con nadie —dijo Charlotte remilgadamente, intentando no tener náuseas por la tisana que le había dado Lina.

—Pero, ¿disfrutaste? ¿Lo hizo placentero? ¿Llegaste al... clímax?

Charlotte se ruborizó.

—Sí.

—Demonios.

—¿Disculpa?

—Bueno, yo ya no voy a acercarme a él. Lo considero propiedad tuya, y nunca me entrometería.

—Él no es de mi propiedad. Consíguelo. Después de todo, tú lo querías antes.

—Sé que eso no es cierto. Llevas tres años bebiendo los vientos por él. Estoy de acuerdo en que es guapísimo, pero tú no eres de las que se dejan impresionar por la simple belleza. ¿Por qué?

«Porque tiene unos ojos tristes», podría haberle dicho ella. «Porque intenta ser malo, ser miserable, ser cruel, y sólo hay que pasar aquella fachada para ver a un niño herido intentando salir a la superficie. Y, sí, porque es impresionante».

Pero Charlotte no dijo nada de eso. Pronunciarlo en voz alta habría sido como grabárselo a fuego en el corazón.

—No tengo ni idea, pero ya he terminado con él, así que tú también puedes probar suerte.

—No —dijo Lina firmemente—. Termínate el té.

Charlotte obedeció. Y obtuvo como premio unas cuantas gotas de sangre que señalaban la llegada de su menstruación. Desde entonces no había ocurrido nada, pero aquello era suficiente para asegurarle que aquellos dos días ilícitos con el vizconde de Rohan no habían tenido consecuencias. Después de todo, él... él se había retirado de su cuerpo, ¿no? Para que no ocurriera nada.

Intentó explicárselo todo a Lina, pero no consiguió decir las palabras adecuadas.

—No importa, querida —dijo Lina—. Sé lo que quieres decir, y le doy las gracias a Dios porque, al menos, él tuviera sentido común. Bébete el té, de todos modos. Pueden ocurrir accidentes, y no hay nada que sea infalible.

El doctor la examinó y declaró que se había recuperado de la caída, y Charlotte no le pidió que la examinara más íntimamente. No le había ocurrido nada que no le ocurriera a la mayoría de las mujeres del mundo, y no tenía ningún interés médico.

Lina entró en el invernadero e interrumpió los pensamientos de Charlotte.

—Querida, no pensarás llevar ese vestido tan viejo y tan feo, ¿verdad? Es la primera noche que sales después de Sussex. Tienes que estar más animada.

Charlotte dejó la taza de té en una mesilla.

—Estaba pensando en que debería esperar unos días más. No estoy segura de que se me haya curado completamente el tobillo, y no he recuperado todas las energías. Podríamos empezar por dar un paseo por el parque, tal vez mañana, en vez de ir a un baile a Ranelagh Gardens.

—¿Un paseo? —preguntó Lina con horror—. Querida, yo no paseo. Además, Ranelagh es lo mejor. Aparte de haber una mascarada, habrá música en la rotonda y baile, y todo tipo de entretenimientos.

—Odio las mascaradas. Además, si tengo que ponerme una capa que me va a tapar de la cabeza a los pies, ¿qué importa el vestido que lleve?

—Por si acaso deseas pasear por uno de los caminos privados con un caballero, y quitarte la máscara.

—Puede que haya perdido la virginidad, pero no me he convertido en una ligera de cascos —dijo Charlotte, y rápidamente se tapó la boca con la mano. Pasear por los caminos privados era la principal razón por la que Lina iba a Ranelagh.

—No te preocupes, Charlotte —le dijo su prima, sin inmutarse—. Hará falta que hagas mucho más de lo que has hecho para llegar a mi nivel. Además, yo lo he dejado.

—¿El qué?

—Las aventuras. Ante ti tienes a una mujer nueva, que está por encima de asuntos de mal gusto como amantes y citas. Tengo intención de dedicarme a las buenas acciones.

Charlotte se la quedó mirando con la boca abierta.

—Estás bromeando.

Lina sonrió.

—Un poco. Pero me he hartado de las aventuras. No me hará ningún mal dejarlo un poco por el momento. Así que no te preocupes, esta noche no me voy a separar de tu lado. Además, vendrá a acompañarnos el viejo sir Percy Wainbridge, y ningún caballero nos importunará.

—De todos modos, no...

—Y te aseguro que el vizconde Rohan nunca ha sido visto en Ranelagh Gardens. Él prefiere los placeres de Vauxhall, e incluso eso es demasiado suave para él. Prefiere los burdeles y los antros de juego. No tienes que preocuparte, no vas a encontrarte con él. ¿Eso te tranquiliza?

—No me preocupaba en absoluto —mintió Charlotte.

—Claro que no. Y vas a ponerte ese bonito vestido verde que siempre dejas colgado en el armario. Y, para estar seguras de que nadie nos reconocerá, nos empolvaremos el pelo. Ya no está de moda, y los impuestos del polvo para el pelo son ruinosos, pero es lo más adecuado para una mascarada. Hazlo por mí, querida. ¡Tenemos que celebrarlo! ¡Tenemos que celebrar tu recuperación y mi celibato! ¡Hurra!

—Hurra —dijo Charlotte, con una singular falta de entusiasmo. Y subió a su habitación a cambiarse.

CAPÍTULO 14

Era una preciosa noche de primavera. Después de una semana de lluvia, el cielo se había despejado por fin, la luna brillaba en el cielo y soplaba una brisa suave y cálida. Una noche para los amantes, pensó Charlotte. Se alegraba de llevar la capa y la máscara. Su expresión ceñuda ahuyentaría a cualquiera, y si a Lina se le olvidaba que había hecho voto de castidad y decidía seducir a su anciano acompañante, ella se escaparía rápidamente del parque.

Por desgracia, Lina no renegó de su promesa. Llevaba el pelo empolvado, pero recogido con sencillez, y aunque no había abandonado de todo el colorete, había usado mucho menos de lo habitual, y no se había puesto ningún lunar artificial. Si tenía intención de atenuar su espectacular belleza, había fracasado. Asombrosamente, sin todos los artificios, Lina brillaba más que nunca.

Bajo la capa llevaba un vestido incluso más recatado que el de Charlotte. Por algún motivo, Lina había encargado una serie de vestidos con escote sobrio, de colores suaves, rosa, verde y de un azul claro que conjuntaba perfectamente con sus ojos. Estaba más exquisita que nunca.

Afortunada o desafortunadamente, dependiendo de cómo lo mirara Charlotte, toda aquella belleza iba escondida bajo la capa y la máscara. Y, con el pelo empolvado, podían confundir a Lina con cualquiera.

Su acompañante, sir Percy, un señor que tenía más de setenta años, se inclinó ante ellas, y su peluca, también empolvada, se balanceó peligrosamente. De todos los acompañantes de Lina, sir Percy era el favorito de Charlotte, porque era un caballero de la vieja escuela que consideraba deliciosas a todas las mujeres, y flirteaba tan bien, que incluso Charlotte perdía su timidez y flirteaba con él.

Caminaron por los senderos bien iluminados del parque, inclinando la cabeza para saludar a aquellos con quienes se cruzaban. Algunas mujeres eran fácilmente reconocibles, porque llevaban disfraces de la antigua Grecia o de la exótica China, pero confeccionados para resaltar la figura femenina, no para esconderla. La mayoría de los hombres llevaban un antifaz que podían quitarse o ponerse a placer, y los pocos que iban disfrazados se habían conformado con un dominó.

Los jardines estaban adornados de gala, con luces por todas partes excepto en los senderos destinados al flirteo, y el laberinto de los amantes que había tras ellos. El canal artificial estaba lleno de pequeños botes a imagen de las góndolas venecianas, y había trovadores, acróbatas y juglares para entretener a los asistentes. Charlotte deseó que todo desapareciera.

La cena le pareció repugnante; lo mejor que consiguió fue un poco de pan y crema, y ni siquiera eso le sentó bien. Se quedó sentada sola en la mesa, con un vaso de limonada, mientras Lina se iba a bailar. Hubiera querido volverse invisible entre toda aquella gente.

Entonces comenzó una animada danza folclórica, y Charlotte empezó a mover el pie bajo la falda sin darse cuenta. Se le había curado el tobillo y no sentía dolor, y si hubiera estado sola en algún sitio, en el campo, habría bailado.

Sir Percy volvió a la mesa con un rubor de felicidad.

–Lady Whitmore está bailando con el joven Marchmont, y me ha enviado a recogeros con la advertencia de que no acepte ninguna excusa.

–Oh, yo no bailo –dijo Charlotte firmemente.

–Ella me dijo que diríais eso, y que no os prestara atención.

Charlotte sonrió.

–De veras, no puedo. Me torcí el tobillo hace unas semanas.

–Ella me dijo que diríais eso también. Vamos, sed buena. Soy un viejo, y ninguna jovencita quiere bailar conmigo. Se me olvidan los pasos, y la gente se impacienta. Y a mí me gusta tanto bailar...

Sir Percy estaba haciendo todo lo posible por darle lástima, y no había nada que Charlotte pudiera hacer por evitarlo. A cualquier otro le habría respondido como se merecía, pero sir Percy era el mejor hombre del mundo, y siempre había sido un buen amigo con ella.

Se levantó con reticencia y aceptó su brazo.

–¿Y no preferiríais dar un paseo? –le preguntó con algo de desesperación.

–¡Señorita Spenser! –preguntó él escandalizado–. ¿Me estáis sugiriendo que vayamos a flirtear? Me siento halagado, pero me temo que ya no tengo edad para esas cosas.

Ella estaba a punto de darle una explicación, pero se contuvo. Parecía que sir Percy estaba tan ilusionado con aquella idea que ella no tuvo valor para sacarlo de su error.

—Bailaré.

Lo siguió hasta el pabellón de baile. Sabía que nadie podía reconocerla. Su melena ya no era pelirroja, sino de color lavanda muy claro, casi blanco. Además, llevaba una máscara que le cubría más de la mitad del rostro, y el dominó ocultaba el resto de su cuerpo. Podría tropezarse con cualquiera, pisarlos o tirarlos al suelo, y nadie le atribuiría a Charlotte Spenser el atropello.

De hecho, podía aprovechar para patear a algunas personas que se lo merecían.

La música era una de sus melodías favoritas, *Tom Scarlett*, y sir Percy la introdujo en el grupo de baile antes de que ella pudiera echarse atrás. Por un momento se quedó helada, mientras los demás bailarines hacían los movimientos adecuados a su alrededor.

Y entonces, la música volvió a apoderarse de ella. Comenzó a mover un pie, y después el otro, y de repente empezó a moverse con el cuerpo lleno de gozo, siguiendo a la perfección los pasos del baile.

Se habría marchado cuando terminó aquella pieza, pero el siguiente era una danza más lenta, majestuosa, y no pudo resistirse a girar alrededor de sir Percy, alrededor del bailarín que estaba frente a ella, alrededor de su vecino, sin dar un solo paso equivocado. Después, la música se animó, y ella comenzó a bailar más deprisa, riéndose de alegría. Al hacer un movimiento de ocho pasos, en el último de ellos pasó junto a Lina, y no tuvo que verle la cara para saber que le estaba susurrando «Te lo dije» por detrás de la máscara.

Le faltaba el aliento, pero se echó a reír con ganas cuando terminó el baile. Sir Percy se retiró de puro cansancio, pero el joven Marchmont, que tenía diecisiete años y era todo brazos, piernas y entusiasmo, la agarró, y Charlotte volvió a bailar con un aplomo asombroso. Era la primera vez que sonreía en tres semanas, y sentía el cuerpo fuerte, glorioso, mientras giraba al son de aquella música maravillosa.

La nueva pareja de baile de Lina era un militar. Se unieron a otro grupo de danza y Charlotte miró a su prima mientras comenzaban a moverse y cambiaban de pareja, y se dio cuenta de que Lina estaba gesticulando de una manera extraña, moviendo las manos con pánico de un modo que no tenía nada que ver con la danza. Charlotte le preguntó «¿Qué?», pero el baile las obligó a hacer un giro y a cambiar de nuevo de pareja, y Charlotte se vio bailando con un joven de unos veinte años que era casi tan torpe como había sido ella en el pasado.

Sintió lástima por el pobrecillo, que parecía muy concienzudo, y fue susurrándole instrucciones al oído cada vez que pasaba junto a él, y finalmente, el muchacho sonrió ampliamente, con agradecimiento, cuando comprendió los pasos.

Y entonces llegó otro movimiento, y ella tomó la mano de su nueva pareja y giró a su alrededor. Fue una merced de Dios que sólo hubiera que tocarse durante un instante, porque cuando llegó a su sitio e hizo la reverencia para comenzar, se dio cuenta de que estaba frente a Adrian Rohan.

Estuvo a punto de dar un traspié, pero algo hizo que siguiera bailando. Vio a Lina al fondo. Su prima se había quitado la máscara y la estaba mirando con consternación. Claramente, había estado intentando advertírselo.

«Qué demonios», pensó con algo de temeridad. Él no podía reconocerla, y ella se lo estaba pasando muy bien. No iba a permitir que la repentina aparición del vizconde le aguara la fiesta. Sólo quedaban tres movimientos más con aquella pareja, y después cambiarían de nuevo, y cuando aquel baile completo terminara, Lina se la llevaría. Pero... Oh, era un *Mad Robin*, que exigía que los bailarines mantuvieran el contacto visual mientras se deslizaban delante y detrás de sus vecinos.

Ella nunca había recuperado sus gafas, y en un mundo más justo, tal vez no hubiera podido verlo. Sin embargo, en realidad sólo necesitaba las lentes para leer, y veía perfectamente los maravillosos ojos azules del vizconde. Él la estaba mirando fijamente, aunque no tenía una expresión que ella supiera descifrar. Charlotte suspiró de alivio. No era más que una extraña para él. Rohan no tenía ningún interés en ella, y no iba a reconocerla.

Volvió a su sitio y bajó la mirada. Un paso más y comenzó *The Gipsy*. Los dos debían encontrarse en el centro y girar uno alrededor del otro, lo cual le recordó a Charlotte la incómoda posición de una presa con respecto a su depredador.

Él no sabía quién era, se recordó mientras se movía cuidadosamente. El vizconde bailaba muy bien, y seguramente aquél había sido el motivo por el que Charlotte se había puesto tan nerviosa la primera vez que habían bailado juntos. Ella ya estaba enamorada de él, y se sentía tonta e indigna por ello. Además, su elegancia en el salón de baile la había dejado paralizada.

En aquella ocasión, por el contrario, estaba preparada. Sabía que él era irresistible, y que se movía con gracia felina dentro y fuera del pabellón de danza. Miró su boca sin poder evitarlo, y recordó su contacto, su piel, sus músculos tensos y los latidos de su corazón...

Estaba ruborizada y tenía la respiración acelerada, y sabía que no era a causa del baile. Extendió las manos cruzadas para hacer el giro final, e incluso a través del cuero de los guantes, pudo sentir su piel, su fuerza. De repente, tuvo ganas de llorar.

Y entonces él se había alejado, y ella estaba haciendo los mismos movimientos con un hombre regordete de mediana edad, y había sobrevivido. No se había tropezado, no se había delatado de ningún modo, y Adrian Rohan ni siquiera había mirado atrás.

Casi había vuelto con Marchmont, y al darse cuenta, Charlotte exhaló un suspiro de alivio. Cuando regresara con su pareja inicial, la danza habría terminado y ella podría escapar. Quería reírse debido a la sensación de triunfo, y también quería estallar en lágrimas. Tenía las emociones a flor de piel, cosa nada habitual en ella. Había un giro más, hacia la izquierda, mientras giraban intercambiando las manos. Aquello la llevaría con Rohan una vez más, pero él tenía una expresión de aburrimiento, y su pareja, una mujer joven y muy bella, iba a perderlo en cuanto la danza terminara, y Charlotte se dijo que no debía alegrarse por ello.

Giró de derecha a izquierda, muy consciente de que él se aproximaba. La mano enguantada de Adrian tocó la suya durante un breve instante, y después él continuó sin mirarla, y Marchmont volvió con una sonrisa.

Antes de que el joven pudiera arrastrarla a otro baile, Lina la alcanzó. Había vuelto a ponerse la máscara, pero su angustia era evidente.

—Lo siento muchísimo, querida —dijo en voz baja—. ¡Qué mala suerte! Cuando lo he visto aquí, no podía dar crédito.

¡Y encima, terminar en tu grupo de baile! ¿Crees que te ha reconocido?

—Claro que no —dijo Charlotte con calma—. Pero por si acaso, ¿no sería mejor que nos fuéramos?

—Pues sí. Tenemos que averiguar adónde ha ido sir Percy. Seguramente está en alguna de las mesas de juego. Le encanta bailar, pero no aguanta demasiado.

Charlotte miró con nerviosismo a su alrededor, aunque no vio al vizconde. Seguramente estaba coqueteando con alguien nuevo porque había sobrevivido mucho mejor que ella a su encuentro.

—Lina, creo que es mejor que yo me adelante. Hay muy poco camino hasta la salida del parque, y allí puedo tomar cualquier coche que me lleve de vuelta a Grosvenor Square. Tú ve a buscar a sir Percy, y nos veremos en casa.

—No puedo dejarte sola en un lugar como éste —protestó Lina.

—Claro que sí. Nadie me va a confundir con una cualquiera, y te aseguro que no me van a abordar.

—Nadie se atrevería a importunar a Charlotte Spenser con su cara de pocos amigos, pero sí a la misteriosa mujer de la capa roja que ha bailado con tanta alegría.

—No te preocupes, todavía puedo fruncirles el ceño a todos. De veras, Lina, cuanto antes me marche, mejor será. Y tú no vas a dejar abandonado a sir Percy, ¿no?

—Claro que no. Espérame un momento, y le pediré a Marchmont que te acompañe...

Charlotte miró a los bailarines. Marchmont estaba en mitad de otra danza, y ella no quería molestarlo.

—No, no te preocupes. No me pasará nada. No necesito que me acompañe ningún caballero. Nos veremos en casa —dijo con firmeza.

—Por lo menos, compláceme y ve hacia la salida sur. Así yo podré encontrar a sir Percy a tiempo para reunirnos contigo.

—Muy bien —respondió ella.

Sin embargo, no tenía ni la más mínima intención de hacerlo. La entrada oeste estaba mucho más cerca, aunque había que pasar por varios senderos de amantes y atravesar el laberinto. Había dejado de sentirse eufórica y tenía ganas de llorar. Las lágrimas eran una debilidad que ella despreciaba, pero parecía que no podía evitarlas. Quería encontrar rápidamente un carruaje y romper en sollozos cuando estuviera sola.

Se puso en camino hacia la salida sur, bien arrebujada en el dominó. La entrada oeste estaba después de una fila de salones privados, y ella tuvo un momento de nerviosismo cuando giró hacia la derecha, hacia un sendero iluminado tenuemente. Si ocurría algo inesperado, ella podía correr mucho más que ninguna de aquellas criaturas calzadas con tacones. Aunque Adrian no llevaba tacones; ya era lo suficientemente alto sin ellos. Y además, tampoco iba a perseguirla.

Charlotte tenía un nudo en la garganta y los ojos llenos de lágrimas. Sólo quería alejarse de aquel horrible lugar. Siguió recorriendo rápidamente el camino, pero había olvidado que la entrada al laberinto estaba disimulada. Era parte del juego; alguien escapaba del gentío para dar un paseo tranquilo, y de repente se encontraba perdido. Charlotte lo había oído, pero nunca había explorado aquellos jardines, y no tenía ni idea de que se había adentrado en el laberinto hasta que se vio en un callejón sin salida, ante un seto de gruesas ramas.

Aquello tenía una solución fácil. Se dio la vuelta y volvió por donde había llegado. Tenía una memoria excelente, y sólo había hecho un par de giros. Uno más y habría salido de nuevo al sendero.

Uno más, y se encontró con otro callejón sin salida. Respiró profundamente para calmarse. Se mantuvo erguida mientras intentaba orientarse. Entonces fue cuando oyó la respiración.

Había alguien allí. No debería ponerla nerviosa, porque estaba en un lugar público. Claro que había gente. Tal vez, incluso, pudieran ayudarla a salir del laberinto.

—¿Hola? —dijo esperanzadamente.

No hubo respuesta. Y, sin embargo, ella oía la respiración, porque fuera quien fuera, no estaba intentando ocultar su presencia. Aquella respiración estaba un poco entrecortada, como si la persona hubiera corrido para alcanzarla. Alguien mayor, que estaba jugando un jueguecito con ella.

—¿Sir Percy? —preguntó, cuestionándose si aquélla era su extraña idea de lo que era un flirteo.

Tampoco obtuvo respuesta, y se dio cuenta, con una repentina inquietud, de que alguien la estaba observando. Seguramente era la misma persona que respiraba tan pesadamente. El interior del laberinto estaba oscuro, pero el seto del que estaban formadas las paredes no era demasiado espeso, y seguramente podían verla a través de ellas. Intentó mirar ella también, pero tenía que intentar atravesar cuatro paredes con la vista, así que no consiguió nada.

Notó que se le ponía el vello de punta, y de repente, tuvo la sensación de que quien la estuviera mirando era la malevolencia personificada.

—No estoy de humor para bromas —dijo valientemente—. Pienso que debéis mostraros, o marcharos.

Quien la acechaba no hizo ninguna de las dos cosas. Hizo algo mucho peor: se echó a reír, prorrumpió en unas carcajadas ásperas, feas, que a Charlotte le encogieron el corazón.

—Maldito seáis, entonces —gritó ella, intentando aparentar que no tenía miedo. Sin embargo, no lo consiguió. El hombre que estaba con ella no era inofensivo, claramente. Era malvado.

Charlotte comenzó a correr, rezando para elegir el camino correcto, y oyó la respiración tras ella. Eso significaba que sí había elegido la dirección correcta, pensó con un inmenso alivio, porque de lo contrario, él habría seguido esperando como una araña. Aceleró, intentando no pensar en los rasguños que le estaba haciendo el seto ni en el dolor que tenía en el tobillo.

Más y más rápido, clavándose las ballenas en los costados, tirando del dominó, que se le enganchaba en las ramas. Iban a asesinarla, a tirar su cadáver al Támesis, y nadie volvería a encontrarla. Si no se movía más rápidamente...

La entrada del laberinto apareció ante ella antes de que pudiera darse cuenta de dónde estaba. Salió al camino con un sollozo en la garganta, y se tropezó con un caballero muy bien vestido, con tanta fuerza que estuvo a punto de tirarlo al suelo.

Él la agarró, y ella dio gracias a Dios por no haberse quitado la máscara.

Porque el hombre que le estaba sujetando los brazos no era otro que Adrian, el vizconde Rohan.

CAPÍTULO 15

–Querida señora –dijo Rohan–, ¿puedo ayudaros en algo?

Charlotte se apartó de él y se tambaleó un poco al apoyarse en el tobillo dolorido, inmersa en un caos de emociones. Alivio. Él no podía ser quien la había estado persiguiendo en el laberinto. La amenaza, real o imaginaria, había sido de otro.

–Alguien me ha estado persiguiendo en el laberinto –respondió ella en voz baja, para que no pudiera reconocerla.

Él se acercó a la entrada del laberinto y se detuvo a escuchar. El silencio era ensordecedor. Entonces, Adrian se volvió hacia ella y le dedicó aquella sonrisa que nunca le alcanzaba los ojos. Pero, por algún motivo, parecía que en aquella ocasión los ojos le brillaban. Sin duda, un efecto de la iluminación.

–Fuera quien fuera, ya se ha ido –dijo él–. Pero no deberíais estar sola. ¿Dónde está vuestro acompañante?

–Mi amiga ha ido a buscarlo –dijo ella con sinceridad.

El problema de mantener la voz susurrante era que le confería a la situación una extraña intimidad–. Yo pensaba tomar un coche para volver a casa, en vez de esperar.

–Entonces, permitidme que os acompañe hasta que encontréis uno. Sería terriblemente descuidado si permitiera que una mujer tan bella como vos vagara sola por este parque.

–Gracias, señor, pero puedo cuidar de mí misma.

–A saber, habéis entrado sola al laberinto y habéis estado a punto de ser agredida. Un caballero no puede abandonar a una dama en semejantes circunstancias.

Su sonrisa era tan encantadora, y aparentemente ingenua, que ella se sintió a la vez seducida e indignada. Le indignaba que pudiera dedicarles su encanto a todas con tanta facilidad, y le enfurecía que no la reconociera. Y la seducía porque aquel hombre sólo tenía que mirarla y a ella se le derretían los huesos.

–No –dijo con firmeza–. No, gracias, milord. Sois muy amable, pero no creo que vuestra compañía sea más segura que la del hombre del laberinto.

Entonces él se echó a reír.

–Tenéis todo el derecho a tomar precauciones. Yo soy capaz de portarme muy mal, sí. Pero nunca ofrezco mis atenciones a damas a quienes no conozco. Sólo me ofrezco a acompañaros para que estéis segura, nada más.

Ella iba a seguir discutiendo, pero en la distancia oyó la voz de Lina, que hablaba con sir Percy...

–La he visto viniendo hacia acá...

–¿Es vuestra amiga? –preguntó él amablemente.

–¡No!

Si Adrian reconocía a Lina, la reconocería a ella también. Charlotte tenía que pensar rápidamente.

—En realidad, os agradecería mucho que me acompañarais. Vamos.

¿Vio una sonrisa de triunfo en sus labios? No podía perder el tiempo descifrando su reacción, así que se limitó a posar la mano en su brazo y a moverse.

Él le cubrió la mano con la suya.

—Dirección equivocada.

«Mierda», pensó Charlotte, al creer que iba a llevarla en dirección a la voz de Lina, pero él la llevó hacia uno de los senderos laterales, hacia la oscuridad, unos segundos antes de que Lina y sir Percy llegaran a la escena.

Charlotte estaba tan concentrada en caminar rauda y veloz que no se paró a pensar que él no hacía ningún esfuerzo por aminorar el paso. Al menos, hasta que estuvieron alejados de las voces y bien apartados de la vista de cualquiera.

—¿Había alguien a quien queríais evitar? Quiero decir, aparte de vuestro asaltante —preguntó perezosamente.

—Claro que no. ¿Por qué lo preguntáis?

—Porque habéis salido corriendo desde el laberinto al oír que se acercaba gente. ¿O es sólo que no deseáis que os vean en mi compañía?

—¿Y por qué iba a preocuparme eso?

—Porque claramente, sabéis quién soy. Me habéis llamado «milord», y no por casualidad. Y si sabéis quién soy, conocéis mi reputación, que no es precisamente estelar. Tan sólo el hecho de que os vean conmigo es razón para poneros en un compromiso.

Charlotte estuvo a punto de negarlo, pero no habría servido de nada.

—El vizconde Rohan es muy famoso, incluso para aquellos que no frecuentan su círculo —dijo—. Además, antes hemos bailado juntos, y alguien os señaló para mí.

—¿De veras hemos bailado? —preguntó él, y Charlotte se irritó todavía más. ¿Todas las mujeres eran invisibles para el vizconde, o sólo ella?

Miró a su alrededor. Estaba oscuro, aunque veía algunas luces delante de ellos.

—¿Adónde me lleváis? —preguntó.

—¿Adónde creéis que os llevo?

—Espero que me estéis guiando hacia la salida oeste del parque, donde esperan la mayoría de los coches. Cualquier otra cosa sería inaceptable.

—Y a mí nunca se me ocurriría hacer nada inaceptable, bella dama —replicó él con una exagerada cortesía.

Ella tuvo ganas de darle una patada. Estaba coqueteando con una extraña, y parecía que exhibía su encanto con cualquiera. En realidad, aquello era bueno, porque le demostraba de manera fehaciente que era completamente intercambiable para él.

—¿Hay algo que os disguste, milady? —murmuró él.

—¿Por qué?

—Porque de repente me habéis clavado las uñas en el brazo como si quisierais arrancarme la piel —comentó el vizconde afablemente.

Ella apartó la mano.

—Perdonadme. Estaba pensando en alguien...

—¿De veras? ¿Tal vez en un antiguo amante?

—¿Y por qué decís eso?

—Porque sé que la mayoría de las aventuras no terminan bien. Por lo menos, siempre hay una parte que acaba abandonada y herida.

—Y si es así, milord, ¿por qué vos os permitís tener aventuras? Tal vez fuera mejor no tomarse la molestia.

Él se rió suavemente.

—La molestia, como vos decís, es tan deliciosa mientras dura... —murmuró cerca del oído de Charlotte—. Y yo nunca he podido resistir la tentación de algo delicioso.

Ella se apartó de un respingo, y se dio cuenta de que por fin habían llegado a la salida oeste del parque. Y no supo si sentirse aliviada o decepcionada.

Había varios coches en fila, y Charlotte suspiró. Hizo una pequeña reverencia para Adrian y dijo:

—Habéis sido muy amable, lord Rohan. Os deseo buenas noches...

—Permitidme que os ayude a subir al carruaje —respondió él. La tomó del brazo y la condujo hasta uno de los vehículos.

En los días siguientes, ella se reprendió a sí misma por no haber sido más observadora en aquel preciso instante. Sin embargo, estaba tan contenta de haber conseguido llegar a aquel punto sin ser reconocida que no se dio cuenta de que subía a un coche aristocrático.

La puerta estaba abierta, y los escalones bajaron, y él la tomó por la cintura y la subió a un carruaje cerrado, demasiado elegante como para ser un coche de alquiler, y entonces el vehículo se hundió por el peso del vizconde, porque él la siguió y cerró la portezuela, sumiéndolos en la oscuridad.

Ella abrió la boca para gritar, pero él la detuvo con la boca, besándola, sujetándola mientras el coche se ponía en camino con un tirón casi imperceptible.

Ella luchó contra él. Había creído que Adrian estaba por encima de aquellos trucos y que nunca secuestraría a una mujer. Intentó usar la rodilla, pero él puso una de sus piernas largas y pesadas sobre las de ella y la inmovilizó.

Entonces, Charlotte intentó golpearlo con los codos, pero él la estrechó contra sí.

Oh, Dios, quería devolverle el beso, pensó quejumbrosamente, mientras mantenía la mandíbula apretada. Adrian la sujetó por la nuca y comenzó a acariciarle el cuello, y ella empezó a derretirse contra su cuerpo fuerte, sin poder evitarlo.

Él alzó la boca durante un breve instante, y en la oscuridad del carruaje, ella vio el brillo de sus ojos.

—Abre la boca, Charlotte —le susurró Adrian—. Llevo horas esperando para poder besarte, y se me está acabando la paciencia.

Ella se quedó tan asombrada que hizo lo que él le pedía, y el beso fue profundo, posesivo, vibrante. Charlotte dejó de forcejear, cuando sabía que debería resistirse con más fuerza todavía. Dejó que la besara, cerró los ojos y lo saboreó, y él la sentó en su regazo.

—Puedes hacerlo mejor, dulce Charlotte. Cuando te dejé habías aprendido mucho. Dame tu lengua.

—Dadme la vuestra —murmuró ella—, y os morderé.

Entonces, Charlotte sintió su risa retumbándole por el cuerpo.

—No, no vas a morderme.

Y se lo demostró, echándole la cabeza hacia atrás, sujetándosela con las manos y besándola tan profundamente que ella se sintió desfallecida. Emitió un gemido suave, y supo lo que era. El sonido de la rendición.

Él le había quitado la máscara y le estaba desatando los lazos del dominó.

—¿Cómo has podido creer que no iba a reconocerte? —la reprendió con suavidad—. Sé cómo te mueves, cómo te muerdes el labio cuando estás nerviosa, conozco el sonido de tu risa, conozco tus ojos. Conozco tus manos y tu piel, tu olor, y sé de qué manera intentas fingir que algo no te molesta cuando te molesta mucho –prosiguió, mientras intentaba deslizar una mano entre los muslos de Charlotte–. Aunque creo que me gustaría oírte reír más a menudo. Tal vez debieras fruncir menos el ceño y sonreír más.

–Dejadme en paz –protestó ella.

–No puedo hacerlo, amor mío. Ése ha sido precisamente mi problema durante estas tres semanas. No puedo dejar de pensar en ti, y no he podido distraerme con ninguna otra cosa.

Así que ella no era la única, pensó Charlotte con tristeza. Por lo menos eso era algo. Él sentía lujuria por ella. Charlotte notaba su erección junto a la cadera, y se movió lo justo para hacer una caricia sutil que consiguió que él la ciñera entre sus brazos.

–Por Dios Santo –le murmuró al oído–. No hagas eso.

–¿Por qué?

–Porque me gustaría esperar hasta que lleguemos a mi casa.

A ella se le aceleró el corazón.

–Yo no voy a ir a vuestra casa.

–Me temo que sí. Estás en mi carruaje, y nos dirigimos hacia allí. No te preocupes. Le enviaré una nota de aviso a lady Whitmore, diciéndole que estás a salvo. Nadie más se enterará de que te has escapado para disfrutar de un interludio libidinoso.

–Yo no voy a ninguna parte con vos. Salid del carruaje.

–Es mi carruaje –respondió él, a modo de disculpa–. Lo organicé todo después de verte bailar. Me dijiste que no bailabas. Ahora que lo pienso, recuerdo que en una ocasión me pisaste tan fuerte que podías haberme dejado inmovilizado durante días. ¿Es que reservas tu torpeza perversa para mí?

Ella se ruborizó. De repente, se vio tres años antes, como la muchacha torpe, desgarbada, tan sobrecogida por el hombre que tenía frente a sí que no podía moverse. Entonces sintió fuerzas renovadas y comenzó a forcejear entre sus brazos. Él la soltó, y ella terminó en el extremo opuesto del asiento, fulminándolo con la mirada.

—Yo no bailo.

—No seas tonta. Has bailado conmigo. Y con otros caballeros igualmente afortunados. Me he sentido muy molesto con ellos.

Estaba mintiendo. Todo aquello era parte de sus burlas, y ella no entendía qué placer podía obtener del hecho de ser cruel.

—¿Alguna vez me habéis visto bailar en público? Supongo que no habríais prestado atención de un modo u otro, pero os aseguro que esta noche es la primera vez que bailo desde aquella desafortunada ocasión en la que os visteis obligado a ser mi pareja en el baile de lady Harrison.

—¿Y quieres que me avergüence de eso? Qué tonta fuiste por permitir que los comentarios de un dandi te afectaran. Si yo escuchara todos los comentarios maliciosos que hacen sobre mí, estaría acurrucado en algún rincón —dijo él. Entonces hizo una pausa y la observó con atención—. ¿Es eso lo que hiciste después de que yo te dejara hundida con tanta eficacia?

—Ni siquiera lo recordáis —murmuró ella, sin mirarlo.

—Fue en el baile de lady Harrison. Tú llevabas un traje rosa horrendo, que chocaba con tu glorioso pelo rojizo.

Bailamos una danza folclórica, creo que una bastante complicada. Creo que fue *Prince William*.

Hasta aquel día, Charlotte no había podido oír de nuevo los primeros acordes de aquella melodía sin ponerse enferma. Lo miró con incredulidad.

—¿Y recordáis todo esto porque...? —le preguntó con severidad.

Él sonrió a medias.

—Porque rara vez soy tan mezquino, e intento no cebarme con los indefensos. Tú te quedaste tan triste que no lo he olvidado.

—¿Y ésta es vuestra forma de disculparos? ¿Secuestrarme?

—No, preciosa mía. Mi disculpa fueron aquellos dos deliciosos días de hace tres semanas. Secuestrarte ahora, tal y como tú dices, es mi forma de repetir una actividad tan excelente.

Ella se quedó mirándolo boquiabierta por tanta desfachatez. «¿Cómo os atrevéis?» era una respuesta demasiado suave, así que lo miró con incredulidad. Y entonces se lanzó hacia la puerta.

El carruaje avanzaba a gran velocidad, y Charlotte tenía medio cuerpo fuera de la puerta cuando Adrian la atrapó y la arrastró al interior del coche antes de que ella cayera a la calle sucia y dura. Ella aterrizó en el suelo del carruaje y él la sujetó allí mientras cerraba la portezuela.

—Idiota —le dijo. Su buen humor y su actitud seductora se habían desvanecido—. Podías haberte matado. Yo no viajo despacio. Podías haberte roto el cuello.

—Mejor.

—¿La muerte antes que la deshonra? Demasiado tarde, preciosa. Ya te he deshonrado por completo, y tengo intención de hacerlo otra vez.

Ella volvió a lanzarse hacia la puerta, pero él la agarró con facilidad y la colocó en el asiento. Y entonces, la soltó.

—Eres tan crédula, preciosa —dijo él—. ¿Cuántas veces tengo que decirte que no voy a obligarte a nada? ¿Te he hecho alguna cosa que no querías que te hiciera?

—Me engañasteis —respondió ella—. Me sedujisteis.

—Por supuesto. Ésa era mi intención, y se me da muy bien. Y ése es el motivo por el que tú te rendiste. Si ibas a mantener relaciones sexuales, lo mejor era elegir a un experto.

—Y tan humilde, además.

Él acercó su boca.

—Acéptalo, Charlotte. Puedo llevarte a mi casa y hacerte llegar al éxtasis con sólo besarte el pecho, y lo sabes. ¿No lo sabes, amor? Quieres tenerme dentro de ti.

A ella le costaba respirar. Casi sentía su boca sobre la piel mientras escuchaba aquellas palabras. Se le habían endurecido los pezones contra el corsé, y sentía humedad entre las piernas.

Si seguía así, iba a conseguir que llegara al éxtasis tan sólo con hablarle.

Adrian Rohan era un hombre peligroso. Demasiado peligroso para ella.

—No —dijo con la voz temblorosa—. Os digo que no.

—Muy bien —respondió él—. Hay muchas mujeres que se levantarán la falda para mí. No necesito obligar a nadie. Pensaba que disfrutarías probando de nuevo lo prohibido, pero como está claro que lamentas lo que ocurrió entre nosotros, iré a buscar a otra.

A ella iba a explotarle la cabeza. Necesitaba la máscara, pero mientras forcejeaban, se había aplastado en el asiento.

Quiso ponerse la capucha para taparse la cabeza, pero él le atrapó las manos.

—No, no lo hagas. Y no es que me guste el empolvado de tu melena. Debe de haber sido una idea asesina de lady Whitmore. Es un crimen ocultar un pelo tan glorioso como el tuyo.

—Ya basta —dijo ella. Bien. Las lágrimas que no había derramado hacían que le sonara la voz ronca, como si estuviera enfadada—. ¿Por qué... por qué...?

—¿Que por qué me acosté contigo durante la reunión del Ejército Celestial? Porque estabas allí, y debo admitir que disfruté mucho. Supongo que fue por la novedad. Te había olvidado por completo, y allí estabas, justo enfrente de mí. Como esta noche. Parece cosa de la providencia, porque yo no había quedado en verme con ninguna otra mujer esta noche. Pero si tú prefieres volver a casa, que así sea. Tal vez lady Whitmore sí esté interesada en hacerme compañía.

Aquellas palabras crueles y serenas eran como cuchilladas para Charlotte, pero ella no se inmutó. Más tarde, cuando estuviera sola, tal vez se echara a llorar, pero era demasiado orgullosa como para permitir que él viera en aquel momento todo el daño que le estaba haciendo.

—Dudo que Lina tenga interés —respondió con frialdad—. Normalmente no quiere mis sobras.

—Bravo —murmuró él—. Luchas.

—En cuanto a la novedad, seríais estúpido si quisierais repetirlo. Sólo se puede desvirgar una vez a alguien, como vos habéis señalado, y yo no soy el tipo de mujer con el que vos soléis alternar. Preferís a las bellezas, a mujeres que sepan darle placer a un hombre, que conozcan los trucos y los juegos que os complacen. No querríais molestaros nuevamente con una solterona torpe.

—Cierto... Pero ella estaba tan encandilada conmigo...

Charlotte tuvo ganas de matarlo. Si hubiera tenido un puñal, seguramente se lo hubiera clavado. Sin embargo, en aquella situación sólo tenía las palabras para devolverle el golpe.

—Vos os habéis ocupado de eso, milord. Una noche en vuestra compañía es la cura más efectiva.

—Por supuesto que lo es. Y fueron dos noches. Entonces, no quieres volver a besarme, ¿verdad?

—La idea me repugna.

—Y no quieres que te bese los pechos y lama tus pezones hasta que se conviertan en pequeñas bayas.

Charlotte no necesitaba su boca; con las palabras había conseguido el mismo efecto, y ella sintió de nuevo que se le encogían los pezones. Afortunadamente, él no podía verlo a través de las capas de ropa.

—En absoluto.

—Y no quieres sentir mi boca entre las piernas, ni mi lengua dándote tanto placer como para gritar.

Charlotte estaba húmeda. Seguramente, él lo sabía, pero no importaba.

—No me gustan las perversiones.

—Entonces, supongo que eso significa que tampoco puedo convencerte para que tomes mi pene en tu boca.

Ella se quedó tan horrorizada que no encontró palabras para rechazarlo.

—Sois un enfermo.

—Oh, amor mío, nada de eso. Es muy agradable, y algunas mujeres, las mejores, disfrutan con ello. Así que supongo que no queréis que vuelva a haceros gemir de placer con mis embestidas.

—Sois un cerdo.

—Éste es un mundo de cerdos. Así que la respuesta es no, ¿verdad, preciosa mía?

Aquel bastardo petulante y engreído. Aquel hombre bello, perverso, malvado, con las manos de un demonio y la boca de un ángel. Él podría llevarla de vuelta a Grosvenor Square, y ella entraría en casa, subiría a su habitación y se acurrucaría en la cama, tal y como le había dicho él.

—La respuesta es sí —dijo entonces.

Y tuvo el placer de ver cómo la expresión del vizconde se volvía de horror.

CAPÍTULO 16

Adrian Rohan nunca hubiera pensado que la aceptación de una mujer podía causarle un estremecimiento semejante. No tuvo efectos en su miembro viril, que llevaba dolorosamente duro desde que él la había tocado, y que había estado a media asta, como mínimo, desde que la había visto en el baile y había conseguido unirse a su grupo. Se suponía que aquello era sólo un modo de sacársela del organismo, y sin embargo, se estaba seduciendo a sí mismo tanto como a ella.

Ella hubiera debido abofetearlo y exigirle que la dejara en Grosvenor Square, y él debería haber aceptado aquel rechazo con indolencia, para demostrar, tanto a ella como a sí mismo, lo poco que le importaba.

Y sin embargo, Adrian estaba haciendo un gran esfuerzo por no tenderla en el asiento, subirle las faldas y tomarla allí mismo.

Y ella le había dicho que sí. Él no se molestó en disimular su asombro. Aunque podía estar a la altura, claro.

—¿Disculpa? ¿Has dicho que sí? Qué maravilloso. Creía

que habías vuelto a ser la misma mujer remilgada y estirada que eras antes de que yo te pusiera mis manos de pervertido encima.

Ella respondió calmadamente.

—Como vos, milord, no tengo más planes para esta noche, y si estáis tan desesperado por conseguirme, no puedo negarme. Es halagador.

—Bien dicho. Y ahora, es mi turno de responder que no estoy desesperado. Que sólo quería atormentarte, y que alternar con vírgenes enamoradas... Disculpa, ya no eres virgen. Que alternar con solteronas enamoradas es un entretenimiento más divertido que probar la oferta de madame Kate's.

—¿Estáis intentando herir mis sentimientos, lord Rohan? Si os produce tanto placer infligir dolor, me sorprende que no me hayáis sugerido que os permita flagelarme.

—¿Qué sabes tú de flagelaciones, preciosa? —preguntó él con una carcajada.

—Vivo con Lina, por si lo habéis olvidado. Ella es bastante abierta en cuanto a la búsqueda del placer. Aunque normalmente, por lo que yo sé, son los hombres quienes quieren ser flagelados, y no quienes causan el dolor.

—Yo no soy como los demás hombres, ¿es que no te has dado cuenta? Además, no confío en ti lo suficiente como para concederte el mando de la situación. Podría terminar completamente despellejado.

—Podríamos comprobarlo —respondió ella dulcemente.

Adrian se dio cuenta de que estaba disfrutando. Después del espanto inicial, se dio cuenta de que aquella lucha de ingenio era lo mejor que le había sucedido en semanas.

—Eres muy resistente, Charlotte. Creía que ibas a declinar lánguidamente mi ofrecimiento, después de que te tratara con tanta rudeza.

—¿Eso ha sido rudo? —preguntó ella con inocencia—. Tal vez careciera de refinamiento, pero os las arreglasteis bien.

Él quería reírse, quería besarla.

—No me pareció que tú merecieras mis mejores esfuerzos, ya que no tenías ni idea de lo que estabas haciendo.

—Pues, sí, espero que eso no fuera lo mejor que podéis hacer, porque me decepcionaría que la sociedad considerara eso como la maestría.

—La sociedad no tiene ninguna opinión sobre mi maestría en el dormitorio.

—Claro que sí. ¿De dónde creéis que salen todos vuestros motes? Putero. Mujeriego. Libertino. Borracho. Jugador...

—Zorra —dijo él amablemente.

—Oh, vaya. ¿Eso significa que habéis cambiado de opinión? Tal vez sólo os gusten las mujeres dóciles y sin experiencia...

—¿Vas a decirme que de repente has conseguido una gran experiencia después de los revolcones que yo te di? —le preguntó él con una voz sedosa.

—Han pasado tres semanas, milord.

—¿De veras? No me había dado cuenta —respondió él. «Tanto a mi favor», pensó.

—Ah, pues yo he disfrutado inmensamente durante estos días. Creo que debo daros las gracias por haberme iniciado en las delicias del sexo. Y no quiero criticaros; vos hicisteis todo lo que pudisteis, y para ser un esfuerzo tan desganado, fue un buen comienzo. Y, de veras, no me importa acostarme con vos otra vez. Estoy segura de que mejoráis con la práctica.

Adrian estaba impresionado. Charlotte estaba manejando maravillosamente la situación. Por desgracia, cuanto más inventivos eran sus insultos, más encantado estaba él con su imaginación. Por supuesto, cabía la probabilidad de que ella hubiera pasado las tres últimas semanas imitando a su prima y acostándose con todo aquél que se le cruzara. Sin embargo, él lo dudaba mucho, porque ella seguía moviéndose como una mujer inocente. Caminaba como una virgen, besaba como una virgen, y había reaccionado como una virgen a aquel ridículo intento de secuestro.

Sin embargo, luchaba contra él como una mujer. Como una mujer enfadada, herida, abandonada. En parte, él quería dejar aquel estúpido juego y abrazarla. Por otra parte, se estaba divirtiendo demasiado.

—Me honra que estés dispuesta a darme otra oportunidad para compensarte por una actuación tan mala. ¿Y qué más?

—¿Que más qué?

—¿Qué otros insultos me vas a dedicar? Son muy divertidos.

—Me alegro de divertiros, pero creo que los dos estamos de acuerdo en que lo que ocurrió hace tres semanas es algo que no merece la pena repetir. Vos podéis encontrar compañeras mucho mejores para eso.

—Pero, Charlotte, ahora que tú tienes tanta experiencia, ¿no quieres formarte una opinión más versada sobre mis habilidades? Tamaño, resistencia, imaginación...

Ella no dijo nada.

—Reconócelo, Charlotte —murmuró él perezosamente—. Te has pasado estas tres semanas sufriendo por mí. Llorando por mi abandono. Creo que darías cualquier cosa por estar conmigo de nuevo.

—¿De veras? ¿Después de haber tenido cosas mucho mejores?

Él se echó a reír.

—Demuéstralo.

—¿Cómo?

—Si te has pasado las tres últimas semanas acostándote con hombres diferentes, enséñame lo que has aprendido.

El coche se había detenido, pero nadie acudió a abrir la portezuela. Sus sirvientes sabían que no debían molestarlo hasta que él golpeara en el techo del carruaje con el bastón.

Ella se quedó allí, inmóvil, conteniendo la respiración. Y él también estaba aguantando la suya, con la esperanza de que ella continuara aquella charada hasta su conclusión natural. En su lecho.

Y entonces, Charlotte exhaló un gran suspiro.

—Llevadme a casa —dijo con un hilillo de voz.

—Así que has mentido.

—Sí. Llevadme a casa. Llevadme a casa o gritaré.

—Estoy muy decepcionado —dijo él alegremente—. Nunca pensé que ibas a sucumbir a una defensa tan débil. Te diré lo que vamos a hacer. Vamos a apostarnos tu liberación.

—Para que podáis saliros con la vuestra y decir que no me habéis violado —respondió ella con amargura—. Supongo que querréis jugar a las cartas para poder hacer trampas con facilidad.

—Nada de eso. Sólo tienes que venir aquí y dejar que te bese. Y después, tú verás si quieres quedarte o marcharte.

Ella lo miró con incredulidad.

—Ya me habéis besado —dijo—. Más de media docena de veces. Y yo sigo queriendo que me dejéis salir.

—Bueno, entonces no deberías preocuparte por la apuesta. Tú vas a ganar. Lo único que tienes que hacer es dejar que te bese durante tres minutos, y después, si quieres, te llevaré directamente a Grosvenor Square.

—¿Y si no acepto?

—Entonces te dejaré aquí mismo, y podrás volver caminando a casa. Aunque no te lo recomiendo. Cualquier mujer que ande sola por las calles de Londres a estas horas puede ser confundida con una mujer de vida fácil, algo que tú no eres. Vamos, querida, acepta la apuesta. No podemos seguir aquí sentados toda la noche.

Ella lo miró durante otro largo momento, pensativamente.

—Está bien.

Él contuvo una sonrisa.

—Entonces ven aquí, y siéntate otra vez en mi regazo.

—No. Hemos hablado de un beso, y de nada más.

—No, hemos hablado de tres minutos de besos, y de todo lo que conlleva. No creerás que voy a causarte muchos problemas en tres minutos, ¿no?

La bendita muchacha estaba indecisa. Claramente, no sabía lo que él era capaz de conseguir en ese tiempo.

—De acuerdo —dijo Charlotte, y se acercó a él.

Él la agarró y se la sentó en el regazo, y cruzó las piernas para crear un asiento cómodo.

—¿Cuándo comienzan los tres minutos? —preguntó ella nerviosamente.

—Ahora —respondió Adrian. Con una mano, le hizo bajar la cabeza hacia él.

Y la otra la metió bajo su falda.

★ ★ ★

Era despiadado, pensó Charlotte con aturdimiento mientras la boca del vizconde cubría la suya, cálida y húmeda, inhalando su respiración, usando la lengua con tal minuciosidad que ella empezó a pensar que era su parte favorita del cuerpo de Adrian. Él se apoyó en el respaldo del asiento y la atrajo hacia sí, de modo que ella quedó medio sentada, medio reclinada, con el omnipresente recordatorio de la erección del vizconde bajo el trasero. Y sus besos fueron también recordatorio de todo lo que había ocurrido en aquella pequeña habitación de Sussex, de las emociones, de la pasión, incluso de la vergüenza.

Y Charlotte se perdió en ellos. Se perdió en él. Sólo por un momento, por unos instantes del presente, podía recuperar todo aquello, y dejó de resistirse. Notó que él deslizaba la mano por debajo de sus faldas y no intentó detenerlo. Cuando él metió los dedos entre sus piernas no las cerró con pudor, sino que permitió que se las separara más y que le acariciara el lugar más íntimo de su cuerpo, aunque sabía que estaba desvergonzadamente húmeda por sus promesas y sus palabras, húmeda y no le importaba. Él pasó los dedos con facilidad por aquella humedad, rozándola en aquel lugar del que le había hablado y que ejercía tanto poder sobre su cuerpo, y ella gimió.

Él movió la boca por su mejilla y comenzó a acariciarle la oreja con la lengua.

–Así, mi preciosa Charlotte. No luches contra mí. Esto te gustará, te lo prometo –dijo, y deslizó un dedo dentro de ella, profundamente.

Ella se arqueó en su regazo, luchando durante un instante, pero él volvió a estrecharla contra sí y la sujetó, y reemplazó el dedo con dos, y con el pulgar la acarició por encima.

La sensación fue eléctrica, poderosa, inquietante. Había sido una cosa cuando estaban desnudos en la cama, pero allí, en su carruaje, vestidos y con el cochero en el pescante y la gente caminando por la calle, él la estaba tocando de una manera tan íntima que ella quería morirse de vergüenza. Y de placer.

Sus manos habían quedado atrapadas entre los dos, pero cuando él se movió, quedaron libres, y Charlotte sabía que debía empujarlo y separarse de él. Le había mentido otra vez, había dicho que sólo iba a besarla, pero le estaba haciendo aquella cosa innombrable.

Sin embargo, le rodeó el cuello con los brazos y lo besó mientras él la acariciaba, lentamente, deliciosamente, empujando los dedos hacia dentro mientras la llevaba hacia el éxtasis, y ella casi no podía respirar, y se aferró a él con fuerza, y arqueó las caderas hacia él. Quería más, necesitaba más.

Era demasiado, pero no era suficiente. Lo necesitaba dentro, necesitaba que se desabrochara los calzones y la tomara allí mismo...

Y entonces, él se detuvo. Justo cuando Charlotte estaba a punto de estallar de placer, él apartó la mano, le colocó las faldas, la tomó por los brazos y la depositó en el asiento.

—Los tres minutos han terminado.

Ella estaba aturdida, temblando, sin poder hablar. Le faltaba el aliento. Cerró con fuerza las piernas para recrear las sensaciones que él le estaba proporcionando. Estaba tan cerca, tan cerca...

—¿Vas a entrar conmigo?

Ella tardó un instante, pero consiguió responder.

—No jugáis limpio —dijo con un hilo de voz.

—No, cuando quiero algo no.

Lo miró en la penumbra. Era guapísimo. Desde su pelo rubio, los dedos perversos, hasta aquella parte dura que tenía entre las piernas. Charlotte quería tenderse junto a él, besarlo, perderse entre sus brazos.

Todavía llevaba los guantes puestos. Se quitó uno, lentamente, miró al vizconde con una dulce sonrisa y lo abofeteó con todas sus ganas.

Tenía mucha fuerza; a él se le echó la cabeza hacia atrás, y Charlotte supo que el golpe le había dolido, porque a ella se le quedó entumecida la mano. Y no lo lamentó.

—Y ahora, si os habéis cansado de jugar —dijo con frialdad—, me gustaría volver a mi casa.

Él no se movió, ni se tocó la cara. Estaba empezando a aparecer la marca del golpe en su mejilla, pero no dijo nada. Sólo sonrió.

Después se inclinó hacia delante y dio con los nudillos en la ventanita que conectaba el interior del carruaje con el pescante. Le dijo al cochero cuál era la nueva dirección a la que debían dirigirse, y después se sentó pacientemente mientras el carruaje se ponía en marcha.

Fue un trayecto corto. Duró menos de cinco minutos, y durante ese tiempo, él no pronunció una palabra. Charlotte notaba que la estaba mirando fijamente, y casi parecía que estaba contento con el resultado de aquel enfrentamiento, lo cual le parecía sorprendente. ¿La deseaba, o no? ¿Era aquél algún juego enfermizo? ¿Acaso había apostado en su club a que podía volver a acostarse con la pelirroja? De ser así, debía de haber apostado en contra de sí mismo, para estar tan ufano.

Bajó la cabeza y vio su máscara aplastada en el suelo del carruaje. Se inclinó y la recogió. Entonces, él se la quitó de las manos y se la puso en la cara, con suavidad. Justo a tiempo: a Charlotte estaban empezando a caérsele las lágrimas otra vez. Iba a ponerse muy contenta cuando pasara aquella época de lágrimas absurdas de su vida. Apenas había llorado cuando sus padres habían muerto. Las lágrimas no servían para nada, y eran totalmente ajenas a ella.

Con un gran esfuerzo, consiguió fruncir el ceño de manera atemorizante. Cuando por fin se detuvo el coche, Adrian saltó al suelo y le tendió la mano. Ella hubiera preferido ignorarlo, pero las escalerillas de descenso eran estrechas y no quería caerse en el barro. Se agarró a él, bajó al suelo e intentó soltarse, pero él la sujetó con fuerza, y con una extraña sonrisa en los labios.

—Espero que con esto me hayas tomado repugnancia.

—¿Es eso lo que deseáis?

—Creo que sería lo mejor para los dos.

Charlotte lo miró a la luz de las farolas de la plaza. Veía la marca de su mano con nitidez, y se quedó asombrada. Y complacida.

—Adiós, lord Rohan —dijo. La puerta de la casa de Lina estaba abierta, y el lacayo estaba esperándola pacientemente—. No creo que volvamos a vernos más.

Él sonrió. Su sonrisa fue lenta, burlona, irresistible.

—¿Quieres apostarte algo, amor mío?

CAPÍTULO 17

Para alivio de Charlotte, Lina no había vuelto a casa todavía. No habría podido darle excusas sobre el lugar donde había estado, y cuando Meggie subió del piso inferior, con la ropa arrugada y expresión ufana, ella ya había conseguido controlar el llanto y recuperar la compostura. Todavía tenía el cuerpo a punto de estallar, pero respirando profunda y rítmicamente había conseguido calmarse, y no ceder al impulso de salir corriendo y volver a casa de Adrian.

—Os habéis dado un revolcón —dijo Meggie sin rodeos, con sólo mirarla—. ¡Señorita Charlotte, pensaba que teníais más sentido común!

—¡Claro que no! —protestó ella, intentando aparentar inocencia—. Lina y yo nos separamos en el parque y yo he vuelto en un coche de alquiler —mintió, y observó a su doncella—. Si alguien se ha estado portando mal, has sido tú. Creía que habías renunciado a los hombres.

—¿No habéis visto al nuevo lacayo? —le preguntó Meggie con una sonrisita—. Podría tentar a una santa, y Dios sabe que yo no lo soy. Pero no intentéis cambiar de tema. Tenéis una mirada que...

—Porque estoy cansada. Sólo quiero irme a la cama.

—Siempre y cuando me digáis que no acabáis de salir de ella...

—¿O qué? ¿Vas a negarte a ser mi doncella?

—No seáis boba, señorita Charlotte —dijo Meggie, y suavizó la voz—. Necesitáis una buena taza de té, ¿verdad? Voy a avisar a la cocinera...

Alguien llamó a la puerta e interrumpió a la doncella a mitad de la frase. Charlotte se llevó la mano a la garganta. Era Rohan, que volvía por ella. No importaba el porqué, ni el cómo. Haría todo lo que él quisiera. Nadie iba a hacer una visita de cortesía a aquellas horas, así que no podía ser otra persona.

Se puso en pie de un salto y se dirigió hacia la puerta, pero Meggie se interpuso en su camino con cara de preocupación.

—Jenkins abrirá, señorita.

Charlotte se ruborizó. Si seguía así, no iba a poder engañar a nadie. Volvió a sentarse, empeñada en mantener la calma. ¿Para qué había vuelto? Debía de sentirse tan solo como ella. ¿Había algún modo de arrojarse a sus brazos y rogarle que se la llevara?

Claro que lo había. Sólo tenía que pedírselo. Decírselo. Demostrarle a todo el mundo que se había vuelto loca.

Jenkins apareció en la puerta del salón para anunciar al visitante.

—El reverendo Simon Pagett ha venido a ver a lady Whitmore. Le he explicado que no está en casa, pero ha decidido esperar, y yo me preguntaba si querríais recibirlo en su lugar, señorita Charlotte.

Ella ni siquiera parpadeó. Sin embargo, Meggie se acercó y le puso una mano en el hombro, para consolarla. Meggie siempre se daba cuenta de todo.

Charlotte irguió los hombros y se maldijo por su tontería.

—Por supuesto que lo recibiré, Jenkins. Lady Whitmore estará a punto de llegar.

Un momento más tarde, el vicario entró en el salón, y Charlotte tuvo ocasión de observarlo bien por primera vez. Lo había visto a distancia cuando había vuelto a Hensley Court llena de rasguños y hematomas a causa de la caída. Sin embargo, no había podido formarse una opinión. En aquel momento necesitaba distraerse, así que se levantó, hizo una reverencia y lo escrutó disimuladamente.

Interesante. Lina le había dicho que era viejo, agrio y malo, y el ser humano más miserable que ella había conocido, y que si no volvía a verlo más, se alegraría mucho.

Había mentido. Simon Pagett debía de tener menos de cuarenta años y era alto y delgado, fuerte, y con la cara de alguien que había visto muchas cosas. Era una cara seria, pero sus ojos eran preciosos, y su boca, sensual. Lo cual, por supuesto, estaba mal en un clérigo.

—Siento molestaros, milady, pero quisiera ver a lady Whitmore.

—Por favor, sentaos, reverendo. ¿Acaso lord Montague... ha empeorado?

Él no se sentó.

—Me temo que sí. Quiere ver a lady Whitmore, y espero que ella pueda venir a Sussex conmigo. Si puedo apartarla de sus obligaciones sociales, claro está.

En su voz había una nota de censura.

—¿Acaso desaprobáis las obligaciones sociales de lady Whitmore, señor Pagett? —le preguntó Charlotte.

Entonces él sonrió con arrepentimiento, y Charlotte se quedó encantada. Aquel hombre no debería haber sonreído a Lina, o la opinión de su prima sería muy distinta.

—Por supuesto que no, señorita Spenser. Confieso que he tenido un viaje a caballo muy largo por el campo, y estoy muy preocupado por Montague. Todo esto me ha puesto un poco de mal humor —explicó, y miró a su alrededor—. Si no os importa que os los pregunte, ¿dónde está lady Whitmore?

—Está en Ranelagh con sir Percy Wainbridge —respondió ella.

—¿Y creéis que va a volver esta noche?

—Sí, por supuesto que cree que voy a volver esta noche —respondió Lina con aspereza desde la puerta—. No tengo costumbre de pasar la noche con mis amantes.

El señor Pagett se volvió bruscamente, y de inmediato, se creó una tensión en el ambiente.

—No tengo ni idea de cuáles son vuestras costumbres, lady Whitmore. Por lo que sé, vos hacéis exactamente lo que os viene en gana.

Sin embargo, Lina no hizo caso del insulto.

—¿Le ha ocurrido algo a Monty? —preguntó con ansiedad.

—Todavía no, pero creo que no le queda mucho tiempo. Thomas me ha preguntado si podéis venir a despediros de él.

—No estoy dispuesta a despedirme, señor Pagett. Me niego a que muera, y eso es exactamente lo que voy a decirle. ¿Nos marchamos esta noche o esperamos al amanecer?

Pagett la miró con aprobación, pero Lina no se dio cuenta.

—Viajar de noche es más difícil.

—Pues sí. Entiendo por vuestra respuesta que lo mejor es salir enseguida. Meggie, ve a mi habitación y haz mi equipaje. Charlotte, supongo que preferirás quedarte, ¿no?

¿Sola, en Londres, con Adrian Rohan a pocas calles de distancia?

—No, quiero ir contigo —respondió—. Ayudaré.

—¿Hay algo que necesitéis hacer antes de salir de Londres, señor Pagett? Hay sitio para vos en mi carruaje si preferís dejar aquí vuestro caballo.

—Prefiero ir a caballo —respondió él.

—Entonces, sólo tengo que mandar a sir Percy a casa y cambiarme de ropa.

Lina salió por la puerta y dijo:

—Percy, querido, me temo que tengo que salir de la ciudad, pero Jenkins cuidará de ti.

—No quisiera interrumpir la velada con vuestro amante —dijo Pagett.

Sir Percy apareció en la puerta, ayudado por uno de los lacayos.

—Demonios, creo que me he torcido el tobillo —dijo quejumbrosamente—. Sólo tienes que llamar a un coche de alquiler, Lina, y estaré perfectamente.

—Percy, tu casa está a más de una hora de camino. Te quedarás aquí. Sé que es una grosería dejarte solo de esta manera, pero mis sirvientes te cuidarán muy bien.

Entre muchas protestas y aspavientos, sir Percy fue trasladado a una de las habitaciones del segundo piso por tres criados y por Jenkins, y entonces, Lina se volvió hacia el vicario, que la estaba observando con los ojos entrecerrados.

—Estaré preparada en menos de una hora —le dijo.

—¿No es un poco mayor para vos? —preguntó Pagett para provocarla.

Lina se giró hacia Charlotte.

—¿Ves por qué te había dicho que es odioso? —dijo alegremente, y miró hacia atrás por encima del hombro—. Lo mejor es que volváis a caballo, señor Pagett. Sólo hay sitio para tres en mi carruaje, y necesitamos llevar a Meggie. Espero que cambie el tiempo y haya una tormenta para que lo acompañe durante el viaje.

—No es probable que llueva en abril, y además, dudo que vos tuvierais un buen trayecto si hubiera una tormenta. Todavía me queda una visita más que hacer, y después estaré listo para acompañarlas.

—¿Otra visita social? ¿A estas horas de la noche? —preguntó Lina—. ¿Hay más gente a la que tratáis con tanta rudeza como a mí?

—¿Hubierais preferido que esperara hasta mañana, lady Whitmore? —inquirió él.

—No. Nosotras estaremos listas en una hora. Si no habéis vuelto, partiremos sin vos.

Después, sin decir una palabra más, y sin mirar ni siquiera a Charlotte, Lina salió de la habitación.

Simon Pagett se sometió a su curiosa mirada con una sonrisa de ironía.

—Creo que no le caigo bien.

—Tal vez le cayerais bien si no la criticarais.

—No sé si eso sería buena idea —respondió él, casi para sí mismo—. Nos veremos más tarde, señorita Spenser.

Después de que él se fuera, Charlotte subió a la habitación de Lina, y la encontró sacando ropa del armario mientras Meggie y otra de las doncellas de la casa intentaban seguirle el ritmo.

—¿Necesitas que te ayude, querida? —le preguntó a Charlotte, que se había quedado en la entrada.

—No, yo no voy a tardar nada —respondió Charlotte—. No me habías dicho que el señor Pagett era tan joven.

—¿No? Bueno, pues supongo que es más joven de lo que aparenta. Pero tiene el alma de un viejo malo y malhumorado.

Charlotte recordó la sonrisa irónica y encantadora del vicario, y la forma tan curiosa que tenía de mirar a Lina.

—Si tú lo dices...

Lina ya tenía un baúl casi lleno, y sobre su cama había ropa como para llenar otro.

—¿Cuánto tiempo vamos a estar en Hensley Court? —preguntó Charlotte—. Te llevas cosas suficientes como para toda la temporada.

—Bueno, nunca se sabe lo que va a resultar necesario. No quiero irme sin mi otra ropa. El señor Pagett podría pensar que mis nuevos colores y escotes tienen algo que ver con él.

—¿Y por qué iban a tener algo que ver con él? —preguntó Charlotte confusa.

Lina se rió nerviosamente.

—Exactamente, ¿por qué? ¿No vas a hacer el equipaje, querida?

—Sí, ahora mismo. No, Meggie, tú quédate a ayudar a Lina. Yo no tardaré más de cinco minutos en reunir lo que necesito, y Sussex no está en el fin del mundo. Si olvidamos algo importante, podemos enviar a alguien a buscarlo.

–Claro –dijo Lina. Se acercó a ella y le dio un abrazo–. Me alegro de que nos vayamos, ¿tú no? Seguro que no quieres correr el riesgo de volver a encontrarte con Rohan, y yo estoy cansada de la ciudad en este momento. El campo me vendrá muy bien.

Charlotte la miró con extrañeza.

–Pero... Lord Montague...

–No va a morir, Charlotte. Me niego a permitirlo. Todavía le quedan años de vida. Me lo han asegurado.

–¿Quién te lo ha asegurado? ¿Algún médico?

–Bueno, en realidad creo que fue Adrian Rohan –admitió Lina–. Pero su primo, ese horrible franchute, era médico, así que supongo que sabrá algo. Adrian dice que dentro de un mes, Monty estará otra vez haciendo algo absurdo, como remar en el Támesis o bailar medio desnudo en Hyde Park en mitad de la noche.

Charlotte no dijo nada. Estaba claro que Lina no quería creer otra cosa. Si lord Montague sobrevivía otro mes, Charlotte se quedaría muy sorprendida. De lo contrario, Pagett no habría ido a buscarlas. Sin embargo, ella sabía que debían ir aceptando las cosas según sucedieran. Por lo menos, iban a alejarse lo suficiente como para que Adrian Rohan no pudiera tentarla otra vez.

Adrian estaba de muy mal humor. Una vez que Charlotte Spenser había entrado en su casa, a él se le había borrado la sonrisa perezosa de los labios. Decidió volver andando a casa y despidió al cochero. Curzon Street estaba cerca y él necesitaba calmarse.

Había manejado muy mal la situación. Lo que en realidad quería, en un principio, era enfurecer tanto a Charlotte que ella no le permitiera volver a tocarla. Después, cuando había decidido tomarla después de todo, la había llevado a un estado de excitación tal, que su propia erección le había resultado dolorosa. Y al final, ella no se había rendido.

Se maldijo a sí mismo. ¿A qué estaba jugando? No sabía si quería ganar o perder. ¿Y qué demonios le ocurría? ¿Charlotte Spenser? Era mayor que él, por el amor de Dios. Y era fea. Nadie la deseaba; era una solterona sin futuro. ¿Cómo era posible que lo hubiera rechazado? ¿No debía aceptar el placer cada vez que se le ofrecía? No iba a poder perder la virginidad dos veces, de todos modos.

Le había mentido al decirle que se había acostado con muchos hombres durante aquellas tres semanas, pero eso no significaba que siempre fuera a ser así. Él le había mostrado la clase de placer que podían proporcionarse un hombre y una mujer. Y, con las costumbres de Lina, siempre habría muchos hombres cerca de Charlotte. Con su cara de pocos amigos, para ahuyentarlos. Con sus piernas largas y deliciosas, con el pelo de color cobre y los ojos luminosos, con su piel de nata y su maravillosa boca. Cuando alguien la metiera en su cama no volvería a dejar que saliera, y con sólo pensarlo, Adrian se enfurecía.

Si Charlotte Spenser iba a tener una aventura ilícita con alguien, sería con él. Aquella tonta no se daba cuenta de que no se podía cambiar de pareja con tanta facilidad, porque lo que había entre ellos era, a falta de otra palabra más adecuada, especial. Algo raro y peligroso. Algo que él nunca había sentido antes. Y aquel maldito sentimiento había pervivido desde los dos días que habían pasado juntos en Hensley Court, sin dejarle dormir, sin dejar que se divirtiera con las bellas y experimentadas mujeres que podía conseguir con facilidad.

Verdaderamente, él deseaba a Charlotte y a nadie más que a Charlotte, y sus esfuerzos por olvidarla sólo conseguían empeorar las cosas. Nunca había experimentado el sexo como lo había experimentado con ella. Era imposible que hubiera sido tan bueno como lo recordaba. Sólo tenía que volver a acostarse con ella para comprobarlo con certeza.

Casi había llegado a casa, y se dijo que al día siguiente se sentiría mucho mejor. Sin embargo, el día siguiente estaba lejos. Adrian veía su casa a pocos metros, pero se detuvo y miró hacia atrás. No podía admitir la derrota.

Si supiera cuál era la habitación de Charlotte, escalaría los muros de la casa de Evangelina Whitmore con tal de llegar a ella. Se rió al pensarlo. Seguramente, Charlotte le rompería la cabeza por haber hecho algo así. Y sospechaba que Evangelina no iba a ayudarlo; era muy protectora con su prima.

Si tuviera sentido común, pasaría la noche con la ayuda de una o dos botellas de vino.

Pero no tenía sentido común. Se dio la vuelta para deshacer el camino, cuando algo salió de entre la oscuridad y se dirigió directamente hacia él. No era algo; eran tres hombres armados con palos. El primer golpe lo tomó por sorpresa, impactó contra su cabeza y lo dejó aturdido.

El segundo le dio en las rodillas. Adrian cayó al suelo e intentó sacar la pistola que llevaba bajo el abrigo.

—¡Cuidado! Lleva pistola —gritó uno de los hombres, y le golpeó salvajemente el brazo.

—Mátalo ya, Jem —dijo otro—. Tenemos que ir a cobrar el trabajo. Además, nos quedan más cosas para esta noche.

Seguramente, fue Jem el que se acercó. Adrian lo miró ciegamente. El siguiente golpe iba a aplastarle el cráneo, y por algún motivo, él sólo podía pensar en cómo iba a reaccionar Charlotte al enterarse de su muerte.

—¡Eh! —gritó alguien, y al instante, los hombres se dispersaron en la oscuridad como ratas.

Intentó incorporarse, y alguien se acercó a él y lo tomó del brazo para ayudarle a que se pusiera en pie. Precisamente, del brazo que le habían golpeado, y Adrian soltó una ristra de blasfemias mientras se levantaba, antes de darse cuenta de que su salvador llevaba alzacuellos.

—Mierda —murmuró débilmente.

El reverendo se echó a reír.

—Estáis entero, Rohan. Deberíais darle las gracias a Dios por ello, y no maldecir tanto.

Adrian lo miró, y aunque no veía bien del todo, supo que lo conocía.

—¿Quién sois vos? —preguntó desconfiadamente—. ¿Cómo sabéis quién soy?

—Soy quien os ha salvado, ¿no recordáis? Y os conozco porque he venido a veros. Soy Simon Pagett, y vengo de parte de lord Montague.

Él todavía estaba aturdido, y lo que le dijo aquel hombre no le ayudó.

—No habrá muerto, ¿verdad? —preguntó con angustia.

—No. Pero no le queda mucho tiempo. He venido a pedirles a algunas personas que vayan a verlo a Sussex.

—Yo tampoco tengo mucho tiempo. La cabeza me está matando. Quiero emborracharme y meterme en la cama.

—Tal vez no sea buena idea emborracharse después de que alguien os haya golpeado en la cabeza —dijo el vicario.
—¿Sois médico?
—No.
—Entonces correré el riesgo. Vamos, reverendo. Tengo que beber algo.

CAPÍTULO 18

Charlotte, que normalmente era una estupenda viajera, se sintió muy mal durante el trayecto hasta Sussex. Tuvo que hacer un gran esfuerzo por no vomitar cada vez que el coche daba tumbos debido a los baches de la carretera, y cuando hicieron la parada del cambio de caballos, no pudo tomar otra cosa que un té suave.

Cuando llegaron a Hensley Court estaba bien avanzada la mañana. El señor Pagett se había adelantado una hora para asegurarse de que todo estuviera preparado para su llegada. De hecho, la interacción entre Lina y el reverendo había proporcionado a Charlotte una distracción que ella necesitaba mucho para no pensar en Adrian Rohan, ya que la furia le revolvía todavía más el estómago. ¿Cómo se había atrevido a tentarla de aquella manera? Charlotte sólo encontraba consuelo en el hecho de haber sido capaz de resistirse, por mucho que su cuerpo hubiera protestado. Había ganado la batalla.

Pero se sentía como si hubiera perdido la guerra.

Durante el viaje, Lina había protestado amargamente

contra el señor Pagett, preguntándose cómo era posible que un libertino con un pasado lleno de excesos se atreviera a decirle a ella lo que tenía que hacer. Llevaba un vestido de un color rosa claro, con un escote muy discreto, en vez de uno de sus escandalosos trajes de costumbre. Para Charlotte estaba claro que alguien o algo había inspirado a Evangelina para que abandonara su comportamiento anterior, y no podía evitar preguntarse si el vicario había tenido algo que ver.

Y, cuanto más protestaba Lina contra el reverendo, más intrigada se sentía Charlotte. Claramente, su prima tenía mucho interés en el amigo de Montague, por mucho que intentara negarlo. Charlotte tuvo ganas de comentárselo a Lina, pero lo pensó mejor. Estaba demasiado cansada como para discutir.

Se quedó dormida y soñó con Adrian, con sus manos, con su sonrisa, con sus besos. Esperaba que él estuviera sufriendo. Para los hombres era más difícil ocultar su excitación, y ella no tenía duda de que él la había deseado desesperadamente. Aunque lo más seguro era que no hubiera soportado la frustración durante toda la noche. Había muchas mujeres que estaban dispuestas a compartir el lecho con él. Adrian tenía muchos medios para acabar con aquel asunto inacabado, y ella no tenía ninguno. Desgraciado egoísta, pensó Charlotte, y notó de nuevo la bilis en la garganta.

Cuando por fin llegaron a su destino, el carruaje se detuvo y ella se lanzó a la puerta sin esperar a que el lacayo bajara la escalerilla. Aterrizó de rodillas en el suelo y vomitó vergonzosamente.

—Me he mareado en el viaje, con tanto vaivén —murmuró débilmente cuando Lina y Meggie se apresuraron a ayudarla—. Ahora me encuentro mucho mejor.

Lina la miró sin poder disimular su preocupación.

−¿Has vomitado más veces, querida?

−No, gracias a Dios. He tenido el estómago un poco revuelto estos últimos días, pero es la primera vez que vomito.

Por el rabillo del ojo vio que Meggie y Lina se miraban.

−Estoy bien −repitió, molesta−. Y me alegro mucho de haber podido bajar del coche.

Simon Pagett las estaba esperando en el enorme vestíbulo de entrada, y Charlotte tuvo la energía justa para darse cuenta de que él clavaba la mirada en Lina. Así pues, lo que había entre ellos no era unilateral.

−Thomas está durmiendo en este momento −dijo él−. Vuestras habitaciones están listas, así que podéis usar este rato para descansar. El médico acaba de marcharse. Está muy confundido. Cuando piensa que está llegando el final, Thomas se recupera. Aunque dice que no sabe por cuánto tiempo más.

−Mi prima se encuentra mal a causa del viaje −respondió Lina con tirantez−. Se ha mareado, y quiero asegurarme de que está cómoda. Después bajaré a sentarme junto a Monty hasta que se despierte. Supongo que vos querréis descansar, después de vuestro viaje a caballo. A no ser que tengáis algo que objetar.

El señor Pagett se puso rígido, pero ni siquiera aquel interesante intercambio de impresiones entre el vicario y su prima pudo distraer a Charlotte de su tristeza. Se le escapó un pequeño gemido, y Lina se volvió hacia ella al instante e ignoró a su enemigo.

Cuando llegaron a la habitación, Meggie ayudó a Charlotte a ponerse el camisón y la acostó con un ladrillo caliente a los pies y un paño húmedo sobre la frente. Ella se tumbó intentando no ponerse a llorar. Estaba mareada, no tenía fuerzas y sólo quería dormir. Y, por si no era suficiente, tenía el corazón roto.

No era justo.

No tenía ningún motivo para pensar que estaba enamorada de un sibarita egoísta que no se preocupaba por nadie salvo por sí mismo. Era mentiroso, deshonesto, amoral, cínico, malo... No había suficientes palabras negativas para describirlo. Cuanto más lo veía, más lo odiaba. Así pues, Charlotte decidió que se mantendría a distancia de él. Si seguía en el campo, no tendría que verlo de nuevo. Podía convencer a Lina para que la dejara ir a vivir a la finca de Dorset, y más tarde o más temprano, Rohan se iría al extranjero y se caería desde el pico de una montaña, o se casaría con una princesa china, o sería devorado por un tigre. A Charlotte no le importaba cuál fuera su sino, siempre y cuando ocurriera rápido.

Lina y Meggie estaban susurrando algo sobre ella. Hablaban en voz muy baja, pero Charlotte percibía el tono de preocupación de sus murmullos, aunque no distinguiera las palabras.

No importaba. Lo único que necesitaba era dormir, y se sentiría mucho mejor. Lo único que necesitaba...

Lina encontró a Simon Pagett en la terraza que daba al canal y, más allá, a las ruinas de la antigua abadía. Hacía una mañana preciosa de primavera, el aire olía a tierra húmeda y a la promesa de la vida nueva...

Lina no quería pensar en vidas nuevas. Lo más probable era que Meggie y ella estuvieran sacando conclusiones apresuradas. Después de todo, Charlotte le había asegurado que el maldito vizconde había sido cuidadoso y, por lo que ella sabía de Adrian Rohan, podía creerlo. Sin embargo, ella no conseguía dejar de preocuparse por el lío en que se habría metido Charlotte si aquellas precauciones no habían servido de nada y las tisanas no funcionaban.

Si Charlotte iba a tener un hijo, Lina y ella podrían irse al extranjero juntas, siempre y cuando los franceses no decidieran comenzar otra guerra. O sencillamente, retirarse al campo.

—Parece que algo os preocupa, lady Whitmore —comentó Pagett.

Ella lo miró y suspiró.

—Mi mejor amigo está muriéndose. ¿Os parece poco?

—Creo que habéis tenido tiempo para aceptarlo —dijo él, aunque con un tono más suave—. Yo tenía la impresión de que vuestra preocupación tiene un motivo nuevo.

—De ser así, no voy a compartir mis secretos con vos, señor Pagett.

—No sé por qué no. Soy un vicario, y parte de mi trabajo es escuchar las preocupaciones de la gente. Tengo fama de saber escuchar.

—Yo no formo parte de su parroquia, y mis preocupaciones sólo me conciernen a mí.

Él la miró. Era alto, y Lina era de estatura baja, y parecía una torre frente a ella.

—Podría deciros que un problema es menos pesado cuando se comparte, pero no me creeríais.

—No, no lo creo. Además, después me diríais que confesara mis pecados para poder ir antes al cielo.

—No —respondió el reverendo—. No quiero escuchar vuestros pecados.

—Es cierto. Sois ya mayor, y no os queda suficiente tiempo como para escuchar todo lo que yo he hecho —replicó Lina.

Él frunció el ceño, y ella supo que le había dado un golpe en la vanidad. Entonces, Simon se echó a reír.

—Se os da muy bien molestar, lady Whitmore. Ya os he dicho que sólo tengo treinta y cinco años, y espero vivir muchas décadas más. Dudo que la lista de vuestros pecados sea tan larga.

—Os sorprenderíais —respondió ella. Intentó que su voz fuera despreocupada, alegre. Sin embargo, tuvo un tono de tristeza.

Él no dijo nada. Siguió mirándola, y al cabo de unos instantes dijo:

—Me gustaría haceros un cumplido por vuestro nuevo vestuario, lady Whitmore. Los colores apagados realzan mucho más vuestra belleza que los colores chillones de antes.

—No me interesan vuestros consejos de moda, vicario —replicó Lina, ignorando el placer que le había causado su comentario—. No tuve suficiente tiempo, y mi doncella metió al baúl lo que estaba limpio.

—Por supuesto —respondió él con calma, y ella tuvo ganas de subir a la habitación y pedirle a Meggie que recortara los escotes de todos sus vestidos. Lo fulminó con la mirada.

Pero entonces no pudo evitar una carcajada.

—Verdaderamente, sois el hombre más molesto del mundo, ¿no es así?

Él sonrió, y Lina tuvo la sensación de que el mundo desaparecía a su alrededor.

—Eso me han dicho.

Ella siguió observándolo, sin poder decir nada, porque se había dado cuenta de que se le estaba deshaciendo algo por dentro.

Sintió pánico, aunque no supo el motivo.

—Sin embargo, me pregunto...

Él la miró con cautela.

—¿Qué?

—¿Son todos los hombres iguales, incluso aquéllos que han encontrado a Dios?

Él se había quedado inmóvil, como un zorro temeroso de que un perro de caza lo hubiera olisqueado. Lina se echó a reír sin ganas.

—¿Qué queréis decir? Os aseguro que yo duermo mejor por las noches. Soy más feliz.

—No me parece que seáis especialmente feliz. Y en cuanto a las noches, estaba pensando en otra cosa.

—Me lo imagino. Si ése es vuestro modo sutil de preguntarme por los placeres de la carne, os aseguro que el hecho de ser sacerdote no me ha castrado.

—Me alegro muchísimo de oír eso —ronroneó ella—. Monty me dijo que habéis hecho voto de castidad, y no sabía si era por necesidad o por inclinación.

—Montague siempre ha tenido la lengua muy larga —respondió Pagett, con evidente irritación—. Si estáis tan interesada, lady Whitmore, os diré que no he hecho voto de castidad. Sólo decidí, hace años, que no quería mantener relaciones sexuales fuera del matrimonio.

—Entonces, ¿tenéis idea de casaros? —preguntó ella alegremente, ignorando la punzada de dolor que sintió.

—En este momento no —respondió él, y la miró durante un largo momento—. Aunque tal vez cambie de opinión.

A ella se le escapó un ligero suspiro de alivio.

—Entonces, debéis invitarme a la boda. Yo siempre hago regalos maravillosos.

—Si me caso, lady Whitmore, vos estaréis allí, definitivamente.

Respondió en un tono de voz extraño que ella no supo descifrar.

Lina se sentía temeraria, nerviosa, y era una lástima que Charlotte no estuviera allí para detenerla.

—Entonces, vuestro voto de castidad... perdonad, vuestra decisión de no mantener relaciones, ¿ha afectado a otras cosas? —le preguntó, acercándose a él, tanto, que el miriñaque de su falda chocó contra las piernas del vicario.

Él no retrocedió.

—¿A qué otras cosas?

Lina no lo estaba tocando, en realidad, pero lo percibía con todos los sentidos. Su cuerpo delgado, fuerte, sus ojos entornados y su boca. Tenía la boca más bonita que ella hubiera visto nunca.

—A los besos —respondió.

Entonces, le rodeó el cuello con los brazos y lo besó.

CAPÍTULO 19

Lina esperaba que él se quedara helado. Que se mantuviera inmóvil, torpe, mientras ella lo besaba, que se retirara con espanto cuando ella lo acarició con la lengua, que le echara un sermón sobre su actitud indecorosa mientras ella se reía de él.

Simon se había quedado a centímetros de su cuerpo, y sus labios estaban quietos contra los de Lina. Se llevó las manos a la nuca, agarró a Lina por las muñecas y le bajó los brazos. Ella sintió una punzada de melancolía.

Y un segundo después, él le colocó los brazos alrededor de su cintura y la estrechó contra sí, y fue él quien la besó profundamente y le abrió la boca con la lengua.

Lina se quedó tan asombrada que no pudo hacer otra cosa que aferrarse a él, deleitándose con la dureza y la calidez de su cuerpo. La mayoría de los hombres de la alta sociedad eran vagos, blandos. Él no. Era fuerte, y decidido, y Lina cerró los ojos y dejó caer la cabeza hacia atrás, contra la invasión deliberada del reverendo.

No hubo apresuramiento ni aspereza en su beso. Cuando tomó las riendas, fue lento y minucioso, y la besó con una pasión que hizo que le temblaran las rodillas. Si Lina tenía alguna duda en cuanto a su pasado de mujeriego, esa duda se desvaneció. Nadie podía besar así sin haber practicado muchísimo.

Ella gimió y se apoyó en él. ¿Quién hubiera pensado que un beso podía ser así? Era celestial, fascinante, casi... excitante. Notó un extraño cosquilleo en el vientre y un dolor extraño en el corazón, y le acarició la espalda fuerte, y se estrechó contra su pecho mientras el beso continuaba y continuaba.

—Señor Pagett... —Dodson se quedó callado, con azoramiento al darse cuenta de lo que había interrumpido.

El mayordomo ya se estaba dando la vuelta para retirarse, pero era demasiado tarde. Simon la soltó, la apartó de él con calma y se volvió hacia el sirviente.

—¿Sí, Dodson? —preguntó sin alterarse.

Cualquiera hubiera podido pensar que aquellos besos lo habían dejado impertérrito, pero no Lina. Ella se dio cuenta de que el reverendo tenía la respiración acelerada, y creía que había sentido una erección contra el vientre. Sí, aquello estaba claro, porque él les dio la espalda a Dodson y a ella y pareció que, de repente, se sentía fascinado por el césped de los jardines que se extendían ante ellos. Lina debiera haberse sentido triunfante, pero sólo quería maldecir a Dodson.

—Disculpadme, señor. No quería molestar. Ha llegado lord Rohan.

—¿Qué? —exclamó ella, mientras Simon despedía al mayordomo con un leve gesto de la cabeza.

Simon se volvió hacia ella.

—El vizconde Rohan —respondió—. Es un amigo muy

querido de Thomas. Fui a verlo después de visitaros a vos, para pedirle que viniera junto a Montague. Thomas me lo pidió.

—¿Y cuándo ibais a decírmelo?

—No sabía que tuviera que presentaros una lista de invitados de Thomas para que dierais el visto bueno.

—A mí no me importa quién venga aquí. Sólo me importa Rohan. Es un problema. Él...

Lina se quedó callada al ver que Rohan salía a la terraza. No estaba tan bien como siempre. Cojeaba, tenía un ojo morado y la cara magullada.

—Buenos días, lord Rohan —dijo Simon—. Me alegro de que hayáis podido venir tan rápidamente. ¿Os sentís mejor después de vuestro accidente?

Adrian hizo una reverencia.

—No ha sido nada —murmuró—. Lady Whitmore, estáis tan bella como siempre. Es un placer veros.

—A vuestro servicio, milord —dijo ella, con una leve inclinación. No supo si él se sorprendía de verla o no. Le parecía improbable que él hubiera ido de saber que Charlotte estaba allí, pero Adrian Rohan siempre había sido un enigma.

—¿Habéis venido sola esta vez? —le preguntó él.

Ella no tuvo que responder a la pregunta, puesto que Dodson reapareció.

—Mi señor Montague está despierto.

—Habéis llegado justo a tiempo —le dijo Simon, lo cual molestó todavía más a Lina.

Personalmente, ella opinaba que Rohan había llegado en un momento execrable, pero no podía hacer nada por evitarlo. Todos se dirigieron hacia la habitación de Monty y entraron. Las puertas de la terraza estaban abiertas para que entrara el aire primaveral, pero había un buen fuego ardiendo en la chimenea.

Monty estaba sentado en la enorme cama, y aunque estaba muy delgado, tenía los ojos brillantes de picardía. No tenía un aspecto muy terrible, gracias a Dios; Lina se preguntó qué estaba tramando su amigo.

—¡Qué alegría veros a todos otra vez! —exclamó con la voz fuerte—. Siento mucho haber estado dormido cuando llegasteis, pero ese maldito médico me da demasiado láudano y me hace dormir constantemente. Lina, estás tan maravillosa como siempre. Te diría lo mismo, Adrian, pero parece que un marido enfadado te ha dado caza. ¿A qué esposa has seducido esta vez?

Adrian se echó a reír y se apoyó contra uno de los postes del dosel de la cama, mientras Lina se sentaba junto a Monty y le tomaba la mano.

—Nada de esposas últimamente. Todas quieren dejar a sus maridos por mí, y ya sabes lo tedioso que es.

—Querido muchacho, entonces mándame a mí a los maridos y todos seremos felices —dijo Monty, y su voz se debilitó un poco—. Pero nos falta alguien, ¿no es así? ¿Dónde está tu encantadora prima, Lina?

Lina no miró a Rohan. No quería ver la expresión de su rostro. Fuera de placer o de incomodidad, era igualmente malo. Charlotte tenía que alejarse de él, por lo menos hasta que supieran si...

Lina no quería pensar en ello.

—Está durmiendo, Monty —respondió—. Hemos viajado toda la noche para venir a verte, querido. Algunas personas no son tan resistentes como yo.

Tenía que escapar en cuanto pudiera, subir a su habitación y avisar a Charlotte de la presencia de Adrian antes de que fuera demasiado tarde. Charlotte podía quedarse en cama hasta que Rohan se marchara. Darían la excusa de que tenía una gripe estomacal, algo perfectamente creíble. De hecho, ella debería empezar a dar explicaciones para que la desaparición de Charlotte no resultara sospechosa.

Demasiado tarde. La puerta del dormitorio de Monty se abrió y Charlotte asomó la cabeza. Tenía mejor aspecto.

—¡Pasa, querida niña! —exclamó Monty, muy ufano—. Qué amable eres por venir a ver a este inválido.

Charlotte conocía a Monty desde hacía años, y entró en la habitación con una sonrisa que disimulaba la preocupación que sentía.

—Tenéis buen aspecto, milord.

—Tengo un aspecto deplorable, y tú lo sabes —replicó encantadoramente Monty—. Siéntate y cuéntame qué has estado haciendo últimamente. Vamos, Rohan, trae una silla para la muchacha.

A Lina le hubiera resultado gracioso de no ser porque estaba tan angustiada. Charlotte miró a Rohan y palideció, y Lina se preguntó si su prima iba a desmayarse por primera vez en la vida.

Sin embargo, Charlotte era fuerte. Un momento después hizo una reverencia, murmuró un saludo cortés y tomó la silla que le entregó Simon.

—Bueno, ya estamos todos —dijo Monty alegremente, con los ojos relucientes.

—Pues sí, ya estamos todos —respondió Rohan—. ¿Y qué has planeado para entretenernos, Monty? No irás a apagarte delante de nosotros, ¿no? Necesitamos recuperarnos del viaje.

—Ojalá pudiera agradarte, mi querido Adrian —dijo Monty–. Antes os hacía bailar a todos, ¿verdad? Pero me temo que mis días de baile han terminado.

–No tienes por qué bailar, Monty –le dijo Lina–. Lo que queremos es que te quedes con nosotros.

–Todo el tiempo que pueda. Mientras, Lina, quiero darte las gracias por haber traído a tu prima. Y, Rohan, también a ti te doy las gracias por no haber traído al tuyo. Etienne no es de mis personas favoritas en este mundo.

Rohan se sorprendió.

–No lo sabía. ¿Es por algún motivo en concreto?

–Lo conocí hace años en París. Tú sólo eras un niño entonces, pero yo nunca me fié de él.

–No me lo habías comentado nunca.

–Me estoy muriendo –dijo Monty sin rodeos–. Ahora puedo decir lo que me dé la gana sin que nadie se queje. La gente tendrá que hacer lo que yo ordene.

–De eso nada –dijo Lina con una carcajada.

–Bueno, estáis aquí, ¿no? Tengo cosas que deciros a todos, y necesito hacerlo en privado. Estoy seguro de que podréis divertiros mientras me reúno con cada uno de vosotros.

–Claro que sí, Monty –dijo Lina–. A Charlotte y a mí nos vendrá bien dar un paseo después de pasar tantas horas en el coche.

–Ah, pero la primera con la que quiero hablar es contigo, preciosa – respondió Monty. Y, Simon, querido muchacho, creo que hay una gotera en el tejado de la iglesia, y tu sacristán le tiene demasiado afecto a la botella. De hecho, está completamente ebrio.

–Pues sí –dijo Simon con una expresión irónica–. Sin embargo, ha estado ebrio durante estos últimos diez años, y el tejado tiene la gotera desde hace tres. ¿Hay algún motivo concreto por el que quieres que me encargue de todo eso ahora mismo?

—No dejes para mañana lo que puedas hacer hoy —respondió Montague inocentemente.

Rohan se apartó del dosel y se acercó a Charlotte.

—Creo que tenemos órdenes, señorita Spenser.

Le ofreció el brazo, y Lina se preguntó si Charlotte iba a rechazarlo. Sin embargo, en un minuto ambos habían salido a la terraza, y Simon Pagett había desaparecido en la dirección opuesta.

—Eres muy malo, Monty —dijo Lina—. Nunca imaginé que te pusieras a hacer de celestina. Siempre has sido muy respetuoso de la individualidad de los demás.

—Siempre he sido muy respetuoso porque podía causar problemas. Ahora ya no me importa. No voy a estar aquí para lamentarlo. Bueno, dime la verdad, querida. ¿Te gusta?

Lina sopesó la pregunta durante un instante.

—No es que me caiga mal —dijo—, pero no creo que tenga intención de pedirle a Charlotte que se case con él, y haría falta amenazarlo de muerte para que dé la talla.

Él se la quedó mirando durante un momento, desconcertado.

—Querida, algunas veces me asombras. Pero no importa. No hay más ciego que el que no quiere ver.

Ella se puso rígida.

—¿De qué estás hablando?

Monty sonrió.

—Te lo diré más adelante, querida. Cuando estés lista para oírlo.

***

En cuanto salieron a la terraza, Charlotte apartó la mano del brazo de Adrian y se alejó de él.

—¿Qué demonios estáis haciendo aquí?

Él sonrió, y su sonrisa fue devastadora e indignante al mismo tiempo.

—Me dejasteis plantado, señorita Spenser. Tenemos un asunto que terminar.

—No, claro que no.

Charlotte escondió las manos entre las faldas para que él no se diera cuenta de que estaba temblando. Su sentido común, que había desaparecido en cuanto Charlotte había visto a Adrian, regresó lentamente.

—Lo siento. Estoy siendo una absurda. Vos no podíais saber que yo iba a estar aquí. Seguro que, de haberlo sabido, éste habría sido el último lugar del mundo al que hubierais venido.

—Como tú digas —respondió él en tono enigmático—. Pero en realidad, Montague es un amigo muy querido. Habría venido de todos modos, aunque hubiera tenido que enfrentarme a muchos monstruos.

Ella sonrió con tirantez.

—Sólo un monstruo, lord Rohan —dijo. Entonces, se concedió un segundo para observar su rostro magullado—. ¿Qué os ha ocurrido? ¿Por fin habéis recibido la paliza que tanto os merecíais?

—¿Y por qué me merecía una paliza? ¿Qué crimen he cometido? Tú te pusiste voluntariamente en mis manos. Yo te habría liberado en cuanto me lo hubieras pedido —respondió Adrian con una expresión límpida, inocente, que no conmovió en absoluto a Charlotte.

—Yo no entré voluntariamente a vuestro carruaje ayer. Por lo menos, no sabía que era vuestro. En cuanto a unas semanas atrás, decidme la verdad. ¿Habríais podido abrir la puerta cuando os lo pedí por primera vez? ¿O varias veces después?

—No —respondió él. Y ella lo creyó, al menos durante un instante.

—¿Y podíais haberle pedido a alguien que acudiera a abrir? —insistió.

En aquella ocasión, la sonrisa de Adrian fue lenta, de arrepentimiento.

—Sí.

Charlotte se lo quedó mirando fijamente. Debería haber rabiado, clamado al cielo, debería haber dado patadas en el suelo y debería haberlo acusado de todos los crímenes posibles. Y sin embargo, lo único que quería hacer era llorar de alivio. Él la había deseado; podía haber tenido a cualquiera, porque no estaba atrapado en aquella habitación con ella. La había elegido. Y se la había quedado.

Adrian la estaba mirando con desconcierto.

—¿No vas a abofetearme? —le preguntó—. Yo te agradecería que no lo hicieras. Ya tengo suficiente dolor en la cara, aunque supongo que no será un obstáculo para ti. Bueno, ya hemos llegado a la conclusión de que me merecía la paliza, pero, ¿me merecía morir?

—¿Morir? ¿Es que han intentado mataros?

—Me agredieron tres rufianes que tenían la evidente intención de acabar conmigo. Si no hubiera aparecido Pagett, ahora no estaríamos conversando.

Ella pasó por alto el dolor que sintió al pensarlo.

—¿Y por qué iba alguien a querer mataros? Claro que ésa es una pregunta ridícula. Yo misma quiero mataros, y estoy segura de que otras mujeres lo desean también. Sin embargo, creo que la mayoría de nosotras no habría contratado a ningún matón, porque preferiríamos hacerlo con nuestras propias manos. ¿A quién habéis ofendido?

Parecía que él se estaba divirtiendo.

—A casi todo el mundo, aunque no creo que hasta el punto de que intenten asesinarme. En este momento, sólo se me ocurre una persona que quiera verme muerto: tú. Pero no pudiste tener tiempo para organizarlo. Yo acababa de salir de Curzon Street cuando me asaltaron.

—Vivís en Curzon Street —dijo Charlotte—. ¿Por qué acababais de salir de allí?

Durante un instante, pareció que él se sentía incómodo. Después, se echó a reír.

—Será mejor que diga la verdad. Iba a ver si podía entrar en casa de lady Whitmore para que termináramos lo que habíamos empezado.

El día era muy apacible. Charlotte oía a los pájaros cantando, y a las abejas zumbando entre las primeras flores de la primavera. Se había levantado una brisa suave, y le removió el pelo a Adrian, y se lo puso por la cara. Ella quería apartárselo, acariciarlo, pero mantuvo las manos quietas.

—Suponía que vos mismo os habíais ocupado de ese problema —dijo ella antes de poder mantener la boca cerrada, y él sonrió todavía más.

—Mis manos no son tan divertidas como las tuyas. Aunque supongo que podía haber cerrado los ojos y haber pensado que...

Era tremendo ser tan blanca. Charlotte se dio cuenta de que se le teñían las mejillas de rojo.

—Os pido perdón —dijo—. Ha sido indecoroso por mi parte.

—¿No hemos pasado ya el punto de ser decorosos el uno con el otro?

—Creo que deberíamos hacer lo posible por volver a serlo. Es posible que nos encontremos de vez en cuando, y deberíamos fingir que nunca... er... que nunca...

—¿Que nunca nos hemos acostado?

—¿Es que siempre tenéis que ser tan directo?

Él se acercó a ella como si no pudiera contenerse.

—A mí no me parece mal ser directo. Resulta más honesto. Más excitante. Ven a la cama conmigo.

Aquella frase surgió tan rápidamente que ella no lo comprendió, al principio.

—¿Cómo?

—Ya me has oído —dijo él en voz baja—. Ven a la cama conmigo. Ésta es una casa muy grande, y nadie nos va a interrumpir. Encontraremos una habitación agradable y privada. Te deseo. Me he vuelto loco de deseo por ti, y parece que no puedo hacer nada por evitarlo. Dame la mano y ven conmigo.

A ella le latía el corazón con fuerza. La sangre le recorría el cuerpo y vibraba en sus oídos, entre sus piernas, en su corazón. Tuvo la sensación de que el tiempo se detenía. Sabía que debía decirle que no. Él era un veneno para ella, un veneno bello, brillante. Adrian le tendió la mano, y ella miró sus dedos largos, extendidos. Al observarlos, se dio cuenta con asombro de que temblaban.

—Sí —dijo él—. Estoy temblando de lo mucho que te deseo. ¿Qué quieres que haga, Charlotte? ¿Suplicarte?

Ella sabía cuál era la respuesta. Los dos lo sabían, pero ninguno lo dijo. Él sería un marido horrible. Se iría con prostitutas, jugaría, apostaría, bebería y le rompería el corazón.

—¿Qué deseas, Charlotte? —insistió él, casi enfadado.

Ella lo miró a los ojos.

—A ti.

CAPÍTULO 20

Adrian la tomó de la mano y, con seguridad, la condujo hacia el interior de la casa. Charlotte lo siguió con aturdimiento. ¿De veras iba a hacer aquello? Parecía que sí.

Por supuesto, él estaba mintiendo otra vez. Ella no creía, ni por asomo, que él estuviera tan loco de deseo como para olvidar toda precaución. Y, sin embargo, era eso lo que estaba haciendo. Una cosa era tener una aventura durante una reunión de libertinos. Sin embargo, con un pilar de la iglesia y la vengativa Lina pululando por la casa, era posible que lo obligaran a casarse con ella.

Entonces, ¿por qué se estaba arriesgando tanto? Charlotte no lo entendía.

Al final, los motivos que él pudiera tener no importaban. Ella había elegido, había tomado una decisión. Lo tendría durante una hora, o durante un día, o durante el tiempo que él quisiera. Estaba cansada de mentirse a sí misma.

Los sirvientes los miraron con curiosidad al verlos pasar, mientras él la llevaba por toda la casa. Era un edificio enorme, antiguo, con alas enteras cerradas. Parecía que Adrian lo conocía bien; en pocos minutos estaban subiendo y subiendo escaleras hasta que llegaron a una parte de la casa que, claramente, no se había ocupado durante años.

—¿Adónde vamos? —preguntó ella.

—A las habitaciones de los niños —respondió Adrian—. Por desgracia, Monty no ha podido llenarlas —añadió, y la miró—. Mi familia venía a menudo a visitar a la de Montague cuando éramos pequeños. A mis hermanas y a mí nos relegaban a la zona infantil, mientras que mi hermano podía dormir en la parte principal de la casa. Yo me ponía muy celoso.

—¿Tienes un hermano mayor?

—No —respondió él—. Ya no. Murió.

Claro, pensó ella, impresionada. Él no sería el vizconde Rohan si tuviera un hermano mayor. Charlotte no cometió el error de decirle que lo sentía. Su voz no daba lugar a la simpatía. Estaba claro que la muerte de su hermano todavía era dolorosa para él.

Adrian abrió una puerta y ambos entraron en una habitación envuelta en sombras, en la que todo el mobiliario estaba cubierto con sábanas. Él cerró y le soltó la mano a Charlotte, y ambos se quedaron inmóviles en la penumbra.

—¿Por qué has venido conmigo?

Charlotte sintió una punzada de miedo, y por un momento se preguntó si iba a vomitar de nuevo. Había estado jugando con ella, comprobando hasta dónde iba a llegar, y ahora iba a reírse y a decirle que nunca la había deseado, que aquélla era su venganza por haberlo dejado así la noche anterior. Sintió pánico, y antes de que él pudiera asestar el primer golpe, Charlotte se rió con frialdad.

—Porque estaba aburrida.

Vio que él sonreía. Era capaz de leerle el pensamiento.

—Yo también. ¿No es una suerte que nos tengamos el uno al otro para entretenernos en un lugar tan tedioso?

Dio un paso hacia ella, y sin pensarlo, ella dio un paso hacia atrás, presa todavía de la incertidumbre.

—No va a funcionar si haces eso —le dijo él suavemente.

—Tal vez sea mejor.

—Cobarde —dijo Adrian.

Dio otro paso hacia ella, y ella dio otro paso atrás y se topó de espaldas con la puerta cerrada. Entonces, él se inclinó hacia delante y le rozó los labios con la boca, con tanta delicadeza, que ella pensó que lo había imaginado.

—Pobre Charlotte —susurró Adrian—. Estás tan mal como yo.

—¿Qué quieres decir? —preguntó ella con un hilo de voz, mientras él le dibujaba con la boca la línea de la mandíbula y terminaba justo bajo su oreja, sobre su pulso acelerado.

—Es una pérdida de tiempo seguir luchando. Estamos condenados. Lo mejor será que nos rindamos —dijo. Sus manos estaban en el pelo de Charlotte, y ella notó que las horquillas caían al suelo, y sintió que sus trenzas le caían sobre los hombros—. Date la vuelta, Charlotte.

—¿Po... Por qué?

—Porque quiero desabrocharte el vestido.

—¿Es estrictamente necesario?

Él se rió contra su garganta.

—Sí, es estrictamente necesario. Quiero verte desnuda. Quiero lamer cada centímetro de tu cuerpo. Date la vuelta.

Ella se dio la vuelta. Entonces notó sus manos en la espalda y se estremeció, y apoyó la frente contra la puerta mientras él le desataba el vestido con destreza, como seguramente había desatado los vestidos de muchas otras mujeres. Pero no iba a pensar en eso. No iba a pensar en nada.

El vestido comenzó a deslizarse, y se enganchó en los estrechos aros. Y entonces, él comenzó con las ballenas, lo cual fue de agradecer, porque Charlotte tenía dificultad para respirar. Él las desabrochó, y finalmente deshizo el nudo del lazo que mantenía sujeto el miriñaque y la combinación alrededor de su cintura.

Todo cayó al suelo, alrededor de sus tobillos, con un suave crujido, y ella se quedó con la camisa, las medias y los pantalones. Comenzó a darse la vuelta, pero él la agarró por los hombros y la detuvo.

—No tenemos prisa. Todavía no estás desnuda.

—Lo sé —respondió ella con nerviosismo.

—Creía que habíamos llegado al acuerdo de que ibas a desnudarte.

—Tú todavía tienes toda la ropa puesta.

—Es cierto —admitió Adrian—. ¿Cambiamos de sitio?

Entonces, Charlotte se volvió y él se lo permitió. En la penumbra, con la cara magullada, él seguía siendo guapísimo.

—No —dijo ella—. Puedes quedarte ahí.

Entonces, comenzó a deshacerle el arreglo del pañuelo del cuello. Nunca le había quitado a un hombre el pañuelo, y tardó un momento en figurarse cómo se deshacían aquellos nudos tan intrincados. En una de las maniobras, tiró cuando los pliegues no estaban sueltos, y él hizo un suave sonido de ahogamiento.

—Tal vez sea mejor que me encargue yo mismo de esto, si queremos que sobreviva lo suficiente como para poder satisfacerte.

Ella se quedó helada. De repente recordó su primer encuentro, cuando él se había burlado de su torpeza, e intentó apartarse.

Él no se lo permitió. Le atrapó las manos y se las colocó a sí mismo en el pecho.

—Vas a tener que aprender a soportarme, querida Charlotte —le dijo, y le besó la comisura de los labios—. Soy un tipo muy insensible, y si te ofendes, nos vamos a pasar todo el tiempo peleando. O reconciliándonos. Bien pensado, tal vez lo mejor es que sigas enfadándote conmigo.

—¿Por qué?

—Porque cuando nos reconciliemos haremos el amor, y eso será delicioso.

—¿Y no puede ser delicioso sin que nos peleemos?

Él se había quitado el pañuelo del cuello, y se lo puso en las manos antes de bajar los brazos.

—¿Por qué no lo averiguamos? —le preguntó en un susurro—. ¿Crees que podrás con los botones?

Charlotte pudo. Él se quitó la chaqueta. Todavía llevaba la ropa de montar, así que no se había puesto chaleco, y los diminutos botones de perla de su camisa blanca fueron difíciles, pero no imposibles. Por lo menos, no corrían el riesgo de que lo estrangulara en el proceso. La camisa se abrió bajo los dedos de Charlotte, dejando a la vista el pecho suave y bello de Adrian, con un poco de vello suave en el centro. A ella le fascinaba aquel vello. Le deslizó la camisa por los hombros y se la sacó de la cintura de los pantalones. Y entonces apoyó la cara en su pecho, y frotó la mejilla contra aquel vello, y posó la boca en su piel y se la lamió delicadamente, e inhaló su esencia.

Él exhaló un suspiro rasgado.

—Desabróchame los pantalones —le suplicó—. Por favor.

—Pero tú has dicho que no teníamos prisa —murmuró Charlotte contra su pecho.

Siguió frotándole la cara contra el pecho como si fuera una gatita, y se dio cuenta de que estaba ronroneando suavemente. Mientras estaba deleitándose con su contacto y la textura de su piel, él se ponía cada vez más tenso.

Adrian le tomó la mano y se la posó en la parte delantera de los pantalones, y se la mantuvo allí, contra el bulto sólido. Ella sonrió en su piel, y movió la boca hacia abajo, por la expansión plana de su estómago, por su ombligo, rozando, ronroneando, hasta que se puso de rodillas y apretó la mejilla contra su erección, dejando que su nariz, su boca y su barbilla lo acariciaran, notando la fina lana de sus calzones.

—Oh, Dios misericordioso —susurró él débilmente.

Ella posó las manos en sus caderas estrechas porque necesitaba agarrarse a algo, y lo acarició con la cara, con la boca, y disfrutó de la sensación de libertad.

Él se mantuvo inmóvil y dejó que ella jugara durante unos minutos, mientras, por imposible que pudiera parecer, se endurecía más y más bajo los calzones. Finalmente habló con la voz ahogada.

—Detesto tener que molestarte —le dijo con suma cortesía—, pero mis calzones están convirtiéndose en un instrumento de tortura. A este paso voy a reventar las costuras. Los botones están a los lados.

Sí, ella los sentía bajo las manos. Decidió no titubear. Los botones se abrieron con facilidad bajo sus dedos, y entonces, ella agarró la tela de los calzones y de la ropa interior y tiró de ella hacia abajo para liberarlo.

Pese a la oscuridad, pudo verlo claramente. Su pene pesado sobresalía como una invitación, y extrañamente, también como una amenaza. A Charlotte no le importó.

Se aferró de nuevo a sus caderas y se inclinó hacia delante, y con delicadeza, frotó la cara contra él, contra su miembro tenso, contra el vello rizado de su base, ronroneando, acariciándole la piel con los labios, rozándole con los párpados y la frente y la boca.

Él estaba temblando. Y ella estaba húmeda.

—Tómame en la boca, Charlotte —le imploró él—. Te lo suplico. Acaríciame con la lengua.

Ella podría vengarse en aquel momento. Podría levantarse y marcharse, y dejarlo salvajemente excitado, como él la había dejado a ella la noche anterior.

Sin embargo, Charlotte sabía lo que quería, y estaba cansada de jueguecitos. Con delicadeza, puso la boca en la punta de su miembro y probó una dulzura extraña.

—Más —pidió él con una voz angustiada—. Por favor, Charlotte. Toma más.

No había modo de que ella pudiera acoger todo aquello en la boca, pero quería intentarlo. Cerró los labios sobre la cabeza, rodeándola, tirando de él. Y entonces, succionó más, lentamente, centímetro a centímetro, acariciando con la lengua, probando, humedeciéndolo para poder deslizarse con más facilidad. Él tenía las manos en su pelo, pero no para obligarla, sino sólo para sujetarla mientras ella seguía abrazándolo con la boca.

—¿Puedes tomar más? —le preguntó con la voz ronca.

Ella lo soltó durante un momento, para responder, y él emitió un gemido de angustia.

—Oh, Dios, no pares.

—Eres demasiado grande —dijo ella.

Pero entonces volvió a tomarlo, más profundamente, más y más, tanto que él le rozó el fondo de la garganta, y a ella se le escapó un sonido de placer.

Charlotte nunca había pensado que alguien pudiera sentirse así, que pudiera desear tanto aquello. Era una perversión, sin duda, pero a ella le encantaba, le encantaba el sabor de Adrian, el hecho de sentir aquella fuerza dentro de su boca, y cómo podía envolverlo con la lengua. Él la estaba urgiendo, y Charlotte se dio cuenta de que quería que se moviera hacia arriba y hacia abajo, como si él estuviera entre sus piernas y no en su boca. A medida que el placer aumentaba, y sus piernas fuertes comenzaban a temblar, ella sentía lo mismo que él, así que cuando Adrian la apartó de repente, Charlotte emitió un grito de consternación y le clavó los dedos en las caderas, intentando recuperarlo.

Pero él hizo que se pusiera en pie.

—No estás lista para esa parte, amor mío —dijo, y por un momento, ella se quedó confundida.

—¿Qué parte? ¿Qué pasa después?

—Ya sabes lo que pasa después. Derramo mi simiente.

—¿Y qué pasa después de eso, para lo que no estoy preparada?

—Tú la tragas.

Entonces Charlotte empezó a arrodillarse de nuevo, pero él se rió temblorosamente.

—Quedarás mejor servida si me concedes un instante para recuperar el control de mí mismo y quitarme las botas. Es lo menos que puede hacer un caballero.

—Y tú eres todo un caballero.

—Contigo no, amor, pero lo estoy intentando.

Adrian se apoyó contra una de las camas cubiertas y se sacó las botas con facilidad. Y después se quitó toda la ropa, y quedó desnudo, magnífico, y un poco atemorizante.

–Quítate la camisa y los pantalones –le pidió a Charlotte–. No querrás que te los rasgue otra vez. Te quedarías sin ropa muy pronto.

De repente, ella sintió timidez. Era una tontería, teniendo en cuenta lo que acababa de hacerle, pero le temblaban las manos, y se preguntó cómo podía levantarse la camisa sin exponerse a su mirada curiosa...

Él se adelantó, agarró el borde de la camisa y se la sacó por la cabeza con un movimiento suave. Y un segundo después, el cordón de sus pantalones se soltó, y la prenda cayó a sus pies, y ella se quedó sin ropa, salvo por las medias.

–Oh, Dios –murmuró él.

La apoyó contra la puerta y la alzó por las piernas, y de una embestida, entró en su cuerpo.

Charlotte se quedó sobrecogida por aquel movimiento tan repentino, por su inmediata invasión. El hecho de que estuvieran de pie la asombraba, y también que las sensaciones fueran tan deliciosas. Él se deslizó profundamente, sin provocarle dolor, y ella se dio cuenta de que era porque estaba húmeda. Por él. Le rodeó el cuello con los brazos y se aferró a él con fuerza, y su cuerpo hizo lo que había hecho con la boca, estrecharlo, agarrarlo mientras él acometía con un ritmo constante e implacable que la hacía jadear y estremecerse. La tenía atrapada contra la puerta, y ella sólo podía recibir sus embestidas casi frenéticas, y sólo podía desear más, y más.

Él tenía la piel cubierta con una fina capa de sudor, y la cara escondida en el cuello de Charlotte, y los dedos hundidos en sus caderas. Cuando el clímax se apoderó de ella, y ella notó que se hacía añicos por dentro, perdió la noción de todo salvo de aquel placer cegador que él le estaba dando.

Adrian se quedó inmóvil, dejando que ella se tensara y se contrajera a su alrededor, y cuando terminó de sentir sus contracciones, la apartó de la puerta sin que sus cuerpos se separaran, y la llevó hacia una de las camas. Intentó tenderse junto a ella sin romper la unión, pero Charlotte se cayó en el colchón y él se salió de su interior, y a ella se le escapó una risita.

—Muchacha sin corazón —gruñó Adrian, y posó una rodilla en la cama—. Date la vuelta.

Ella se quedó inmóvil, mirándolo inquisitivamente.

—Date la vuelta —repitió él—. Y ponte de rodillas. Sabes que no voy a hacerte daño.

Sí, Charlotte lo sabía. Obedeció, y por un momento se sintió avergonzada, indigna. Sin embargo, no había que buscar la dignidad en el sexo, y Charlotte notó su boca en la espalda, en la cintura, y oyó un suspiro de admiración.

—Eres preciosa, ¿lo sabías? —le murmuró él mientras deslizaba las manos por su espalda y la empujaba suavemente hacia delante, de modo que ella tuvo que apoyarse sobre en los codos—. Tu piel es como la crema. Te deseo de todos los modos posibles.

Le pasó los dedos por las nalgas, con fuerza, acariciándola, y después los colocó entre sus piernas, en la humedad que había allí, y ella dio un respingo mientras su carne sensibilizada temblaba.

Él la frotó y extendió la humedad, y deslizó sus dedos largos al interior de su cuerpo. Charlotte se sobresaltó, pero después se inclinó hacia atrás, contra su mano, deseando más.

Un momento más tarde sintió los muslos duros de Adrian contra los suyos, y su miembro empujando en su sexo húmedo. Y cuando él entró en ella, le produjo una sensación más tensa, más profunda, rozándola en un lugar diferente y consiguiendo, al instante, que el éxtasis la invadiera de nuevo y le causara un estremecimiento largo, poderoso. Él la sujetó con la palma de la mano en el vientre.

—Intenta no reaccionar con tanta fuerza, amor mío —le pidió con una carcajada trémula—. Me estás empujando hacia fuera. Y necesito estar muy dentro de ti.

Sus palabras le provocaron otro paroxismo de placer a Charlotte, y ella no pudo hacer nada por evitarlo.

—Yo... no puedo... pararlo —jadeó, y apoyó la cabeza sobre la gruesa sábana de hilo que cubría la cama, y que olía a lejía, a luz del sol y a polvo—. Sólo déjame...

Aquella respiración momentánea fue suficiente, y él volvió a acometer, más profundamente que antes, tanto, que ella pudo saborearlo de nuevo.

Adrian le sujetó las caderas con fuerza, y fue como si por fin le hubieran concedido permiso. La embistió con rapidez, con tanta fuerza que ella tuvo que ahogar los gritos en la sábana, una y otra y otra vez, y supo que si él salía de su cuerpo iba a morir, que lo necesitaba completo, derramándose dentro de ella, llenándola.

Él apartó una de las manos de su cadera y la deslizó hacia delante, y le frotó aquel lugar mágico justo cuando su miembro rozaba un punto tan poderoso de su cuerpo que ni siquiera el colchón pudo ocultar el grito de placer de Charlotte, y con un golpe final, él llegó al orgasmo dentro de ella, y su cuerpo femenino lo engulló más hacia dentro en vez de expulsarlo, mientras ella se deshacía.

Tuvo la sensación de que duraba para siempre, aquella emanación rígida que a Charlotte le escaldó el corazón, y su propia liberación salvaje, ciega, y ella sólo podía pensar en que quería más, y más, y más, y de repente fue suficiente, y los dos se desmoronaron juntos sobre la cama estrecha y polvorienta.

CAPÍTULO 21

Etienne de Giverney era un hombre desdichado. Había pasado toda la vida en busca del legado que merecía, había violado las leyes de Dios y de los hombres, y justo cuando parecía que iba a alcanzarlo todo, aquella zorra pelirroja se había interpuesto en su camino.

Era imposible. Tres semanas antes, cuando había visto que Adrian se marchaba detrás de ella en vez de compartir la bebida y la decadencia con él, Etienne había pensado que no había ningún problema. La chica era desgarbada, mayor que el heredero de su primo, de aspecto corriente y demasiado franca. Adrian se acostaría con ella una vez y la abandonaría.

Pero no fue así. Él no había vuelto a salir de su habitación, había elegido tener intimidad en vez de tener público, lo que preferían casi todos los miembros del Ejército Celestial. Y Etienne estaba allí de mala gana. No era un miembro, ni un invitado, sino un parásito al que toleraban. Ah, sí, ellos se reían con él, jugaban con él, pero él conocía a los ingleses y su sentimiento de superioridad.

Al final, Etienne había decidido intervenir. No le había resultado difícil conseguir que Adrian dejara a la muchacha allí plantada. Y, para asegurarse de que no causara más problemas, él había conseguido tirarla por el terraplén del embarcadero antes de reunirse con Adrian.

Pero ella no se había golpeado en la cabeza; tan sólo se había hecho unos cuantos rasguños. Mala suerte. Y los hombres a quienes había contratado para que liquidaran a Adrian lo habían estropeado todo. Habían esperado demasiado tiempo. Él se había dado la vuelta en vez de seguir caminando hacia su casa, hacia ellos, y la necesaria persecución lo había estropeado todo.

Etienne estaba esperando en casa de Adrian, preparado para recibir la trágica noticia, cuando aquel vicario idiota había aparecido ayudándolo a subir las escaleras. Etienne había tenido que contener un grito de rabia.

Y, en cuanto Pagett había dicho que Charlotte Spenser iba a estar en Sussex, Adrian había salido corriendo inmediatamente, como un lunático. ¿Quién lo hubiera pensado?

Etienne había hecho todo lo posible por detenerlo, pero, por algún motivo, estaba perdiendo la influencia sobre Adrian. No pasaría mucho tiempo antes de que lo olvidara por completo, y él perdería cualquier posibilidad de seguir frecuentando la buena sociedad inglesa.

No iba a permitir que sucediera eso.

En realidad, no era culpa suya. El heredero, Charles Edward, se parecía demasiado a su padre, y perseguía las cosas que quería sin pensar demasiado en ellas. A Etienne no le había resultado muy difícil incitarlo a que montara su caballo preferido, Meutrier. Con su típica arrogancia inglesa, Charles Edward no sabía que el hombre del caballo significaba «asesino». El caballo estaba loco, no había otra palabra para describirlo. Había recibido malos tratos, y sólo podía montarlo Etienne.

Sin embargo, a Charles Edward no le gustaba que le dijeran que no podía hacer algo. Había caído del caballo y se había roto la espalda. La neumonía que había seguido al accidente había terminado el trabajo, y Francis Rohan se había quedado con un solo heredero.

Corromper a Adrian había sido un juego de niños. Él ya iba por el mal camino y conocía bien el pecado y la decadencia. No tardaría mucho en sucumbir. El opio era una droga peligrosa, y las mezclas interesantes que el mismo Etienne elaboraba con hierbas podían ser incluso peores. Y él había visto a Adrian usarlas sin criterio, con su ayuda, por supuesto.

Sería fácil proporcionarle una sobredosis, pero Etienne prefería no precipitar las cosas. Adrian lo estaba haciendo muy bien por sí mismo. Su desgraciado padre, Francis, estaba cerca de los setenta años. No viviría mucho más, aunque parecía que tenía muy buena salud. Si Adrian fallecía antes que él, Francis lo seguiría rápidamente, y nadie podría impedir que Etienne heredara el título, la casa, el dinero.

Sin embargo, nada de eso iba a ocurrir si Adrian vivía lo suficiente como para tener hijos. Y Etienne no podía permitirse el lujo de ser tan paciente.

El pequeño pueblo de Huntingdon tenía una posada muy corriente, pero estaban acostumbrados a las idas y venidas extrañas de Hensley Court, por lo que nadie le prestó atención a aquel francés tan grande. Y, afortunadamente, él conocía muy bien la finca, porque había sido muy observador durante las pocas ocasiones en que lo habían invitado a participar en sus jueguecitos. Para Etienne sería fácil entrar sin ser visto, cuando hubiera decidido cómo iba a gestionar aquella situación.

Respiró profundamente. De hecho, podía llevarle días terminar con aquello. Tendría que matarlos a los dos, por supuesto. A Adrian porque estaba en su camino, y a la señorita Spenser porque existía la remota posibilidad de que hubiera engendrado un heredero.

Un heredero que sería tan bastardo como lo era Etienne. Sin embargo, no tenía ninguna duda de que Francis lucharía para que fuera su nieto quien heredara el título. Su primo inglés siempre se había salido con la suya. Sin embargo, la pérdida de un segundo hijo lo hundiría. Y también el hecho de saber que Etienne iba a heredarlo todo. El placer de saber aquello era casi tan grande como el de saber que iba a recibir una herencia tan grande. Sería una venganza muy dulce.

Algunas veces, Etienne se preguntaba cómo había llegado a eso. Él había sido médico. Francis le había pagado los estudios y le había comprado una clínica en París, como pobre compensación por el título que le había robado. Pero, de todos modos, él había pasado décadas sanando a la gente. Tal vez eso sirviera como compensación a sus malos actos el día del juicio final. O tal vez no. No estaba seguro de que hubiera algo después de aquella vida.

Lo cual hacía que se sintiera mucho más decidido a conseguir lo que quería de ella.

—Creo que está embarazada —dijo Lina con desconsuelo—. Y ya sabes qué desastre sería eso.

—No —respondió Monty—. No me lo parece. Los bebés son preciosos, y una vida nueva es algo divino. Si estás preocupada por lo que van a decir los miembros de la alta sociedad, eso sería algo nuevo en ti. Que se vayan todos al infierno.

—Tienes razón, por supuesto —dijo Lina, y consiguió sonreír un poco—. ¿Qué te parecería si nos viniéramos a vivir aquí contigo? Charlotte puede tener a su bebé, y entre todos formaremos nuestra familia particular.

—Me pido ser la madre —dijo Monty—. No estoy hecho para ser el padre de familia.

—Claro que sí. Eres muy grandioso y controlador, como todos los buenos patriarcas. Aunque tienes que mejorar. Nada de languidecer en la cama de esta manera. Si vamos a tener un bebé, estaremos muy ocupados.

—Haré lo que pueda. Aunque no hemos pensado en Rohan.

—¿Y cómo sabes que es de Rohan? Llevas en la cama tres semanas.

Él se mostró ofendido.

—¿Es que acaso piensas que mis criados no me lo cuentan todo?

—¿Todo?

—Todo. Y me parece que tal vez Rohan tenga otros planes para Charlotte, querida. Aunque eso no significa que no quiera que vengas a vivir aquí. Serás la señora perfecta de Hensley Court. Hace mucho que te imagino en ese papel.

—Que Dios te bendiga, querido. Me casaré contigo. Creo que nos llevaremos muy bien. El sexo tiene mucha menos importancia de lo que dice la gente.

—El sexo es muy importante, Lina. Lo que ocurre es que nadie lo ha practicado bien contigo.

—Y tú qué sabes.

—Lo sé. Sé muy bien cómo hacen el amor los hombres, y me doy cuenta de que tú no lo sabes. Así que no, amor mío, no voy a casarme contigo. No creo que tuviéramos tiempo aunque quisiera.

—Tendremos todo el tiempo del mundo —dijo Lina.

Se levantó de la silla, subió a la cama y se acurrucó junto a Monty.

—Si tú lo dices —respondió él con un hilo de voz—. Pero si por casualidad no es así, me hará muy feliz pensar que estás aquí. Creo que deberías tener muchos hijos.

Ella ya estaba a punto de llorar, y al oír aquello, se le cayeron las lágrimas.

—Yo no puedo tener hijos, Monty.

—Creo que con el hombre adecuado tendrás muchos.

—Entonces, tendré que encontrar a ese hombre.

—Yo me ocuparé de todo.

Ella le tomó la mano, y permanecieron un rato en un agradable silencio.

—¿Crees que Rohan y Charlotte podrían ser felices? Él es un canalla y un calavera.

—Su padre se reformó a causa del amor de una buena mujer. Y Adrian es como su padre, aunque tenga defectos. Creo que Charlotte y él terminarán asquerosamente felices, adorándose hasta la vejez —dijo Monty, cabeceando—. No hay nada como un libertino arrepentido. Mira Simon. Seguramente él terminará igual. Me rompe el corazón —añadió alegremente.

Lina se echó a reír.

—Te prometo que yo seré libertina hasta el final de mis días, Monty.

Él le besó la mano con ternura.

—Eso ya lo veremos, querida mía.

★ ★ ★

Charlotte rodó por la cama y se estiró. El sol entraba por las rendijas de las contraventanas de la habitación infantil, y las motas de polvo danzaban en el aire. Adrian estaba tumbado a su lado, profundamente dormido, desnudo y guapísimo, y ella se quedó mirándolo, paseando los ojos por todas las partes misteriosas de su cuerpo que eran tan diferentes de las de ella. Se sentía muy bien, llena de vida y de energía, como si pudiera bailar, volar y cantar.

–Duérmete –murmuró él, sin molestarse en abrir los ojos.

–No puedo. Soy demasiado feliz.

Al oír aquello, Adrian abrió un ojo para mirarla.

–Encantado de haber podido ayudar... Si me dejas dormir, podré hacerlo de nuevo y estarás todavía más feliz.

–No puedo...

Entonces él estiró el brazo y la asió por la cintura, y la estrechó contra su cuerpo. Él estaba fresco, delicioso, y Charlotte sintió que su miembro comenzaba a despertar contra su espalda, y por instinto, los pezones se le endurecieron.

Adrian los sintió contra el brazo, porque lo había colocado estratégicamente.

–Aunque pensándolo bien, éste es tan buen momento como cualquiera –le dijo al oído.

Ella se apartó, y él la soltó, aunque de mala gana. Charlotte se sentó en la cama y lo miró.

–Lina va a montar un escándalo.

–Entonces, evitaremos a Lina. Ella no tiene por qué enterarse hasta que sea demasiado tarde.

–¿Demasiado tarde para qué? –preguntó Charlotte con desconcierto.

—Vamos a casarnos, por supuesto. No es la mejor de las soluciones. Yo no tenía intención de casarme con nadie, pero parece que no hay remedio. Yo no puedo liberarme de ti. Para que dejes de excitarme así hace falta una larga familiaridad. Yo estuve encantado con mi amante favorita durante más de dos años antes de cansarme de ella. Y creo que contigo voy a tardar más o menos lo mismo.

Ella siguió mirándolo, con una expresión indiferente.

—¿Y después qué ocurrirá? Si estamos casados, no puedes despedirme con un broche de brillantes.

Él se rió.

—Cuesta mucho más que un broche de diamantes el deshacer esas cosas, mi dulce Charlotte. No. Creo que nos llevaremos muy bien después de eso. Incluso cuando el deseo desaparezca y tengamos otros amantes, me imagino que seguiremos siendo amigos.

Ella notó que se le helaba la piel.

—¿Yo también podría tener otros amantes?

—Por supuesto. ¿Acaso pensabas que yo iba a ser tan injusto? —dijo él, y frunció el ceño—. Aunque tengo que admitir que, en este momento, la idea me pone furioso. Pero cambiaré de opinión, por supuesto. Siempre lo hago.

—Siempre lo haces —repitió ella.

—De hecho, ése es el motivo por el que tardé tanto en llegar aquí. He conseguido una licencia de matrimonio especial, firmada por mi padrino que, casualmente, es el obispo de Londres. Me imagino que podremos convencer a Pagett para que nos case.

—Creo que no —dijo ella con una voz muy dulce y suave.

Él arqueó una ceja.

—¿No quieres que nos case él?

—No, milord. No quiero casarme con vos.

La expresión de Adrian fue casi cómica.

–No digas tonterías. Por supuesto que sí quieres.

–No –respondió ella con calma–. No quiero. Sois un bastardo insensible y arrogante, y yo me merezco algo mejor.

Él la miró con estupefacción.

–¿Cómo?

Ella se levantó, haciendo caso omiso de su desnudez, agarró la sábana que cubría la cama de al lado y se envolvió en ella con gran dignidad.

–Soy lista, tengo talento, tengo buen corazón y tampoco soy tan fea. No tengo por qué conformarme con la unión fría que me habéis sugerido. Es muy amable por vuestra parte el haberme mostrado tanta condescendencia y haberme pedido que me case con vos, pero podéis tomar vuestra proposición de matrimonio, si acaso se trataba de eso, y metérosla por el trasero. Valgo más que eso, me merezco más, y no voy a conformarme con alguien como vos.

Entonces se dio la vuelta y caminó hacia la puerta, con la pesada tela formando una cola tras ella. Adrian saltó de la cama y se colocó delante de la puerta antes de que ella pudiera llegar. Estaba confundido, furioso, perplejo.

–No lo has pensado bien, Charlotte –le dijo pacientemente–. El sexo entre nosotros no es como el de la gente normal. No vas a encontrar esto con nadie más. Es especial. Te estoy ofreciendo la posibilidad de ser vizcondesa, de tener tu propia casa, tal vez incluso hijos...

–Estáis dispuesto a hacer un gran sacrificio tan sólo por libraros de este curioso picor. Pues encontrad a otra –dijo ella, y posó las manos en su pecho, conteniendo el impulso de acariciarlo, para apartarlo de la puerta de un empujón.

Entonces, él ya estaba enfadado y ofendido, y no se resistió.

—Pues entonces, vete al infierno. ¿Sabes cuántas mujeres darían cualquier cosa por estar en tu lugar?

—Pues entonces, id a buscar a alguna y acostaos con ella hasta que os quedéis idiota. No podéis tenerme a mí.

Y con eso, Charlotte abrió la puerta de par en par y salió al pasillo, sintiéndose majestuosa, indignada y furiosa.

Seguramente, fue una buena cosa que se perdiera. Cuando había dado el tercer giro equivocado, le temblaba la barbilla, y cuando llegó al final de otro pasillo en el que no había ninguna escalera, se dejó caer en la alfombra y, envuelta en la sábana, comenzó a llorar silenciosamente.

Así la encontró Lina. Su prima la abrazó, le murmuró expresiones de consuelo y la ayudó a ponerse en pie.

—¿Dónde está tu ropa, querida?

—En... la habitación de los niños —dijo Charlotte entre sollozos—. No entres. Está furioso.

—Ése no conoce el significado de la palabra furia. ¿Te ha hecho daño?

Charlotte negó con la cabeza.

—No.

Lina conocía tan bien como Adrian aquella casa. En pocos minutos, tenía a Charlotte en su habitación, y Meggie iba afanosamente a su alrededor, cloqueando suavemente mientras la bañaba.

—Os ha dejado marcas, ese hombre —dijo la doncella—. Espero que vos le hayáis hecho lo mismo.

Charlotte cerró los ojos. No quería pensar en eso. No quería recordar las marcas de sus mordiscos en el hombro de Adrian, y los arañazos que le había dejado en la espalda.

—No te preocupes, querida —le dijo Lina—. Se casará contigo. Si cree que se puede ir de rositas sin pedírtelo...

—Ya me lo ha pedido. Le he dicho que no.

El asombro de Lina fue tan grande como el de Adrian, y Charlotte se enfureció de nuevo.

—¿Por qué todo el mundo piensa que yo debería agradecerle las migas de atención que me arroja? —preguntó—. No quiero un matrimonio frío que se base en una temporada de lujuria y, después, en la mera cortesía.

—No tiene por qué ser así —protestó Lina.

—Sí. Eso es lo que él me ha ofrecido. Se quedó apabullado cuando le dije que rechazaba su magnánima oferta. Seguramente, pensaba que yo me iba a desmayar de gratitud. Pues no. Prefiero tener la vida de una mujer deshonrada. Prefiero casarme con un trapero y vivir en los barrios bajos de Londres que casarme con ese arrogante.

Lina se había sentado en la cama, junto a ella, con cara de preocupación.

—Charlotte, tienes que casarte con él. Me parece que estás embarazada.

Charlotte la miró sin comprender.

—No —dijo. Lo pensó durante un momento y añadió—: En absoluto. No puede ser.

—Meggie dice que no has tenido el periodo. Sólo unas gotas de sangre, y eso es a menudo un síntoma de embarazo. Llevas unos días muy cansada, y vomitas por las mañanas, y el olor a beicon te produce náuseas, cuando antes podías comerte medio kilo. No lo sabemos con certeza, pero tienes todos los síntomas. Tienes que casarte con él.

—No —dijo Charlotte con terquedad—. Esto me convence todavía más. No voy a traer un niño al mundo y dejar que tenga un padre tan idiota como Adrian.

—¿Estás dispuesta a dar a luz a un bastardo?

—Podríamos criarlo juntas. Es decir, si no me vas a echar de tu casa por inmoral.

Lina se echó a reír.

—No, querida. Ni hablar. Y si no quieres casarte con Adrian Rohan, no lo hagas. Ya se nos ocurrirá algo. Podemos irnos de viaje al continente, o instalarnos en el campo durante tu embarazo. Nadie se enterará.

—Pero no voy a abandonar al niño.

—Le diremos a todo el mundo que es un huérfano al que hemos adoptado. No te preocupes, querida, será...

De repente, la puerta del dormitorio se abrió de par en par, y apareció Adrian vibrando de rabia.

—¿Es que no ibas a decirme que estás embarazada? —rugió.

Charlotte se enfureció también.

—¿Y de dónde has sacado tú esa idea?

—De Monty. Él también quiere saber por qué no vas a casarte conmigo.

—Porque no te quiero.

Era una mentira, pero Charlotte estaba furiosa. Él la miró con un completo asombro, y después se echó a reír.

—¿Y por qué crees que el amor tiene algo que ver con lo que hay entre nosotros? Sólo es una sana lujuria de la que deberíamos disfrutar mientras dure, y después...

—Ya es suficiente —intervino Lina—. Creo que ya habéis metido la pata lo suficiente por hoy. ¿Por qué no os marcháis? Charlotte tiene que descansar. Si está embarazada, cosa de la que no estamos seguras, entonces necesita cuidados extra.

Adrian entornó los ojos.

—Me dijiste que habías estado divirtiéndote con caballeros sin parar desde que volviste a Londres. ¿Por qué piensas que el niño es mío?

Meggie acababa de ponerle una bandeja de té a Charlotte en el regazo. Ella tomó la tetera y se la arrojó a Adrian, y el té hirviendo salpicó toda la habitación.

Le dio en el lado sano de la cara, impactó contra su pómulo y se rompió. El té le empapó el traje, pero él ni siquiera pestañeó, ni cuando comenzó a sangrarle la mejilla.

—¡Vete al demonio, entonces! —gritó, y salió dando un portazo.

Lina tenía una media sonrisa en la cara, por algún motivo, pero se le borró de los labios cuando vio la cara de Charlotte.

—Vamos a ver si lo entiendo, querida. No quieres casarte con él porque no te quiere, ¿no es así?

—Tú misma lo has oído. El amor no tiene nada que ver con lo que hay entre nosotros.

—Pero nosotras sabemos que no es cierto. Tú estás enamorada de él. No sé por qué, pero yo acepto tu elección.

—No es mi elección. Él no quiere casarse conmigo por las razones correctas, y yo no voy a casarme con él por las razones equivocadas —respondió Charlotte, y se dio cuenta de que se le caían las lágrimas. Se las secó rápidamente y preguntó—: ¿Y por qué estoy llorando todo el tiempo? Yo antes no era tan patética.

—Otro síntoma del embarazo, señorita Charlotte —le dijo Meggie en tono práctico—. Cuando mi madre se quedaba preñada, comenzaba a berrear por todas partes. Yo pensaba que era porque no quería tener otro hijo sin padre, pero ella me dijo que no, que eso llegaba con el bebé. Estáis embarazada.

Charlotte había tenido bastante. Estalló en sollozos y escondió la cara en la almohada. Y hasta después de un rato, no se dio cuenta de que Lina había salido silenciosamente de la habitación.

CAPÍTULO 22

Adrian llegó tan sólo hasta el establo. Se dio la vuelta y deshizo el camino. Aquello se estaba convirtiendo en una costumbre, pensó con ironía. Realmente, Charlotte tenía el don de volverlo loco.

Ni por asomo pensaba permitir que un hijo suyo naciera fuera del matrimonio. Si a ella no le gustaba la idea, ya podía ir acostumbrándose. Al título, a la fortuna, y al mejor sexo que iba a encontrar en su vida. Había cosas mucho peores que podían sucederle a una solterona demasiado alta, pelirroja y con pecas. A Adrian no le importaba que ella quisiera o no quisiera casarse.

Salvo que adoraba su pelo brillante y rojizo. Adoraba su piel de crema y sus pecas doradas, que aparecían en los lugares más inesperados y deliciosos. Él no había llegado a descubrir todos aquellos lugares, y no era de los que dejaban una tarea inacabada.

¿Y si no estaba embarazada?, se preguntó mientras llegaba a la puerta de la casa. Entonces, él haría todo lo posible por asegurarse de que lo estuviera. Quería que estuviera embarazada, advirtió con asombro. Quería que tuviera un hijo suyo. El pensar en ella, redonda y caminando como un pato, le llenaba de una sensación que casi podía llamar euforia.

Sabía que, claramente, se acercaba mucho a lo que parecía un hombre enamorado. Un hombre que había ido a despertar a su padrino en mitad de la noche para pedirle una licencia especial de matrimonio, y que había ido cabalgando hasta Hensley Court como si no acabaran de darle una paliza a las puertas de su casa. Un hombre que era capaz de llevarse a una mujer a una habitación abandonada y hacerle el amor a plena luz del día, hasta dejarla anonadada.

Un hombre que no podía admitir lo mucho que la necesitaba.

Simon Pagett salía por la puerta principal justo cuando Adrian entraba. Tenía cara de preocupación, y cuando lo vio, no se alegró demasiado.

—¿Sois de verdad vicario? —le preguntó Adrian de sopetón.

—No, llevo alzacuellos porque me gusta la moda eclesiástica —respondió Simon con frialdad—. ¿Qué queréis, Rohan?

Adrian se metió la mano al bolsillo, sacó la licencia y se la entregó al párroco. Pagett frunció el ceño al leerla.

—¿Cómo la habéis conseguido?

—Es mi padrino.

—Tiene fecha de hoy.

—Ya lo sé, reverendo —dijo Rohan con irritación—. Fui a despertar al obispo después de que vos me dejarais en casa. No se puso muy contento. Creo que no me va a hacer un gran regalo de boda.

Pagett lo miró con atención.

—Entonces, vos sabíais que está embarazada.

—Maldita sea, ¿es que todo el mundo sabe que está embarazada menos yo?

—Si no sabíais que estaba embarazada, ¿por qué pedisteis la licencia de matrimonio?

Adrian no dijo nada.

—Si voy a oficiar la boda, necesito una respuesta.

—Sois insoportable —dijo Rohan—. Cualquiera diría que siempre habéis sido un santo.

—Nunca es tarde para cambiar de vida —replicó Pagett, e insistió—. ¿Por qué?

—Me pareció buena idea.

—¿Y la señorita Spenser estuvo de acuerdo?

—La señorita Spenser se niega a casarse conmigo —contestó él malhumoradamente—. Espero que vos podáis convencerla de que está equivocada.

—Me temo que no puedo hacerlo. Quiero lo que sea mejor para ella, y vos no lo sois.

—¡Por el amor de Dios! —gritó Adrian encolerizado—. ¿Qué demonios queréis de mí?

—Cuando lo hayáis averiguado, avisadme. Mientras, tengo cosas que hacer.

Pagett estaba a punto de pasar por delante de Rohan cuando Lina apareció en la puerta con una expresión iracunda.

—¡Os voy a matar!

Pagett se detuvo y miró hacia atrás.

—No. Dejadlo en paz, lady Whitmore. Tiene que resolver este problema por sí mismo.

—¡No me digáis lo que tengo que hacer! Esto es algo entre lord Rohan y yo.

—No. Es algo entre la señorita Spenser y lord Rohan. No es asunto vuestro. Pero sí es culpa vuestra, por traer a vuestra prima a los deleites y dejar que alguien como lord Rohan se aprovechara de ella.

—¡Disculpad! —protestó Adrian.

Sin embargo, lady Whitmore y Adrian estaban mirándose el uno al otro, y se olvidaron de él.

—La traje para que aprendiera lo poco que valen los hombres. Ella tenía curiosidad, y yo pensé que estaría mejor sabiendo que no se perdía nada —replicó Lina furiosamente.

—Qué altruista sois, lady Whitmore. De haber sabido que erais capaz de hacer tales obras de caridad, os habría dado varias opciones para que pudierais usar toda esa energía mal empleada.

—Y yo podría daros varias opciones para...

Adrian entró en la casa para ir a buscar a Charlotte una vez más, y poco a poco, las voces furiosas del reverendo y lady Whitmore fueron alejándose. Subió las escaleras de dos en dos y, a los pocos segundos, entró en su dormitorio. Ella estaba sola, en la cama.

Él se acercó y le dijo:

—Vas a casarte conmigo. No voy a darte elección. No voy a permitir que mi hijo sea un bastardo.

—Y yo no voy a permitir que mi hijo tenga como padre a un libidinoso, a un calavera frío y cruel, a un troll que...

—¿Un troll? —repitió él, distraído por un momento—. Un troll no, preciosa.

—Un troll —insistió ella—. No te acepto.

—No tienes otra elección. Es hijo mío, y no va a nacer fuera del matrimonio. He hablado con Pagett. Esta tarde, a las seis, en la iglesia. Si no estás allí puntualmente, te llevaré de los pelos.

Ella tomó lo que tenía más cerca, un libro grueso, y se lo lanzó, pero Adrian lo esquivó. Ya había recibido golpes suficientes. Si las cosas continuaban así, no quedaría ni una pizca de él.

La calmaría cuando la tuviera desnuda. Aunque tuviera que sacarla de la cama y llevarla a rastras a la iglesia, iba a casarse con él. Todo aquello lo estaba volviendo loco, y el único modo de controlar la situación era volver a tenerla en la cama, a su lado. Legalmente. Permanentemente.

Mientras, tenía que estar lo más alejado posible de ella, porque de lo contrario, terminarían en la cama, o Charlotte terminaría matándolo. Y no estaba seguro de cuál de las dos cosas prefería.

Charlotte miró la puerta temblando de ira. ¿Cómo se atrevía a ir allí a darle órdenes? ¿Acaso pensaba de verdad que ella iba a ir a la iglesia? Ridículo.

Salió de la cama y se vistió rápidamente. Sabía que Lina era capaz de mantener a raya a Adrian, pero su prima tenía suficientes problemas con el reverendo. Si Charlotte desaparecía durante unos días, mejor que mejor.

Lo que no sabía era cómo iba a conseguir escapar. No podía salir de la casa sin que la viera uno de los muchos sirvientes de lord Montague, y ellos se lo dirían a Rohan. Sin embargo, tal vez cuando hubiera salido de la casa, podría cambiar de dirección. El pueblo estaba a un paseo de tres kilómetros, y allí había una parada de diligencias. Seguramente encontraría un billete hacia Londres, y allí, daría con una alternativa. Por lo menos, eso esperaba.

Cuando salió del dormitorio, encontró el pasillo vacío. Hizo todo lo posible por aparentar tranquilidad mientras bajaba las escaleras, pero estaba preparada para salir corriendo si aparecía Rohan. Por una vez, no obstante, tuvo suerte. Ni siquiera se cruzó con el omnipresente Dodson, y vio a muy pocos de los guapísimos lacayos de lord Montague. No salió por la puerta principal, sino por una de las puertas laterales que daban a la terraza y, más allá, a los jardines.

Avanzó silenciosamente, siguiendo el muro del jardín. Cuando llegó al final, tenía el corazón en la garganta. Torció una esquina y chocó contra una gran figura, y soltó un grito de miedo que rápidamente se convirtió en un suspiro de alivio.

—*Monsieur* de Giverney —dijo.

El primo de Adrian. ¿Qué demonios estaba haciendo allí?

—*Monsieur le comte* —la corrigió él—. Tal vez el gobierno francés me haya retirado el título, pero todavía sigue vigente.

—Por supuesto. Os pido disculpas, milord —dijo ella rápidamente, maldiciéndolo en silencio. No tenía tiempo para calmar la vanidad de aquel hombre. Necesitaba salir corriendo.

—He venido a ofrecerle mi ayuda, *mademoiselle* Spenser.

—¿Ayudarme con qué, milord? —preguntó ella, asombrada, intentando no mirar hacia atrás para ver si alguien la había seguido.

—Estáis intentando escapar de mi primo, ¿no es así? Un buen muchacho, pero demasiado insistente. Supongo que habéis discutido con él.

Ella no dijo nada durante un momento. No le gustaba

nada aquel hombre, nunca le había gustado y no confiaba en él. Sin embargo, no tenía elección. Tenía que huir antes de que Adrian fuera en su busca, y debía aceptar la ayuda que se le ofrecía.

—Sí —dijo Charlotte—. Quiere obligarme a que me case con él, y yo no quiero.

Él arqueó las cejas.

—¿De veras? Entonces no tenéis por qué hacerlo. Puedo ayudaros a escapar, *mademoiselle*. De lo contrario, podríais veros atrapada en un matrimonio antes de poder evitarlo.

Charlotte sintió curiosidad en medio de su angustia. ¿Por qué querría ayudarla aquel hombre? Era el primo de Adrian. ¿Por qué no quería ayudarlo a él?

De todos modos, ella no tenía elección.

—Os agradecería que me ayudarais, *monsieur* —le dijo amablemente.

Entonces él sonrió.

—Muy bien. *En avant!* Venid conmigo y os llevaré a un lugar donde nadie podrá encontraros.

—¿Y dónde está ese lugar, *monsieur le comte*?

—Confiad en mí, os lo ruego. Soy muy ingenioso. Él podrá buscar bajo las piedras, pero no os encontrará.

—¿Y cómo lo vais a conseguir? Más tarde o más temprano, él se imaginará dónde estoy. ¿Dónde...?

Él siguió sonriendo con benevolencia.

—¿Que dónde estaréis, *mademoiselle*, para que nadie pueda encontraros? Pues vaya, me temo que estaréis muerta.

Adrian no la encontraba por ninguna parte. Nadie la encontraba. En algún momento, entre la hora a la que él había ido hecho una fiera a su habitación para darle el ultimátum, y la hora a la que la doncella le había llevado la comida en una bandeja, Charlotte había desaparecido, y sólo había dejado una nota para Lina.

Adrian se preguntó si no estarían mintiéndole todos, si no habría una conspiración colectiva para ayudar a Charlotte a escapar del horrible castigo de tener que casarse con él. Pero todos estaban tan confundidos como él, e igual de preocupados. Adrian estaba empezando a sentir pánico. Entonces, Monty lo llamó a su habitación.

Su amigo estaba muy pálido, y parecía que se había encogido dentro de la piel. Tenía los ojos cerrados cuando Adrian entró en el dormitorio, y por un instante, tuvo la horrible impresión de que Monty había muerto. Sin embargo, él abrió los ojos y esbozó una de sus sonrisas vagamente maliciosas.

—Tienes que encontrarla —le dijo a Adrian.

—¿Y cómo sabes que no la encuentro? Bah, una pregunta estúpida. Ya sabías que me había acostado con ella. Sabías que estaba embarazada. ¿Hay algo que no sepas?

—No sé dónde está —respondió Monty en un susurro—. Nadie la ha visto marcharse. Uno de mis jardineros la vio hace varias horas al final del jardín, hablando con un hombre muy alto. ¿Eras tú?

Rohan negó con la cabeza, cada vez más inquieto.

—No la he visto fuera. Se ha negado a casarse conmigo, y cada vez que intento convencerla, me tira algo.

—Querido amigo, debes de haberlo estropeado a base de bien. Lo cual me sorprende, porque a ti siempre se te ha dado estupendamente manejar a las mujeres enfadadas. Claro que, este caso es muy distinto.

—¿Porque está embarazada?

Montague suspiró.

—No entiendo cómo puedes ser tan obtuso, cuando siempre te he considerado un hombre inteligente. Salvo las veces en las que estabas bajo la influencia de tu primo. Todos vosotros sois unos cabezas huecas. A este paso, no me atrevo a morirme. No tenéis sentido común.

—No sé de qué estás hablando. Yo sé dirigir mi vida perfectamente bien —dijo Adrian con altivez.

—Sí, lo estás demostrando con este magnífico trabajo. Yo tengo a Evangelina bebiendo los vientos por Simon, y al vicario suspirando por ella como si fuera un adolescente. Por lo menos, Simon lo reconoce, al contrario que Lina, que no se da cuenta de que se ha enamorado.

—¿Lady Whitmore se ha enamorado del vicario? —preguntó Adrian, momentáneamente distraído, al recordar la discusión que había presenciado—. Eso va a llamarle la atención a la gente.

—Tú no eres mejor. Charlotte está totalmente enamorada de ti, incomprensiblemente. Está claro que eres muy guapo, pero la señorita Spenser es demasiado inteligente como para dejarse deslumbrar por la mera belleza.

—No es mi belleza —replicó Adrian—. Ella piensa que no soy tan disoluto y lascivo como parezco.

—Ya he mencionado que es inteligente, ¿no? Tú, por otra parte, eres un completo imbécil. No vas a encontrar a otra mujer como Charlotte. Y vas por ahí pisoteándolo todo e ignorando tus propios sentimientos.

—¿Qué sentimientos?

—No importa —dijo Montague cansadamente—. ¿Por casualidad sabes dónde está mi estimado Etienne de Giverney?

—No empieces tú también, por favor. Ya tengo a mis

padres para que me repitan una y otra vez que es un peligro para mí. Además, le dije que no quería que me acompañara aquí. Él se empeñó y me dijo que te tenía afecto, pero no es cierto que yo sea un completo imbécil. Te desprecia, y tú correspondes a ese sentimiento.

—Me alegro de que te hayas dado cuenta.

—En realidad, siempre he sentido lástima por ese hombre. Lo ha perdido todo, está atrapado en un país que no es el suyo y se ve obligado a vivir de la limitada generosidad de mi padre, que nunca lo ha querido. Si no fuera por mí, no lo recibirían en ninguna parte.

—¿Y no lo has traído?

—Admito que estoy harto de él. ¿Por qué lo preguntas?

—Es un hombre muy alto, ¿no? Y sabe dónde estáis Charlotte y tú. Y te odia.

Adrian se echó a reír, ignorando el nudo de angustia que se le estaba formando en el estómago.

—No seas absurdo, Monty. Lo he llevado a todas partes, lo he presentado en sociedad. Me debe tanto como le debe a mi padre.

—Y odia a tu padre. Y te odia a ti. A nadie le gusta tener que sentirse siempre agradecido. ¿Por qué piensas que tu encantadora muchacha ha salido corriendo? Ella no te ha agradecido tu noble sacrificio.

—Yo no le dije eso —protestó Adrian—. Fui lógico. Y te diré que le pedí que se casara conmigo antes de saber que estaba embarazada.

—Le dijiste que debíais casaros. ¿Y todavía no entiendes por qué has fracasado tan miserablemente?

—Ella no debía esperar una declaración de amor y de fidelidad eterna —replicó Adrian con irritación.

—Pues parece que lo esperaba.

Adrian se quedó callado durante unos momentos.

—Ahora sólo quiero saber dónde está. Después hablaremos sobre el asunto del matrimonio. Si tú lo sabes, por favor, dímelo.

—Creo que la tiene tu primo.

—¿Por qué?

—Por varios motivos. No es amigo tuyo. El Etienne de Giverney que yo conozco desde mis años de juventud en París no es amigo de nadie. Se libra de todo aquello que le impide conseguir lo que quiere. Creo que ha decidido que, después de perder el título francés y su patrimonio, quiere el título inglés y su patrimonio. Y los va a conseguir.

—Claro que los quiere. Siempre los ha querido. No soy un completo idiota como para no darme cuenta.

—No, sólo idiota en parte. Aunque tengo que reconocer que no sabía que Etienne iba a llegar tan lejos, o te lo habría advertido. Tú te interpones en su camino, y tu posible heredero también. Y si yo fuera tú, no me quedaría languideciendo mientras espero a que vuelva Charlotte.

—¿Crees de verdad que Etienne se la ha llevado?

—¿Es que no te lo he dicho ya? No me queda tiempo ni energía, y no quiero gastarlos resolviendo las vidas de mis amigos. Quisiera dejar la mía sabiendo que las cosas tienen un final razonablemente feliz. Me sentiré muy molesto si le ocurre algo a Charlotte. Me deprimiré, y si tengo que morir joven, al menos me merezco morir feliz.

—A Charlotte no le va a ocurrir nada. Voy a encontrarla y a obligarla a que se case conmigo.

Montague cerró los ojos a causa de la fatiga.

—No puedo vivir para siempre, querido muchacho. Deja de ser tan obstinado. Estás enamorado de esa chica. Díselo.

Adrian entornó los ojos, pero no se molestó en discutir.

—¿Dónde puede habérsela llevado Etienne?

—¿Y cómo quieres que lo sepa? Depende de lo loco que esté. Tal vez ya la haya estrangulado y haya tirado el cuerpo al canal, mientras tú estabas enfurruñado.

—No —murmuró Rohan, con el corazón helado—. No. Tengo que encontrarla. Ya hablaremos de si la quiero o no cuando esté a salvo.

—Bueno, por lo menos eso es un paso en la dirección correcta. Tal vez Etienne la haya llevado a Londres, o tal vez a las ruinas. Allí hay mucha privacidad. Mándame a Dodson y le diré que organice una partida de búsqueda.

—No puedo...

Su conversación se vio interrumpida por la llegada de uno de los guapísimos lacayos de Monty.

—Disculpad, milord, pero un caballero ha dejado un mensaje para vos.

De repente, Adrian sintió que el miedo lo paralizaba, y con las manos temblorosas, desplegó el papel que le había entregado el sirviente.

Reconoció la escritura de Etienne al instante.

Tu novia te espera en la Capilla de la Erección Perpetua. Te sugiero que vengas inmediatamente, y solo.

Adrian miró a Monty. Después salió sin decir nada más.

CAPÍTULO 23

Al principio, Charlotte sólo podía ver la oscuridad, y olía algo que le parecía fuego y azufre. Tenía recuerdos vagos. Estaba huyendo de algo, ¿no? ¿Y por qué no podía moverse? Tenía algo en la cabeza, algo que bloqueaba la luz. Intentó sacudírselo.

Se retorció, y oyó una risotada maligna, el mismo sonido que había oído en el laberinto de Ranelagh Gardens. Entonces lo recordó todo de golpe, y sintió una furia inconmensurable. Intentó hablar, pero se dio cuenta de que estaba amordazada. Oyó de nuevo la risotada.

—No te gusta, ¿eh, bonita? Si hubieras tenido la inteligencia de golpearte la cabeza cuando te empujé por el terraplén, ahora no estarías en esta situación.

Etienne, pensó Charlotte. Era Etienne quien había intentado asesinarla. Y ahora la tenía atrapada. Tenía los brazos y las piernas atadas a una silla, y forcejeó para liberarse. Consiguió que la silla se moviera, pero de repente sintió un terrible golpe en la cara. La capucha que tenía en la cabeza amortiguó ligeramente el impacto, y ella volvió a forcejear, intentando liberarse y salir de la oscuridad. Odiaba estar atada.

—Si te portas bien, dejaré que veas dónde estás.

Le quitó la capucha y ella pestañeó mientras miraba a su alrededor. Estaba en una especie de iglesia, y durante un momento se preguntó si Etienne estaba compinchado con Adrian y entre los dos la habían llevado a la iglesia del pueblo para obligarla a casarse con él.

Entonces advirtió que la cruz estaba invertida, que el altar era una cama y que las vidrieras de cristal tenían motivos obscenos. Había un brasero y un fuego encendido, que quitaba algo de la humedad y el frío del aire. Fuego y azufre. Debían de estar en la capilla blasfema del Ejército Celestial. La Iglesia de la Erección Perpetua, según le había dicho Lina. Anhelo ingenuo por parte de alguien.

Volvió la cabeza y vio la forma corpulenta de Etienne de Giberney. Lo fulminó con la mirada, pero él permaneció impasible.

—No te preocupes. No vas a estar mucho tiempo en esta situación. Tu noble caballero vendrá a rescatarte, y tendrás la oportunidad de morir en sus brazos, como una verdadera heroína. Ten paciencia, o me veré obligado a golpearte de nuevo.

Ella lo ignoró y miró a su alrededor nuevamente. La capilla era de nueva construcción, y estaba hecha de madera. Había colgaduras seudoeclesiásticas en las paredes, junto al altar, también con imágenes blasfemas. Charlotte se preguntó qué diría Simon Pagett si viera aquel lugar.

Había pilas de madera dispuestas a intervalos a ambos lados de la capilla, y Charlotte se dio cuenta de que percibía un olor resinoso. Todo estaba preparado para arder, y había cierta justicia poética en todo aquello. Una capilla dedicada al fuego del infierno sucumbiendo en un incendio.

Volvió a mirar a Giverney. El hombre tenía una sonrisa extrañamente afable.

—Sí. Todo será un lamentable accidente. Tú y tu amante vais a morir devorados por las llamas. Una gran tragedia, ¿no te parece? ¿No? Es como si estuvieras desesperada por decirme algo, pero creo que por el momento no te voy a quitar la mordaza. Me temo que tengo el corazón muy duro, y tus lágrimas y súplicas sólo me van a molestar.

Ella estaba asustada y enfadada, pero al oír aquello, se encolerizó. ¡Como si ella fuera a rogarle algo! Le clavó otra mirada asesina, pero él siguió sin inmutarse.

—No falta mucho, no te preocupes. Supongo que Adrian vendrá en un caballo blanco... Ah, no, no puede hacer eso. Tendrá que atravesar el canal ornamental para llegar aquí, lo cual le quitará glamour al drama. Pero espero que haga algunas declaraciones heroicas antes de que lo mate. De hecho, creo que ya lo oigo llegar.

Charlotte sintió una punzada de pánico y comenzó a forcejear de nuevo, para avisarlo, cuando oyó la risa baja y extraña de Giverney y se estremeció. Entonces, él dijo:

—Estamos aquí, querido muchacho. Tu amor te espera.

Adrian abrió la puerta y entró. Tenía una actitud calmada.

—Etienne —dijo con su encantadora voz—. ¿Qué es todo esto?

El *comte* se echó a reír.

—Me parece que ya lo sabes, querido muchacho. No creo que sea una sorpresa para ti. Si hubieras escuchado las advertencias de tu padre, sabrías que nunca renuncio a lo que quiero. Pero claro, ¿cuándo escucha un joven obstinado a sus mayores? Te sugiero que dejes la pistola en esa silla. Yo estoy apuntando a *mademoiselle* Spenser con otra, y ella moriría antes de que tú consiguieras dispararr.

Adrian sonrió con ironía mientras se sacaba la pistola del bolsillo de la chaqueta y la posaba cuidadosamente en la silla.

—Por supuesto, sabías que debía intentarlo.

—Claro —respondió Etienne, con la misma cortesía.

—¿Cómo puedo convencerte de que liberes a la señorita Spenser? Ella no tiene nada que ver con lo que hay entre nuestras familias.

—Oh, claro que sí. Lo más posible es que esté embarazada de tu heredero. En cuanto te encaprichaste de ella, supe que podía representar un problema. Ya he intentado deshacerme de ella en más ocasiones. Si ahora la libero, tu padre haría que tu hijo se convirtiera en su heredero, y además dejaría con vida a una testigo. Y es más probable que un jurado crea a una estúpida chica inglesa que a un francés, ¿no te parece?

«Una estúpida chica inglesa», pensó Charlotte, echando humo por las orejas. Ahora sí que estaba verdaderamente furiosa.

Adrian debió de notar su rabia, porque la miró.

—Ya la has atormentado lo suficiente. Te aseguro que el hecho de no poder hablar ya es suficiente tortura para ella. Sé que se muere por decirte lo que piensa de ti.

—La palabra más importante es morir —dijo Etienne—. Acércate y desátala, pero no pongas tu cuerpo entre ella y el arma, por favor.

—¿Vas a soltarla?

—No seas idiota, Adrian —dijo Etienne con desgana—. Muévete despacio. Preferiría no tener que dispararte, pero lo haré si me veo obligado.

Charlotte miró a Adrian mientras él se acercaba. Estaba de espaldas a Etienne, y la expresión de su rostro era asombrosa: de arrepentimiento, culpabilidad y anhelo.

—¿Puedo hablar con ella?

—Como quieras —dijo Etienne—. Pero me temo que ella no va a responder. Mi tolerancia para las declaraciones románticas es mínima.

Adrian se arrodilló ante Charlotte y comenzó a desatarle los tobillos.

—Siento haberte metido en este lío, mi dulce Charlotte —le murmuró—. Si hubiera tenido la más mínima idea de que había una vena de locura en la familia, nunca me habría acercado a ti.

Etienne emitió un sonido de enfado, y después se echó a reír.

—No es probable. Tú te pareces demasiado a mí, Adrian. Tomas lo que quieres sin preocuparte de las consecuencias.

Después de soltarle los pies, Adrian comenzó a desatarle las muñecas.

—Yo no me parezco en nada a ti. No soy un viejo patético que necesita llenar su vida vacía con los títulos y el dinero de otro —declaró. Después bajó la voz y, si Charlotte no hubiera estado mirándolo, no lo habría oído—: Cuando me dé la vuelta, tírate al suelo y no te muevas.

Por lo menos, eso era lo que ella creía que le había dicho. Él tenía la chaqueta abierta, y ella vio una diminuta pistola en uno de los bolsillos. Entonces, emitió un sonido amortiguado de protesta. Aquella pistola tan pequeña sería inútil contra el arma que poseía Etienne, y Adrian moriría delante de ella, y Charlotte no podía soportarlo. Lo quería. Era demasiado tarde para seguir negándolo. Había sido una idiota por no aceptar lo que él le había ofrecido. Era mucho más de lo que la mayoría de la gente conseguía en la vida.

—¿Por qué se queja así? —preguntó Etienne al instante—. No estarás tramando algo, ¿verdad, Adrian? Échate a un lado para que pueda verte bien.

Adrian obedeció, pero se mantuvo de espaldas a su primo. Con una mano siguió deshaciendo los nudos que aprisionaban las manos de Charlotte, y con la otra, comenzó a sacar lentamente la pistola.

Charlotte miró a Etienne y se quedó paralizada de terror. Él había levantado el arma y estaba apuntando a la espalda de Adrian.

Estaban en penumbra, y ella no podía ver si estaba apretando el gatillo, pero de todos modos se puso en pie y empujó con el hombro a Adrian en el estómago, con todas sus fuerzas, para apartarlo, justo cuando se produjo un estallido. Ambos cayeron al suelo con dureza. Charlotte notó una quemazón extraña en el brazo, una presión rara, mientras aterrizaba sobre Adrian. Él la apartó de sí y se levantó con la pistola en la mano.

A ella le pareció oír otro disparo, pero todavía le zumbaban los oídos del anterior, y él la estaba empujando hacia el suelo para que no se moviera. Charlotte notó que el cuerpo de Adrian daba un tirón, y supo que Etienne lo había matado. Comenzó a gritar detrás de la mordaza. Ella iba a matarlo, iba a...

Intentó ponerse en pie, pero se sentía muy débil, y unas manos fuertes volvieron a empujarla hacia el suelo.

Las manos de Adrian. La capilla estaba llena de humo de pólvora, y ella no podía oír nada salvo pitidos. Se quedó tumbada boca arriba, aturdida, esperando a que Adrian se levantara.

También olía a sangre. ¿La de Adrian? ¿La de Etienne? Y peor que la sangre, había un olor indescriptible en el aire, el olor violento de la muerte. Sin embargo, Adrian se movía. Adrian se movía.

Ella consiguió apoyarse en las manos y se incorporó. Etienne de Giverney estaba tendido en el suelo, y tenía el agujero pequeño y efectivo de un balazo en la frente. Su arma descansaba junto a él; Adrian se acercó al cuerpo de su primo y le dio una patada para asegurarse de que estaba muerto. Después se volvió hacia Charlotte. Ella nunca había visto tanta rabia en el semblante de una persona.

—¡Cómo te atreves! —le gritó—. ¡Estás embarazada de mi hijo! ¡Cómo te has atrevido a ponerte en peligro!

Ella se llevó las manos a la boca y consiguió quitarse la mordaza, aunque todavía tenía las muñecas atadas. Con un gran esfuerzo, se puso de rodillas.

—Desgraciado —respondió—. Sería agradable por tu parte que te preocuparas por si he muerto, pero en vez de eso, sólo te importa que tu precioso heredero no esté en peligro. Bueno, ¡pues vete al infierno, idiota, arrogante, ridículo! ¡Estaba intentando salvar tu maldita y despreciable vida!

Él se quedó callado.

—¿Por qué?

—¿Por qué qué?

Charlotte estaba intentando ponerse en pie, pero volvió a caerse. Se sentía débil y le dolía mucho el hombro, y estaba cansada de luchar contra él.

—¿Por qué estabas intentando salvar mi maldita y despreciable vida?

Ella pensó en desmayarse para evitar responderle. Después de todo, estaba embarazada. Sin embargo, ¿dónde estaban aquellos mareos cuando más los necesitaba?

—Porque te quiero —le gritó con furia—. No te lo mereces. Vales tan poco como el asesino de tu primo, y no quiero casarme contigo, pero me guste o no, no quiero que mueras. Estoy enamorada de ti, aunque me imagino que sólo se debe al desarreglo que le hace el embarazo a la mente de una mujer. Tengo pensado recuperarme de esto en cuanto pueda.

Él se quedó mirándola fijamente. Todo sería mucho más fácil si él no fuera tan guapo, pensó Charlotte. Era realmente patética y superficial, porque con sólo mirarlo se le derretía el corazón. No le quedaba más remedio que cerrar los ojos mientras lo repudiaba, pero entonces le daba vueltas la cabeza, y después de todo, no quería desmayarse. Adoptó una expresión truculenta y lo fulminó con la mirada.

—Estás sangrando. Maldita sea, Charlotte, ese bastardo te ha pegado un tiro.

—Oh —susurró ella.

En ese caso, era perfectamente aceptable que se desmayara. Habría sido mejor hacerlo antes de confesar que lo quería, pero por lo menos así no tendría que decir nada más.

Y con alivio, Charlotte se sumió en la oscuridad.

CAPÍTULO 24

Como si las cosas no estuvieran ya lo suficientemente mal, pensó Adrian mientras se sometía al tribunal en la biblioteca de Monty. Incluso su amigo se había recuperado lo suficiente como para que lo llevaran allí, aunque Adrian sospechaba que había acudido para divertirse más que para cualquier otra cosa.

Él llevaba a Charlotte, inconsciente, sangrando, hacia el canal, cuando vio que se acercaba un grupo: Pagett, Dodson, media docena de sirvientes y, para espanto suyo, también su padre. Adrian se había negado a soltar el cuerpo desfallecido de Charlotte, y lo había estrechado contra sí durante el corto trayecto en bote hacia Hensley Court. Pagett le rasgó la manga del vestido y expuso lo que en realidad no era más que un rasguño en el hombro. Si su padre no hubiera estado mirándolo con sus ojos azules, fríos y escrutadores, Adrian se habría echado a llorar. Sin embargo, se limitó a abrazarla y a dejar que le manchara toda la ropa de sangre mientras volvían a la casa.

En la otra orilla estaban esperándola con una camilla,

y en aquel momento, él la soltó. Sabía que ella había recuperado el conocimiento en el bote, pero Charlotte había preferido que nadie se diera cuenta. Y él no la culpaba. Si Adrian hubiera podido fingir un desmayo, lo habría hecho gustosamente con tal de evitar la ira fría de su padre.

En aquel momento, ella estaba acostada, con una botella de agua caliente a los pies, y la madre de Adrian estaba sentada a su lado. Él pensó, con alivio, que su madre no estaba allí para ver cómo él era arrojado a los lobos.

Miró a sus jueces. La única que le atemorizaba más que su padre era lady Whitmore, que de haber podido, lo habría destripado allí mismo. Estaba sentada al otro extremo del vicario, lo cual no engañaba a la mayoría de la gente que estaba en la biblioteca. Monty tenía razón. Querían irse directamente a la cama, y Adrian se preguntó si aquel detalle podría desviar la atención de sus transgresiones. Sin embargo, se dio cuenta de que era mejor no mencionarlo.

—¿Qué tienes que decir en tu defensa, Adrian?

Su padre era un anciano poderoso, teniendo en cuenta que había tenido una vida tan disoluta que superaba con mucho la de Adrian. Adrian debía agradecerle a su padrino que sus padres estuvieran allí. En cuanto Adrian se había marchado con la licencia de matrimonio en el bolsillo, el obispo les había enviado un mensaje a Dorset, para decirles que su único hijo varón y heredero iba a casarse. Él nunca debió decirle a su padrino adónde iba, pero los asesinos a sueldo de Etienne acababan de darle un porrazo en la cabeza y no pensaba con claridad.

—Si se supone que debo pedir perdón por volarle la cabeza a Etienne, no voy a hacerlo —dijo con tirantez.

—No le has volado la cabeza con esa pistolita de juguete —replicó su padre con un suave resoplido.

—Bueno, siento no haber tenido un arma más grande —respondió Adrian.

—Yo también lo siento. Pero lo que más siento es que no me hicieras caso cuando te hacía advertencias contra él. Si no te hubieras acercado a él desde el principio, esto no habría sucedido.

—Si me habéis traído aquí para decirme «ya te lo dije», tengo cosas más importantes que hacer —respondió Adrian, y comenzó a levantarse de la silla.

Su padre no tuvo que decir nada, sólo tuvo que mirarlo, y Adrian se sentó de nuevo. Estaba muy inquieto. No había visto a Charlotte desde que el médico le había curado el hombro y había declarado que estaba bien y embarazada. Entonces, la madre de Adrian había sustituido a lady Whitmore junto a su lecho y a él lo habían echado de la habitación, y no había podido abrazarla ni asegurarse de que estaba bien.

Necesitaba decirle la verdad, que era un idiota, que había estado ciego, que era un estúpido, pero que pese a todo, la quería.

Y ellos no se lo permitían.

Era una conspiración. Iba a tener que soportar su castigo antes de que le dejaran ir junto a Charlotte.

—Quiero saber qué pretendes hacer con respecto a la situación.

Él prefirió no darse por aludido.

—¿Acerca de vuestro primo, señor? Tendré que someterme al dictado del magistrado local, supongo.

—Yo soy el magistrado local —dijo Montague, con algo de su vieja energía—. Te declaro inocente de cualquier crimen. En cuanto a Giverney, supongo que habrá sitio en el cementerio del pueblo.

—Seguramente era católico —dijo el vicario—. Si lo enterramos en suelo protestante, irá al infierno.

—Pues entonces hagámoslo —dijo lady Whitmore—. Yo ayudaré a cavar encantada.

—Me refería a qué piensas hacer con la joven a la que has deshonrado —insistió su padre.

Con cualquier otra persona, Adrian se habría enfadado mucho por la palabra «deshonrar». La había deshonrado para otros hombres, tal vez, que era exactamente lo que quería.

—Por si nadie te lo había dicho, he tratado de convencerla para que se case conmigo. Sabes que tengo la licencia, y el reverendo Pagett puede oficiar la ceremonia. Pero ella no quiere.

—¿Y os parece raro? —inquirió lady Whitmore—. No lo es, teniendo en cuenta el modo tan estúpido en que se lo habéis pedido. Lord Haverstoke, ¿podéis creer que le dijo a Charlotte que estaba dispuesto a casarse con ella, pero que no tenía intención de respetar los votos matrimoniales?

—Yo no he dicho semejante cosa —protestó Adrian—. Sólo le dije que una vez que... er... que la pasión se hubiera apagado en nuestra unión, ella sería libre para buscar otros entretenimientos, como yo. Como hace todo el mundo.

—Tu madre sería la excepción a eso. En realidad, creo que acabas de insultarla —dijo su padre, y se puso en pie, con su impresionante estatura.

Sin embargo, Adrian no se amedrentó.

—No puedes convencerme de que tu matrimonio es

ejemplo de lo que ocurre normalmente. Vuestro amor es tan extremo que casi es de mal gusto.

Los ojos del marqués, tan iguales a los de su hijo, brillaron peligrosamente.

—Ten cuidado, hijo.

—No puedes pensar que yo voy a tener tu buena suerte en el matrimonio.

—¿Y por qué no? Aunque es cierto que no hay ninguna mujer como tu madre, confío en que tú tengas el buen gusto de encontrar a una que se le acerque. Y, por muy calavera que seas, no te acercas a mi reputación.

—Entonces, creo que tú entenderás cómo me he visto en esta situación —dijo Adrian.

—No, no lo entiendo. Yo nunca seduje a una mujer inocente de buena cuna.

—Salvo a mi madre.

El marqués entornó los ojos, pero Pagett intercedió rápidamente.

—Creo que tenemos que examinar el asunto con calma —dijo—. Nuestra primera preocupación es la señorita Spenser.

—Ella es sólo asunto mío —dijo lady Whitmore—. Supongo que vos pensaréis que es una mujerzuela que debería ir directamente a un reformatorio.

El reverendo la miró con desagrado, pero había un fuego ardiendo en sus ojos.

—No una mujerzuela, lady Whitmore. Ni siquiera vos merecéis ese apelativo —replicó. Y, antes de que ella pudiera responder, continuó—: Creo que la mejor solución para el problema sería que la señorita Spenser se casara con lord Rohan, y por eso accedí a celebrar la ceremonia. Sin embargo, también creo que lo primero es lo que prefiera la señorita Spenser, y verse atada de por vida a un hombre del carácter censurable de lord Rohan podría ser demasiado desagradable para ella.

—¿Cómo decís? —protestó Adrian.

—Adrian no es censurable —dijo Monty—. Ninguno de vosotros habéis llevado vidas más estelares que la suya. Yo creo que Charlotte lo reformará.

Y él también, pensó Adrian, preguntándose hasta dónde iba a llegar si se levantaba y salía de la biblioteca. Necesitaba verla.

—Ella no tiene por qué malgastar su vida con él —intervino lady Whitmore—. Nosotras dos podemos vivir juntas, muy felices. Yo me he cansado de alternar en sociedad, y a las dos nos vendrá muy bien vivir en el campo.

—Yo preferiría que viniera a vivir con nuestra familia, a Dorset —dijo el marqués—. Estoy de acuerdo en que no tiene por qué casarse con Adrian. Encontraremos la manera de solucionarlo.

—Y también es bienvenida aquí, durante el tiempo que yo viva —dijo Monty—. Después de mi muerte, tendrá que decidirlo mi hermano.

—Ella siempre tendrá un hogar aquí —dijo Simon Pagett.

Todo el mundo lo miró con asombro, y lady Whitmore, además, con ira.

—Bien dicho —respondió Monty—. Sabía que podía contar contigo después de morir.

—¿Tu hermano? —preguntó lady Whitmore.

—Hermanastro —matizó Monty—. Y heredero. Yo preferiría que no se empeñara en ser un maldito cura, pero no puedo hacer nada por evitarlo, si él quiere tener una vida respetable. Te casarás con ella, ¿verdad, Simon?

Los dos hermanos se miraron con entendimiento mutuo. Y entonces, Simon sonrió.

—Me conoces muy bien, hermano. Claro que lo haré.

Lady Whitmore se puso en pie, pálida y temblorosa. Para ser una mujer que ocultaba tan bien sus sentimientos, claramente estaba devastada. Por lo menos, había desviado la atención de él, pensó Adrian, preguntándose si podría escabullirse.

—¡No vais a casaros con Charlotte! —gritó.

El vicario la miró.

—Por supuesto que no. La casaré si es necesario, pero ella no es la mujer con la que voy a casarme.

—Entonces, ¿quién es? —preguntó lady Whitmore.

—Tú, querida —dijo Monty—. Está locamente enamorado de ti. Y ahora, siéntate y cállate.

Lady Whitmore obedeció. Se había quedado demasiado atontada como para responder.

Haverstoke tenía una ligera sonrisa, pero se le borró de los labios cuando miró a su hijo.

—Todavía no hemos decidido lo que...

Adrian ya había tenido suficiente. Por fin, se levantó.

—Me temo que eso no es decisión tuya, padre. Es de Charlotte. Y creo que me habéis tenido apartado de ella demasiado tiempo.

Entonces, salió de la biblioteca sin mirar atrás. Aunque podría jurar que había oído una carcajada de aprobación de su padre mientras salía.

Subió las escaleras de dos en dos para llegar junto a ella cuanto antes. Charlotte estaba acostada, y su pelo rojizo estaba extendido por la almohada, alrededor de su cara pálida. Él sintió miedo. No estaba tan enérgica como siempre.

Su madre alzó la vista desde el bordado y lo miró.

—¿Te han echado una buena bronca, hijo mío?

—Por supuesto —dijo él. Se acercó a ella y le dio un beso en la mejilla. Adoraba a su madre, pero necesitaba que saliera de la habitación—. ¿Te importaría que hablara a solas con Charlotte?

—¡No os marchéis! —suplicó Charlotte, pero Elinor, la marquesa de Haverstoke, ya se había levantado.

—Lo siento, querida, pero creo que él está a punto de humillarse, y creo que no deberíais perdéroslo.

Salió de la habitación dejando un perfume de lilas, y Adrian se volvió hacia Charlotte.

Parecía que lo habían escarmentado, pensó Charlotte, mirándolo. Seguramente, todo el mundo pensaba que necesitaba aquel escarmiento, pero ella se sentía más caritativa. Él le había salvado la vida, y había intentado hacer lo correcto. Y cuando estaba atrapada en aquella capilla endemoniada, Charlotte había pensado que debería haberle dicho que sí, que debería haber tomado lo que pudiera de su amor.

En aquel momento sabía que no podía hacerlo. Tenía que dejarlo marchar.

—Siento haberte gritado —le estaba diciendo él—. En la capilla. Tenía miedo de que él pudiera matarte.

—Lo entiendo —dijo ella amablemente—. Y yo debería darte las gracias por haberme salvado.

—De no haber sido por mí, nunca habrías corrido ningún peligro —respondió Adrian, y se acercó a ella.

A Charlotte le dolían el brazo y la cabeza, y quería llorar. Sin embargo, antes tenía que dejarlo libre.

—Creo que te han echado demasiadas culpas por hoy. Nadie debería culparte de haberme deshonrado. Yo no te dije que no.

—Hasta hoy. Cuando te pedí que te casaras conmigo.

Podía hacerlo, pensó Charlotte, intentando sonreír con calma.

—De hecho, no me pediste que me casara contigo. Me dijiste que íbamos a casarnos.

—Lo sé —admitió él—. Lo estropeé todo. ¿Quieres que me arrodille? Lo haré.

Ella negó con la cabeza.

—No. No me voy a casar contigo, Adrian. No necesitas tener una esposa a la que no quieras. Tienes sólo veintiocho años, tiempo más que suficiente para casarte y tener herederos. Seguramente, éste no será tu primer resbalón —dijo, y se puso la mano, en un gesto protector, sobre el vientre.

—No le llames así —le espetó él—. De hecho, sí lo sería —añadió con más suavidad—. Si el niño fuera ilegítimo. Pero no va a serlo. Acuérdate de que yo vine aquí con una licencia de matrimonio antes de saber que estabas embarazada. Ya sabía que quería casarme contigo.

Ella lo miró fijamente.

—¿Por qué?

—Nos llevaríamos muy bien. Eres muy cabezota. Sabes que me quieres, me lo has dicho. ¿Por qué no te vas a casar con el hombre al que quieres?

—Porque me merezco algo mejor. Me merezco a un buen hombre que me quiera.

Él le acarició la mejilla, y al apartar la mano, Charlotte vio que tenía los dedos llenos de lágrimas. Ella no sabía que estaba llorando.

—Yo no soy un buen hombre —le dijo Adrian—. Pero te quiero. Y puedo hacer bien las cosas.

Y, sin decir una palabra más, se tumbó a su lado y la abrazó.

Y, por fin, ella lo creyó.

Cuando Adrian y su novia llegaron a la pequeña iglesia del pueblo, el suelo ya estaba lleno de flores. Lina lo había preparado todo con una gran energía, intentando mantenerse apartada de Simon Pagett. No habían vuelto a cruzar palabra desde el inesperado anuncio de Monty, y ella se alegraba. Nunca volvería a casarse, y menos con un predicador viejo y aburrido, que había mentido sobre su identidad.

La ceremonia de la boda de Charlotte fue corta, dulce, y lady Haverstoke estuvo llorando de alegría, silenciosamente, todo el tiempo. Incluso el marqués parecía complacido con la situación. Ella les había sugerido que esperaran uno o dos días, pero Adrian se había empeñado en que no iba a alejarse de Charlotte, y Simon había declarado que no iba a permitir la cohabitación, así que de repente, lo mejor era que se casaran, antes de que Charlotte pudiera cambiar de opinión.

Todos se habían marchado ya de vuelta a Hensley Court, y seguramente, se habrían acostado. Todos, salvo Lina, que se quedó escondida entre las sombras hasta que no hubo nadie en la iglesia. Lo que menos deseaba era tener otro encuentro con el desagradable hermano de Monty. Lina sabía que Monty siempre había tenido un sentido del humor perverso, pero no se había dado cuenta de que tal vez Simon lo compartiera. Aunque, claro, nadie le había dicho que eran hermanos.

Lina lo había visto subir al carruaje de Monty, y había vuelto a esconderse. Sólo quedaba una pequeña calesa, y ella salió a la luz de la luna. Entraría a hurtadillas en Hensley Court, y nadie la vería.

—Me preguntaba cuándo ibais a salir —dijo él. Su voz salió también de entre las sombras, y ella se giró.

—Ha sido un día muy largo —le dijo Lina, intentando disimular su nerviosismo—. No empecéis conmigo ahora.

Simon Pagett la miró con perspicacia.

—Creo que empezamos hace unas semanas, aunque vos no os hayáis dado cuenta —le dijo, y la tomó de la mano.

Ella sabía que debería zafarse, pero él no llevaba guantes, ni ella tampoco, y hacía una noche fría, y su mano era cálida y fuerte.

—Lady Whitmore, ¿me haríais el honor de convertiros en mi esposa?

—¿Yo? ¿La esposa de un reverendo? —preguntó ella con sarcasmo—. Creo que os habéis vuelto loco. Los parroquianos se escandalizarían.

—Lo bueno de ser el heredero, además del vicario, es que no tengo que hacerles caso, y si los parroquianos tienen algún problema, les daré un sermón sobre la redención y el tirar la primera piedra.

—¿Aunque vayáis a casaros con María Magdalena?

Él sonrió.

—¿Voy a casarme con ella? Vaya, me alegro de que seáis más razonable que vuestra prima. Pero me temo que os queda mucho camino por recorrer para ser como María Magdalena. Ella terminó siendo una santa, ¿sabéis?

Él le estaba acariciando los dedos con el pulgar, una caricia ligera que a Lina le resultaba extrañamente erótica.

Excitante. ¿Por qué aquel hombre? ¿Por qué tenía que ser aquel hombre el único que la conmoviera?

—No quiero volver a casarme —dijo con un hilillo de voz, intentando resistir la tentación.

—¿Y por qué no?

—Porque no disfruto en el lecho matrimonial.

Ya estaba. Había confesado la triste verdad.

Él se quedó desconcertado.

—Entonces, ¿por qué habéis sido siempre tan... digamos... experimental?

—Porque tenía la esperanza de estar equivocada. Pero no lo estoy. Las caricias de un hombre me dejan fría. Así pues, a menos que estéis pensando en un matrimonio célibe, no querréis casaros conmigo.

—Mi querida Lina, los matrimonios célibes son un aburrimiento mortal. Y si crees que no te gusta hacer el amor, tendrás que fiarte de mí. Después de todo, mis muchos años de práctica pueden servir para algo. Puedo conseguir que cambies de opinión.

Ella lo miró largamente. Era una tontería pensar que había esperanza. Sin embargo, ella era tonta.

—Puedes intentarlo —le dijo.

—¿Eso significa que vas a casarte conmigo?

Ella respiró profundamente y dijo algo que pensaba que nunca volvería a decir.

—Sí. Me casaré contigo.

Adrian estaba sentado en un banco, con Charlotte a su lado. Habían pasado tres semanas, y allí estaban de nuevo, en la boda de Lina y su vicario. Sintió una oleada de satisfacción. Charlotte se había recuperado bien, aunque todavía tenía una inquietante tendencia a vomitar en los momentos más inoportunos, pero a él no le importaba. Habían podido disfrutar de unas relaciones sexuales vigorosas y deliciosas pese a su herida y al embarazo, y él tenía que reconocer que pasarían doscientos años más hasta que se cansaran el uno del otro. Charlotte apoyó la cabeza en su hombro y él la rodeó con un brazo para acurrucarla contra sí.

—¿Crees que van a ser tan felices como nosotros? —le susurró ella.

—Nadie puede ser tan feliz como nosotros. Ni siquiera mis padres —dijo él con gravedad, mirando la cara de alegría de su madre, que tenía las mejillas llenas de lágrimas. Su madre siempre lloraba en las bodas. En la suya había estado sollozando, prácticamente.

—Y, sin embargo, parece que Lina está muy feliz, ¿verdad? Durante estas tres semanas ha tenido momentos de pánico, pero de repente, esta mañana está resplandeciente. No sé por qué. Creía que iba a tener que traerla arrastrando.

Él le acarició un lado del cuello a escondidas, deleitándose con la suavidad de su piel.

—Eso puedo explicártelo yo. La vi saliendo de la habitación de Pagett muy pronto esta mañana, con una sonrisa de felicidad. Creo que debe de haberlo convencido para adelantar la consumación de su matrimonio por un día. Tal vez el vicario no tenga tanta fuerza de voluntad como habíamos pensado —añadió con una suave carcajada, y le rozó la sien con los labios a su esposa.

—¿Quién podría resistirse a los encantos de Lina?

—A mí no me tienta ni lo más mínimo, preciosa mía —susurró él, y la besó con delicadeza. No entendía por qué su querida esposa necesitaba que le asegurara algo así, pero estaba encantado de hacerlo. Era exquisita, incluso en las circunstancias más desafortunadas, y él la amaba.

Hubo un carraspeo ominoso. Su padre lo estaba mirando con desaprobación por cuchichear en misa. Adrian se limitó a sonreírle, sin dejarse intimidar, y su madre tomó de la mano a su marido y lo distrajo. Por primera vez, Adrian estaba empezando a entender lo que había entre sus padres.

Pero también por primera vez, su formidable padre se había equivocado.

Charlotte y él iban a ser tan felices, y a quererse tanto como ellos durante el resto de su vida.

De hecho, ya lo eran.

Títulos publicados en Top Novel

Dulce tentación – CANDACE CAMP
Corazón en peligro – SUZANNE BROCKMANN
Un puerto seguro – DEBBIE MACOMBER
Nora – DIANA PALMER
Demasiados secretos – NORA ROBERTS
Cartas del pasado – ROSEMARY ROGERS
Última apuesta – LINDA LAELL MILLER
Por orden del rey – SUSAN WIGGS
Entre tú y yo – NORA ROBERTS
El abrazo de la doncella – SUSAN WIGGS
Después del fuego – DEBBIE MACOMBER
Al caer la noche – HEATHER GRAHAM
Cuando llegues a mi lado – LINDA LAELL MILLER
La balada del irlandés – SUSAN WIGGS
Sólo un juego – NORA ROBERTS
Inocencia impetuosa/Una esposa a su medida – STEPHANIE LAURENS
Pensando en ti – DEBBIE MACOMBER
Una atracción imposible – BRENDA JOYCE
Para siempre – DIANA PALMER
Un día más – SUZANNE BROCKMANN
Confío en ti – DEBBIE MACOMBER
Más fuerte que el odio – HEATHER GRAHAM
Sombras del pasado – LINDA LAELL MILLER
Tras la máscara – ANNE STUART
En el punto de mira – DIANA PALMER
Secretos del corazón – KASEY MICHAELS

www.ingramcontent.com/pod-product-compliance
Lightning Source LLC
LaVergne TN
LVHW030340070526
838199LV00067B/6369